ज़िन्दा कहानियाँ

ज़िन्दा कहानियाँ

शशिकला राय

वाणी प्रकाशन

प्रकाशन के उत्कृष्टतम 63 वर्ष

सजिल्द पहला संस्करण : 2013
सजिल्द दूसरा संस्करण : 2026

vaniprakashan.com

वाणी प्रकाशन

4695, 21-ए, दरियागंज, नयी दिल्ली-110 002

फ़ोन : + 91 11 23273167, 23275710

शाखाएँ

अशोक राजपथ, पटना-800 004, बिहार

कॉफ़ी हाउस कैम्पस, महात्मा गांधी मार्ग, प्रयागराज-211 001, उत्तर प्रदेश

महात्मा गांधी अन्तरराष्ट्रीय हिन्दी विश्वविद्यालय, वर्धा-442 001, महाराष्ट्र

sales@vaniprakashan.in
vaniprakashan@gmail.com

Zinda Kahaniyan
by Shashikala Rai

ISBN : 978-93-5072-460-6
Collection of Stories

मूल्य : ₹ 495

जी.एस. ऑफ़सेट, दिल्ली-110 095 में मुद्रित

वाणी प्रकाशन का लोगो मक़बूल फ़िदा हुसैन की कूची से

समर्पण

माई के लिए

वही माई जो आधी रात
आँचल में रेह (मिट्टी)
बाँध कर लाती और अपनी
साड़ी धोती,
वही माई जिसे पता नहीं
तीन के अलावा चौथी साड़ी क्यों
चाहिए?
वही माई जिसकी पसन्द-नापसन्द
हम माई-बहन को नहीं पता
आज भी।
वही माई जो दुनिया भर की भीड़
से अलग है
वही माई जो न अपनी नींद सोती है
न अपनी भूख खाती है।
जिसकी ज़िन्दगी विपत्तियों की महागाथा है,
हर कलम झुकती जरूर है, पर लिखना
भूल जाती है,
माई तुम मेरी सब कुछ हो
फिर भी तुम जैसा होने का
एहसास भी खौफ़ पैदा करता है।

ऋण निर्देश

उन बारह स्त्रियों का जिन्होंने जन्मों का नाता मान कर अपना हृदय निकाल कर मेरे सामने रख दिया। स्नेह का ऋण चुकता नहीं। चुकाऊँ कैसे? यशवंत सुमंत, राजन गवस, राजन खान, डॉ. एलन, डॉ. गिरीश कुलकर्णी, राजा दीक्षित, रामजी तिवारी, जयश्री गावित, उत्तम कांबले, गिरीश काशिद, प्रो. जया परांजपे, डॉ. संगीता गाडे, प्रतिभा खैरनार, प्रकाश मागाडे, निखिल पवार, सचिता सावंत के साथ तमाम पाठक जिनकी 'ज़िन्दा कहानियाँ' में साझीदारी है। 'तेरा तुझको अर्पण।'

राजेन्द्र यादव, संजीव और 'हंस' के बिना ये 'ज़िन्दा कहानियाँ' शायद मस्तिष्क में अमूर्त विचारों की गुँजलक में कहीं खो जातीं। अपने नन्हे रोमिल को भी याद करना बनता है, जो मेरा सबसे नन्हा पाठक लेकिन निर्मम आलोचक है।

'वाणी' ने प्रकाशन का जिम्मा लिया यह पुस्तक के लिए हितकारी ही होगा ऐसा मेरा पूरा विश्वास है। इस पुस्तक के लिए प्रत्यक्ष-अप्रत्यक्ष जिन्होंने भी सहयोग किया आत्मा की अतल गहराई से ऋण अनुभव करती हूँ।

भूमिका

जहाँ तक मेरी समझ में आता है—दो तरह के प्रकाश-वृत्त होते हैं—एक, सड़क के लैम्प-पोस्ट का प्रकाश-वृत्त और दूसरा, ढिबरी-लालटेन का! इसी तरह स्वाधीनता भी दो तरह की होती है—एक सहज उपलब्ध और दूसरी वो जिसमें बार-बार सीली माचिस जलाने का संघर्ष, बत्ती पूरने की दीर्घसूत्रता, ढेर-ढेर धुआँ और आँसू शामिल हों! मर्दों की, खासकर सवर्ण और सम्पन्न, गोरे मर्दों की स्वाधीनता एक दन्त प्रमेय है—किसी आँधी का डर नहीं उसे—उपनिवेशवाद, नवउपनिवेशवाद, आतंकवाद, फासीवाद और युद्धादि स्थितियाँ यदि थोड़ी देर के लिए बत्ती गुल कर भी दें तो फ्यूज फिर जुड़ जाता है! मगर औरतों की, विशेषकर विपन्न और वंचित, दलित, आदिवासी, अश्वेत स्त्रियों की स्वतन्त्रता ढिबरीफुँकनी, चूल्हाफुँकनी किस्म की स्वाधीनता है जहाँ लगातार फूँक मार-मारकर नन्ही-सी ज्वाला जलाए

रखनी होती है!

फ्रांसीसी क्रांति ने प्रजातंत्र के तीन अधिसूचकों में 'स्वाधीनता' और 'समानता' के सिवा जिस 'भाईचारे' का रेखांकन किया था, स्त्रीवाद ने उसका अधिविस्तार वर्ग-वर्ण-नस्ल-धर्मादि संकीर्ण घेरों के पार जाते 'बहनापे' के रूप में किया! शशिकला राय की 'ज़िन्दा कहानियाँ' इस बात का भास्वर प्रमाण हैं कि मीराँ की प्रेम-बेल की तरह (कँटीली चारदीवारियों के पार) इस बहनापे की बेल भी (लोगों के चाहते-न चाहते) इस तरह फैल गयी कि अब उसमें आनन्दफल ('जोसुआ'?) आने ही हैं! विस्मयादिबोधक, समुच्चयबोधक स्पन्दनों पर थिरकती हुई-सी शशिकला की आवेगमयी, उच्छल भाषा इस जोसुआ, इस आनन्दातिरेक का साक्ष्य वहन करती है! जो लम्बे सन्धान के बाद जीवन की केन्द्रीय विडम्बना से जूझने का यह सूत्र पाने पर मिलती है कि अपनी तकलीफों से निजात पाना हो तो औरों की तकलीफें दूर करने में जुट जाओ। मनोबल बढ़ाने वाली बातें कहना, प्रेरक कहानियों की मशाल यात्रा-सी आयोजित करना इसी महद् संकल्प का हिस्सा हैं जिसमें रजनी गुप्त, अनीता भारती, नीलम कुलश्रेष्ठ, हेमलता, गरिमा श्रीवास्तव, सुनीता सृष्टि, कंचन शर्मा, शरद सिंह और शशिकला राय जैसे युवा स्त्री-स्वर पूरी गरिमा और जिजीविषा के साथ जुटे हैं।

सच पूछिए तो ये कहानियाँ ग्लॉसी पत्रिकाओं की 'सक्सेस सागा' और अखबारों के 'पेज थ्री' का हँसमुख प्रतिपक्ष हैं। 'रैग्स टु रिचेज' की परीकथा का प्रतिपक्ष। समृद्धि यहाँ भाव-पक्ष और बुद्धिपक्ष की समृद्धि है। पैसों को खुदा मानने वाली हिप-हॉप संस्कृति का प्रतिपक्ष। एकांगी विश्वायन का प्रतिपक्ष। सम्बलन भीतरी है—अनुदान-प्रतिदान का कोई गणित यहाँ काम नहीं करता।

प्यार की जगह हवस, सुख की जगह भोग, शिक्षा की जगह अन्धविश्वास, तर्क की जगह जुनून, धर्म की जगह पाखण्ड—कौन-सी

है यह संस्कृति जहाँ सूचना भी विस्फोट है और संस्कृति भी है बम? यहाँ नयी स्त्री कैसे रहे? इसलिए वह एक नयी दुनिया गढ़ती है, नये प्रश्न उठाती है! कितने तात्त्विक हैं ये प्रश्न और कितने जरूरी—यह समझती हैं शशि (ी), तभी स्त्रीविमर्श के मातृमुख पर टुधरती क्लांति और पसीने की रेखाएँ ठीक से उभारती हैं।

ध्यान से आप ये प्रश्न सुनें और खुद तय करें कि कितना बेबुनियाद है स्त्री-लेखन पर लगा अभियोग कि उसका दायरा सीमित है और मुट्ठी-भर झगड़ालू, अगरधत्त या (कामनिकालू-टाइप की) समझौतापरस्त, आत्मलीन स्त्रियाँ इसमें अपनी उपस्थिति दर्ज किये बैठी हैं। ध्यान से देखने पर आप खुद पाएँगे कि हर वर्ग, हर वर्ण, हर सम्प्रदाय की स्त्री यहाँ पैने प्रश्न उठा रही है और सिर्फ स्त्री-पुरुष सम्बन्धों तक ये प्रश्न सीमित नहीं हैं! युद्ध, दंगे, विभाजन, पर्यावरण, विश्वबाज़ार—जीवन की व्यापक हरियाली और उसके जल-तत्त्व पर जहाँ भी अंगारे बरसे हैं, स्त्री की उँगली उठी है।

ध्यान से देखने पर मुझे लगता है कि स्त्रीवाद, खासकर भारतीय स्त्रीवाद की सबसे महत्त्वपूर्ण संकल्पना है रक्त और यौन-सम्बन्धों के परे जाती पारिवारिकता! घर के बाहर एक घर—बिना दीवारों का घर, समदुखभोगियों का घर—एक ओपेन हाउस। वंचित, विस्थापित स्त्रियाँ बिखरे तिनके जोड़कर जो आशियाना बनाती हैं—सबके लिए उसके दरवाजे-खिड़कियाँ खुले रहते हैं—खासी निस्संगता से पुकारते हुए—'किसी को मेरी जरूरत है?'

सफल अंतर्वीक्षा की पहली शर्त्त यह कि एक ही चटाई पर बैठे हों दो प्राणी, कहीं कोई ऊँच-नीच नहीं, प्रश्न धड़ाके से नहीं, धीमे-धीमे पूछे जाएँ—पूछनेवाले की भाषा में अन्तरंगता का प्रकाश हो, गोद में सर रख सहलाने का धीरज! इतना आसान नहीं है संशय और आतंक के माते इस युग में इतना गहरा विश्वास किसी परेशानहाल स्त्री में पैदा कर पाना कि धीरे-धीरे वह हादसों की, विषम

अनुभवों की सब परतें खोले! औरतें और किन्नर वैसे तो भर-मन बातें करते हैं या कहिए मन-भर और टन-भर बातें करते हैं पर मर्म की बात से बचकर निकल जाते हैं। घाव के ऊपर खूँटी पड़ी हो तो हवा उसे भेद नहीं पाती, ऊपरी सतह ही छूकर निकल जाती है। इसी तरह गच्चा खा जाते हैं, प्रश्न पूछने वाले। कई हँसने-बोलने वाले लोग तो मर्म स्थान की खूँटी के ऊपर भी एक चटक-सा रूमाल बाँधा लेते हैं कि लगे, यह कोई स्टाइल-स्टेटमेंट, कोई अदा ही है! लुका-छिपी जीवन का जीवन्त रूपक जो ठहरा!

लालबुझक्कड़ की प्रज्ञा के साथ शशि ने ये काम किया है! हर व्यक्ति एक चलता-फिरता उपन्यास तो होता ही है, पर उसका अपोरिया, उसकी गाँठ पकड़ पाना और फिर चुने हुए क्षणों का एक व्यवस्थित प्रतिसंसार तैयार कराना इतना आसान नहीं होता! बधाई, शशि!

–अनामिका

'सारा लोहा उन लोगों का'...

यह सच है, कि कथाक्रम के विशेषांक (साठ पार जीवन) ने इसे जन्म दिया और राजेन्द्र यादव जी, रामदेवशुक्ल, संजीव जी, शेखर जोशी जी, जया जदवानी, नीलम चंद्रदेव कवड़े, संजय नवले कुलश्रेष्ठ, आलोक भट्टाचार्य, रजनी गुप्त के अलावा सैकडों पत्र और फोन इसके संबल बने। गालियाँ भी मिलीं लेकिन मैं इस मामले में स्वार्थी हूँ। स्मरण में केवल मुहब्बत रहती है। 'ज़िन्दा कहानियाँ' के केन्द्र में केवल स्त्रियाँ नहीं आनी थीं पर 'अय्यर सर' इसके कारण बने। बारामती के कॉलेज में अंग्रेजी के प्राध्यापक जिनके लिए बंगाल के तर्ज पर भीषण ईमानदार और कर्मठ हैं, जिसकी पैतींस वर्ष की कमाई विद्यार्थियों के ऊपर खर्च हो गयी। जो नहीं ले सके अपने लिए एक छोटा-सा कमरा। अय्यर सर बारामती के एक लॉज के कमरा नम्बर 'दो सौ पाँच' में रहते थे और आज भी

रहते हैं, धन्य है उस लॉज का मालिक जिसने प्रतिदिन पाँच रुपये के हिसाब से भाड़ा लिया और कभी बढ़ाया नहीं। मैं ऐसे आचार्यों के बीच में घिरी हूँ जिन्होंने विद्यार्थियों को केवल हथियार समझा और इसके लिए छल, बल, जाति, प्रान्त को माध्यम बनाया। ऐसे में अय्यर सर मेरे लिए आश्चर्य थे क्यों कि उनके लिए विद्यार्थी साध्य थे, साधन नहीं। उनकी वक्त की पाबंदी को लोग सनक मानते थे। मैं गयी 'बारामती' पर अय्यर सर से मिल नहीं पायी। फोन पर अत्यन्त दृढ़ता से उन्होंनें कहा, 'मुझ पर नहीं लिखना है'। मुझे उनके बोलने में निष्ठुरता अहसास हुआ और आँखे भीग आयी और नहीं मुड़ी मैं अन्य पुरुषों की ओर 'ज़िन्दा कहानियाँ' के लिए। 'बेबी ताई कांबले' के पास पहुँचना था, उन पर लिखना था, उनका काम, उनका जीवन– सब कुछ दलित समाज के पीछे के एक और दलित समाज की कथा कहता है। मेरा निर्दयी रिफ्रेशर खत्म हुआ इक्कीस अप्रैल 2012 को। मैं पूना पहुँची चौबीस अप्रैल लेकिन इक्कीस अप्रैल को ही बेबीताई कांबले महायात्रा पर निकल गयीं। मैंने देर कर दी या उन्होंने जल्दी की, नहीं जानती। पर उनका काम शाश्वत है– काल और मौत से मुठभेड़ लेनेवाला काम। प्रतिभा शिंदे, इंदुताई पाटणकर, उल्का महाजन, उषा ताई बाघ जैसे अनेक नाम हैं, जिनके काम को सलाम करती हूँ। उन पर मैं लिख नहीं पायी। लक्ष्मी त्रिपाठी पर लिखने के बाद कुछ लोगों की अभिजात्य संस्कृति को धक्का लगा था। जिसकी कंपन मैंने भी महसूस की खैर मराठी फिल्मों की अभिनेत्री 'अलका कुवल' ने इस विषय को लेकर फिल्म बनायी है। लक्ष्मी त्रिपाठी के किरदार को मराठी फिल्मों के एक विख्यात अभिनेता ने निभाया। 'ज़िन्दा कहानियों' के सभी पात्र मेरे जीवन में उस समय आये जिस समय मानवीय मूल्यों का हश्र देख कर मेरी आस्था दरकने लगी थी। लगता था कुछ भी नहीं बचा। कभी

राखीबाँध भाई ने, कभी दोस्त ने, कभी जिसको सब सौंप दिया देवी मान कर, उन लोगों ने ही भरे बाजार में नंगा किया और तमाशबीनों की भीड़ में पराया कौन था? मेरे आँसू इन्हीं पात्रों के आँचल में गिरे और वहीं पर से सपनों की बेल पनपी। एक नयी ज़िदगी की शुरुआत। मैं खुश थी इन लोगों को पाकर। ज़िन्दा कहानियाँ किसी की त्रासदी हो सकती है, यह कहाँ था मेरे खयाल में? परन्तु मेरे फर्जी छात्र के नाम से राजेन्द्र यादव जी को एक लम्बा पत्र मिला। जिसमें यह बताया गया था कि मैंने राजेन्द्र यादव जी को अपने किसी भाषण में बहुत 'भला बुरा', नहीं भला नहीं, केवल बुरा ही बुरा कहा है। राजेन्द्र जी और संजीव जी ने उस पत्र पर यकीन भी कर लिया इसके बावजूद उन्होंने 'ज़िन्दा कहानियाँ' छापने में अपनी तकलीफ को खलल नहीं बनने दिया। मैं जब उन लोगों के सामने रजनी गुप्त के साथ पहुँची तब उनका रोष मुझ तक पहुँचा। एक बार फिर आँखे भर आयीं। कभी कुलपति के पास, कभी विभागाध्यक्ष के पास, कभी चारित्रिक हनन का, कभी साहित्यिक चोरी का पत्रों और साजिशों का अन्तहीन सिलसिला। चींटी मारने के लिए एटमबम परन्तु किसी शायर ने कहा है—

खताओं पर खताएँ हो रही थीं
नावक अफ़गन से
उधर तीरों से बनता जा रहा था
आशियाँ उनका।

तो उन तीरों से मेरा आशियाँ बनता ही गया। आज मेरा ठौर ठिकाना आशियाँ सब कुछ मुकम्मल है, और इन सारी स्त्रियों ने मुझे अजेय और अभय भी बनाया है। न केवल ये स्त्रियाँ मेरी हैं बल्कि इनकी दुनिया भी मेरी है। मेरे वेतन में कुछ ऐसी ही संस्थाओं का हिस्सा है। लातूर से औरंगाबाद, नाशिक से कोल्हापुर, वर्धा से पूना तक और इनकी थाली में मेरा भी हिस्सा है। सारा

लोहा इन्हीं लोगों का है। यातना को अभिव्यक्त करना भी यातना है। इसलिए कई बार संवेदना को सही शब्द नहीं मिल पाये यह मेरी सीमा थी। किताब तो ही जाएगी पर ये ज़िन्दगियाँ शब्दों की रचनात्मक एवं विध्वंसात्मक क्षमता के पार भी अपनी सत्ता रखती हैं। जब कोई स्त्री थक कर हताश होकर बेजार होकर जिन्दगी की अधराह में घुटनों में मुँह ढाँपकर बैठ जाएगी तब कर्मों की रोशनी का काफिला लिए चुपचाप ये ज़िन्दगियाँ पांतबद्ध खड़ी हो जाएँगी। मनुष्य जगत को सुन्दर बनाने में लगीं इन तमाम ज़िन्दगियों को सलाम, इनके दुखों को सलाम।

—शशिकला राय

अनुक्रम

सिंधुताई सपकाल अमिताभ बच्चन के संग

अभी अभी तो आया वसन्त

साठ पार जीवन के भीतर झाँकने की इच्छा लिए घूम रही थी। मुझे इनपर लिखना है। साठ पार जीवन, 'जीवनबीमा' के विज्ञापन की तरह एक ओर मुठ्ठीभर वर्ग अति खुशहाल 'केसरी टूर' में हनीमून की दूसरी पारी से गुजरता हुआ तो दूसरी ओर बड़ा वर्ग 'आ रही है सान्ध्य बेला' की तरह उदास नमी से भरकर झिझक-झिझक कर अपनी उम्र ढोता हुआ, जैसे बूढ़ा होना जीवन का सबसे बड़ा अपराध है। मनहूस, उपेक्षित, एकाकी, दयनीय। क्या सचमुच जीवन के उत्तरार्ध की यही नियति है? इसी नियति के शिकार दो-चार लोगों पर ज्यों ही मैंने आलेख पूरा किया त्यों ही अचानक हाथ आ गया एक नाम 'सिंधुताई सपकाल'। इसी समय उन्हें 'सिल्वर स्पॉट लाईट' पुरस्कार मिला है। यह पुरस्कार अंबानी परिवार की ओर से वरिष्ठ नागरिक के सामाजिक कार्यों को

देखकर दिया जाता है। सिंधुताई की उम्र है बासठ साल। जिन्दगी तो अभी शुरू हुई है। तो उनके बारे में इतना ही सुना था कि अपनी बेटी को गोद में लेकर वह ट्रेन में भीख माँगा करती थीं। आज हजारों अनाथ बच्चों की माँ हैं। उन्होंने अनाथ बच्चों के लिए कई संस्थाओं की स्थापना की, परन्तु वह संस्थाचालक नहीं, सचमुच की माँ हैं। उन्हें देखकर सहज यह विश्वास नहीं होता। कोई जीवन इतना भी ऊँचा उठ सकता है? अपरिमेय, अपरिमित, आत्मविकास। भ्रूणहत्या और जनसंहार के इस रक्तरंजित समय में इस तरह से मानवता का इतिहास निर्मित करता हुआ! माई की छत्र-छाया में फल-फूल रही हजारों लड़कियाँ सुनहरे भविष्य को लेकर आगे बढ़ रही हैं। ये वो लड़कियाँ हैं, जिनकी नियति में लिखा था अनिवार्यतः अल्पायु में वेश्या बन जाना। लेकिन माई ने विधाता की इस नियति को चुनौती दी और खुद के हौसले से हजारों लड़कियों का भाग्य बदल दिया। स्त्रियाँ तो ऋणी रहेंगी ही, क्या सम्पूर्ण भारतीय समाज का इस पर गर्व करना नहीं बनता? मैंने इन अनाथ, फुटपाथ पर पलनेवाली लड़कियों (लड़कों को भी) को देखा है। दस से चौदह वर्ष तक के ये बच्चे दिन में दस-दस बॉटल व्हाइटनर (स्याही के अक्षर मिटानेवाला द्रव्य पदार्थ) पी जाते हैं। ग्यारह साल की स्वाति दो बार पुणे से मुंबई और दिल्ली भाग चुकी है। पूछने पर स्वाति बताती है कि– "कुछ लोगों ने पैसे दिये और बिरयानी खिलाई।" इसके बाद वह चुप हो जाती है। कहीं दूर देखने लगती है। मैं भी उससे इस बिरयानी की कीमत नहीं पूछना चाहती। इन दो दुनिया को समानांतर रखकर सिंधुताई के काम को आँका जा सकता है। समाजसेवी शब्द 'माई' के आगे बहुत छोटा और चलताऊ लगता है। या फिर आये दिन संस्थाओं की आड़ में चलते अनाचारों की वजह से इस शब्द का अर्थ अपनी सत्ता खो चुका है। माई तो बस माई हैं। एक फिल्मी गाना याद आता है– 'जीना उसका जीना है, जो औरों को जीवन देता है।' माई सचमुच

मधुबन हैं। माई सचमुच सागर है। ठीक उस उम्र में जब तमाम लोग उदासीनता के घेरे में जीवन जीते हुए समाज में बढ़ती जा रही संवेदहीनता को कोस रहे हों। ठीक उसी समय में जब एक बूढ़ी स्त्री घर के अपमान, लांछन और अत्याचार से बेजार होकर एक पच्चीस वर्षीय युवक का हाथ थाम लेती हो, उसी समय में 'माई' अपराजेय योद्धा की तरह मैदान में खड़ी हैं। 'माई' गाड़ी लेकर निकलती हैं। उनकी गाड़ी किसी भी रेलवे स्टेशन के बाहर थम जाती है। माई बढ़ती हैं, भिखारियों के बीच और कहती हैं 'क्या मेरी जरूरत किसी को है? किसी को घर के छाँह की जरूरत है?' कोई न कोई माई की छाती से लग जाता है। इस उम्र में भी माई के स्तनों में दूध का अजस्र स्रोत है। माई 'नववारी' साड़ी पहनती हैं और इसी पहनावे में गाँधी की तरह आत्मविश्वास से लबरेज अमेरिका से लौटी हैं। मैंने माई से समय माँगा। उनके दिये समयानुसार मैं मिलने जा रही थी। दिमाग में एक ही बात थी माई समाजसेवी हैं और वह 'सिल्वर स्पॉट लाईट' का पुरस्कार लेकर मुंबई से लौटी हैं। मंच पर ही उन्होंने कोकिलाबेन अंबानी को झकझोर दिया यह कहकर 'तुम क्या जानो भूख का मतलब?' मैं हैरान हूँ। यह सुनकर क्योंकि, मैं तो यही जानती हूँ कि जिनसे पुरस्कार प्राप्त होता है। उनकी तारीफ में कशीदे काढ़े जाते हैं। यह तो कुछ अलग ही महिला है। फोन पर बात हुई। सामने से एक दबंग आवाज 'आओ रे बाबा।' मैं थोड़ा सहमी। ऑफिस (पुणे) पहुँचते ही मैंने पुरस्कारों का जो ढेर लगा देखा कि यदि ये भरभराकर गिर पड़ें तो दो-चार लोग दबकर मर जाएँ। सामने ऊँची कद्दावर गौरवर्ण महिला पारदर्शी आँखें स्नेह से छलकती हुई आसपास दो-चार, दस-बीस, पैंतीस-चालीस तक की उम्र की बच्चियाँ, युवतियाँ, महिलाएँ। कोई पैसा माँग रहा है तो कोई अपनी तकलीफ बता रहा है, दो साल की बच्ची आँचल खींच रही है। उसे शिकायत है कि उसे किसी ने मारा है तो माई उसको मारे। मैं कहती हूँ

'सिंधुताई' वह सीने पर हाथ रखती हैं और कहती हैं ''माई बोल रे बाबा, अच्छा लगता है।'' मैंने कहा 'माई' उन्होंने कहा 'सीने से लग जा।' मैं माई के सीने से लग जाती हूँ, आँखें छलक उठती हैं। मैं कई बार अपने शहर (पुणे) में अपने को 'आउटसाइडर' महसूस करती हूँ। मेरे भारतीय होने के बोध को कई बार यहाँ धक्का लगता है। राज ठाकरे की बनती उस सांस्कृतिक हीरो की छवि से जो लाखों युवाओं के मोबाईल की 'स्क्रीन-सेवर' बन गयी है। लेकिन आस्था भंग होकर भी नहीं होती, विश्वास बना रहता है। महाराष्ट्र की मिट्‌टी माथे पर लगाना तो बनता है। कितने लोग हैं जो जमीन से जुड़कर कितना काम कर रहे हैं। कुछ तो है इस मिट्‌टी में कि चैतन्यता और प्रखरता लगातार बढ़ती जाती है। खास तौर से उम्र के उत्तरार्द्ध की ओर बढ़ते असीम ऊर्जा से भरे चिर युवा छोटे-छोटे शहरों में लोगों के विचारों को धार देने में लगे हुए हैं। यहीं से तय होती है 'महात्मा से महात्मा तक' की यात्रा। यहीं लाये जाते हैं एक मंच पर गाँधी, आंबेडकर और फुले। यहीं होता है कुमार केतकर (दैनिक लोकसत्ता के संपादक) पर हमला। मैं जहाँ तक जानती हूँ भारत के अन्य प्रदेशों में जीने वाले साठ की पारी के लोगों के जीवन से इसी उम्र के महाराष्ट्र के लोगों का जीवन अलग है। कला, संस्कृति के प्रति अनुराग, लगातार वैचारिक बहस, सामाजिक, राजनीतिक विषयों को लेकर लगातार मंथन दरअसल इन्हें बूढ़ा होने ही नहीं देता। नहीं कुछ तो सुबह उठकर 'मॉरनिंग वॉक' के बहाने इन्हें रास्ते का कचरा इकट्‌ठा करते देखा जा सकता है।

पुनः हम लौटें माई पर। 'माई' कहती हैं 'मैंने खुद को मार दिया और समाज के लिए ज़िन्दा हो गयी। 'माई' फिनिक्स पक्षी हैं। अपनी ही राख से पुनर्निर्मित होती हुई। परन्तु इस पुनर्निर्माण में पुरानापन नहीं बल्कि एक नये अस्तित्व का गठन होता है। सिंधुताई के जीवन को शक्ति, सत्ता उपलब्धि से परे हटाकर उन

स्रोतों की ओर लौटना लाजमी होगा जिन्होंने इन्हें जगत माँ बना दिया। महाराष्ट्र के वर्धा जिले के नामालूम से 'नवरगाँव' में जन्मी सिंधुताई के पढ़ने का सर्वाधिक विरोध उनकी अपनी माँ ने ही किया। पिता ने चोरी से स्कूल में नाम लिखवाया। माँ भैंस चराने के लिए उन्हें भेज देती थीं। छोटी सिंधु पढ़ने की असीम लालसा लिए स्कूल के आगे से गुजरती पैर आगे की ओर बढ़ते आँखें पीछे की ओर उलझ जातीं। पता नहीं कैसे सिंधु ने यह जान लिया कि भैंस तो धूप सेंकने के बाद पानी में बैठती है और उस समय सिंधु स्कूल में होती थी। मास्टर की मार खाकर (देरी से आने की वजह से) पढ़ती थी। इधर स्कूल छूटता, उधर भैंसें किसी का खेत रौंद रही होती थीं। फिर किसान की मार खाकर सिंधु भैसों को लेकर घर की ओर जाती थी। सिंधुताई हँसकर कहती हैं, ''डबल मार खाकर चौथी पास हो गयी।'' चौथी पास इस महिला को मराठी के प्रसिद्ध कवियों की हजारों कविताएँ कंठस्थ हैं। एक से एक हिन्दी की शेरों-शायरी याद हैं। न जाने कितनी जी. बी. की मेमरी फिट है, इस दिमाग में। सच माई को देखकर लगता है! 'सठियाना' जैसा शब्द एक भ्रम है, अब इस मिथक को निरस्त होना चाहिए। माई का विवाह हुआ—दस की सिंधु और तीस का पति-विवाह सम्पन्न। बालिका-वधू ससुराल में। जंगली इलाके में दिन-रात ढोर-मवेशी चरते थे और पीढ़ी-दर-पीढ़ी से गाँव के ग्वाले गोबर उठाने का काम करते। गोबर वन-विभाग लेता, इन्हें मजदूरी भी नहीं मिलती। इस प्रथा का विद्रोह युवा अवस्था की ओर बढ़ती सिंधुताई ने किया। विरोध तो सफल रहा पर सिंधुताई खटकती रही पीढ़ी-दर-पीढ़ी अधिकार सत्ता और विशिष्टता के मद में डूबे लोगों की आँखों में। स्त्री तो खतरनाक है। (महाराष्ट्र में प्रशंसा के स्वर में भी कई बार कहा जाता है 'काय डेंजर बाई आहे।') स्त्रियों के लिए गोली, बंदूक, लाठी नहीं केवल जुबान काम करती है, यही जुबान

स्त्री का काम तमाम भी कर देती है। इसी बीच सिंधुताई गर्भवती हो गयीं। जब नवाँ महीना चल रहा था तब एक साहूकार ने कहा इसके पेट में पल रहा बच्चा मेरा है। स्त्री को चरित्रहीन सिद्ध करने के लिए सबूत नहीं लगते। हर व्यक्ति की जुबान अपने आप में बहुत बड़ा प्रमाण होता है। चारित्रिक शुचिता तो सीता भी कहाँ सिद्ध कर पायी? ठीक ही कहा गया है 'मैं सच बोलूँगी, हार जाऊँगी, वो झूठ बोलेगा लाजवाब कर देगा।' पति ने एक ना सुनी। पेट पर ही भरपूर प्रहार किया। बेहोश सिंधुताई को गौशाले में गायों के बीच फेंक दिया गया। सिंधु ताई के शब्दों में ''जब मुझे होश आया तो मैंने पाया मेरा पेट खाली हो गया। मेरे पास एक छोटी बच्ची पड़ी थी। गाय मेरे पूरे शरीर को चाट रही थी। अन्य गायों को पास नहीं आने दे रही थी। अपनी बोली में मुझे जगा रही थी। न जाने उसने कहाँ से सीखी थी मानवता की यह भाषा? मेरे मुँह से आवाज निकली 'माँ' और मैं गाय के गले लगकर खूब रोई। उसे वचन दिया कि मैं भी तुम्हारी तरह बनूँगी किसी अनजाने की, किसी अभागे की 'माँ'। अब समस्या यह थी कि नवजात शिशु की नाल कैसी काटी जाय? चरित्रहीन ठहरा दी गयी स्त्री की बच्ची का नाल काटने कौन आएगा? खुद मैंने पत्थर से नाल तोड़ने की कोशिश की। सोलहवीं बार में नाल टूटी। बच्ची को छाती से लगाकर बाहर निकली। झरने के पास जाकर खुद नहाया और बच्ची को धोया। ससुराल आकर दरवाजे पर बैठी। शायद किसी को दया आ जाय। आठ दिन तक। कहीं कोई न पसीजा। मेरी सहेली अँधेरे में छिपकर घर की बची-खुची बाजरे की रोटी और संडास की बाल्टी में पानी रख जाती थी। यही पानी मेरे लिए गंगाजल था। संजीवनी थी। जिससे मैं और मेरी बच्ची जीवन सींचते रहे।'' सिंधुताई ने नौवें दिन बच्ची को उन छातियों से चिपकाए जिनमें दूध की एक बूँद भी नहीं पति का दरवाजा छोड़ दिया। लगातार ससुराल के लोगों द्वारा फेंके

गये पत्थर उनकी पीठ में घाव करते जा रहे थे। सिंधुताई कहाँ जातीं? 'मुल्ला की दौड़ मस्जिद तक' सिंधुताई मायके के दरवाजे पर। माँ ने कहा 'ससुराल छोड़कर आयी है। यहाँ तेरे लिए कोई जगह नहीं।' 'बेटी की ससुराल से अर्थी ही निकले' का क्रूर विधान इस महान देश (भारत) के अलावा और किसी देश ने रचा है, ऐसा मुझे मालूम नहीं। दरवाजा छोड़ने से पहले सिंधुताई ने माँ से भरपेट खाना माँगा। माँ ने नहीं दिया। सद्यःप्रसूता स्त्री को उसकी माँ ने खाना न दिया हो। आसमाँ यकीन नहीं करेगा। जमीन यकीन नहीं करेगी। पर यह हुआ। सिंधुताई स्टेशन पहुँची खाली ट्रेन देखकर बैठ गयी। लोग चढ़े ट्रेन चल पड़ी। सिंधुताई कहाँ जा रही थीं उसे मालूम नहीं। वह तो जीवन की सबसे बड़ी सत्ता 'भूख' से जूझ रही थीं। जहाँ न्याय और अन्याय जैसे शब्द, नीति और सिद्धांत की बातें, आदर्श और सदाचार-जैसे मूल्य फूहड़ चुटकुले से अधिक मायने नहीं रखते। इसी भूख ने सिंधुताई को सिखाया गीतों (गाकर) से भीख माँगना और भीख माँगकर गीत बुनना। छोटी बच्ची के कारण उम्मीद से अधिक सिंधुताई को भीख मिल जाती थी। वह संचय न करके भिखारियों में बाँट देती थीं। सिंधुताई शहंशाहों की शहंशाह थीं। सागर की तरह विशाल हृदय पाया था। सो छोटी-मोटी नदियाँ अपने को उनके सुपुर्द कर देतीं। भिखारी सिंधुताई को पहचानने लगे थे। बीस वर्षीय स्त्री की भीख से पलते ये भिखारी उनके चरित्र की रक्षा के लिए प्रतिबद्ध थे। वे घेरा बनाकर सिंधुताई को बीच में सुलाते। सिंधुताई कहती हैं 'वे असली भिखारी, नींद सहज उनकी झोली में आ गिरती। मैं नकली भिखारी नींद मुझसे कोसों दूर रहती। डर लगता। इस डर ने मुझे श्मशान भूमि का रास्ता दिखाया। मैं हर रात वहीं सोती। ज़िन्दों की दुनिया से ज्यादा महफ़ूज़ मैं मुर्दों के बीच महसूस करती। शवयात्रा के बीच एक दिन बाजरे के आटे से श्मशान में जलती हुई चिता पर सेंकी गयी

रोटी खाते देखकर पक्षियों को भी सहन नहीं हुआ। वे सिंधुताई को नोंचने लगे। और वह जोर-जोर से रोने लगीं। उन्हें लगा शायद गाँव का कोई व्यक्ति मदद के लिए आ जाय। गाँव के लोग जागे जरूर एक-दूसरे को भी आवाज दी और कहा 'दरवाजा ठीक से बन्द कर लो आज श्मशान में भूत रो रहा है।' सिंधुताई किसी तरह मौत से लड़कर 'पाश' के शब्दों कहूँ तो 'जीने की सौगन्ध लेकर बाहर निकलीं।' सिंधुताई ने तय किया कि गाय को दिये गये वचन को पूरा करना है। सिंधुताई पुणे आकर अपनी बेटी दगडूसेठ हलवाई के ट्रस्ट (अनाथालय) को देकर और जनकल्याण में जुट गईं। यहीं से जन्म हुआ 'माई' का। एक सौ बहत्तर से अधिक पुरस्कारों का शृंगार उन्हें दुनिया की सबसे सुन्दर औरत बनाता है। लगभग वैसी ही सुन्दर जैसी हैं मदर टेरेसा। (कुछ लोगों के साथ थी/था शब्द नहीं लगता) मैं माई के हृदय पर सीधी उँगली रखती हूँ। माई सच बताओ हृदय कभी किसी के लिए काँपा नहीं, कभी किसी को याद करके आँखे नम नहीं हुईं, कभी किसी को चाहा नहीं। माई ने कहा, 'ऐ लड़की सीधे मेरी छाती पर हाथ रखकर यह प्रश्न पूछनेवाली तू पहली है।' मैं धीरे से कहती हूँ, 'क्या करूँ माई मेरा भी मन होता है एक समझदार लेकिन भावुक साथी मित्र हो मेरे पास।' माई चुप रहती हैं। 'बेटा ऽ ऽ ऽ ऽ ऽ ऽ मैं देखती हूँ उन भीगते कोरों को। जानती हो, बहुत लोगों ने यह जताया कि वे मुझे प्यार करते हैं, चाहते हैं। मैं मनुष्य हूँ, डिगी हूँ कई बार। जलते जंगलों की हिरणी सिंधुताई को मधुबन ने भरमाया, पर मैं एक ही बात जानती थी कि इस बार देह का मालिक किसी को बनाया तो बस ज़िन्दगी लट्टू की तरह नाच-नाच कर वहीं थम जाएगी। हलकी-सी मिट्टी खुरच कर बस। पर था रे एक बड़ा अफसर। वह मेरा सम्मान करता था। मुझसे कोई लोभ नहीं था उसे। कही भी होऊँ फोन करके केवल यह पूछना कि तुम कैसी हो? खाना खाया क्या? जब हम मिलते थे तब भी वह केवल मुझे देखता रहता

था। यह भी बडा संबल था मेरे लिए। जिस दिन काल के निष्ठुर हाथ ने उसे छीन लिया उस दिन मुझे लगा नियति ही नहीं चाहती किसी तरह की निजी कोमलता हो मेरी। जब विधाता को ही मंजूर नहीं तब मैंने उनके मन की बात समझकर अपनी तरल इच्छाओं को सात ताले में बन्द कर चाबी गहरे समंदर में फेंक दी हमेशा-हमेशा के लिए।'

बाईस वर्ष के बाद अख़बारों की मुख्य कतरन लेकर मायके व ससुरालवाले ढूँढ़ते हुए आये और अपना परिचय दिया। ''हम तुम्हारे मायके के और हम तुम्हारे ससुराल के। हम तुम्हारा सम्मान करना चाहते हैं।'' माई जाना चाहती हैं, उन्हीं रास्तों से गुजरकर जहाँ उसकी पीठ पर पत्थर बरसाए गये। माई चल रही हैं उसी रास्ते पर नज़रे बदल चुकी थीं लोगों की और नजारा भी। रास्तों पर फूल बरसाए जा रहे हैं। अखबारों की मुख्य लाईनें माई के बाईस वर्ष बाद वनवास से लौटने की गाथा गा रही हैं। माई मंच पर विराजे पतिदेव (?) को पहचान भी नहीं पा रही हैं। पुनः माई का पति से परिचय कराया गया। माई ने उनकी आँखों में आँखें डालकर नमस्कार कहा। पति ने झुकी आँखों से। पति रो रहे थे। देखने में यह किसी भी हिन्दी मसाला फिल्म का दृश्य लग सकता है। परन्तु जीवन के ये क्षण भोक्ता के लिए कैसे रहे होंगे? वहाँ तक पहुँचने की तमीज हम खो चुके हैं। माई खुश हैं। पति के देश निकाला दिये जाने पर। कहती हैं ''अगर वह न निकालता तो मैं इतनी शक्ति कैसे अर्जित करती।'' अपना सम्मान देखकर माई के मुँह से बरबस विं. दा. करंदीकर की पँक्तियाँ फूट पड़ीं 'माझ्या घरी मी पाहुणी' (अपने ही घर मैं मेहमान)। माई ने तय किया वे पति को माफ करेंगी। उस दिन माई की साड़ी तार-तार थी, आज पति के कपड़े तार-तार हैं। माई ने पति से कहा 'संस्था में आओ तुम्हारी देखभाल की जाएगी। पति बनकर मत आना, बच्चा बनकर आओ, मैं केवल माँ हूँ। माई अपने ही पति को अपना सबसे शैतान बच्चा

कहती हैं। मैं माई की आँखों में रोष से भरकर देखती हूँ। माई समझती हैं और कहती हैं—

"बाई स्वाभिमानी असावी. अभिमानी नसावी."

(स्त्री को स्वाभिमानी होना चाहिए। अभिमानी नहीं।)

माई को चाँद नहीं चाहिए था। पर माई ने पाया। माई एवरेस्ट के शिखर पर हैं। माई अनाथों के बीच पहुँचती हैं। हर रात हिंदुस्तान में एक आवाज कहीं-न-कहीं गूँजती है। 'मेरी गरज किसी को है?' माई की संस्थाओं का आर्थिक आधार सरकार नहीं, जनसाधारण हैं। माई पहले गाकर भीख माँगती थीं अब भाषण देकर आँचल फैलाती हैं। माई की आँखों में दर्द का सैलाब उमड़ आता है। जब वह कहती हैं कि 'मैं चाहती थी रे। कोई एक बार आवाज दे। कोई एक रात के लिए घर दे दे। किसी ने आवाज नहीं दी। कोई नहीं मिला।' इसीलिए हर रात माई की गुहार दरअसल मसीहे की गुहार में बदल जाती है। अविराम संघर्ष करके बहुतों ने अपना जीवन सफलता के उच्चतम शिखर तक पहुँचाया। तमाम अंबानियों के उदाहरण मिल जाएँगे। पर अपने संघर्ष से दूसरों को सफलता के शिखर तक पहुँचानेवाला नाम शायद ही ढूँढ़ने से मिले। 'माई' न मिलती तो मैं जिन्दगी भर ग़ालिब की पंक्तियों का सही अर्थ जान ही न पाती—"मैं वह शख़्स हूँ जो खुद तो भीख माँग सकता है, पर दूसरों को भीख माँगते नहीं देख सकता।" माई के सीने से लगकर ठंडक लगती है और समझ में आता है साठ साल का हो जाने का मतलब दूसरों का मोहताज हो जाना नहीं है। यह उम्र असहाय और एकाकी पड़ते जाने का भी नाम नहीं है बल्कि यह ठसक भरी आवाज के साथ जीवन जीने का सलीका सीखने का नाम है—

"अभी अभी तो आया वसन्त
अभी न होगा मेरा अन्त।"

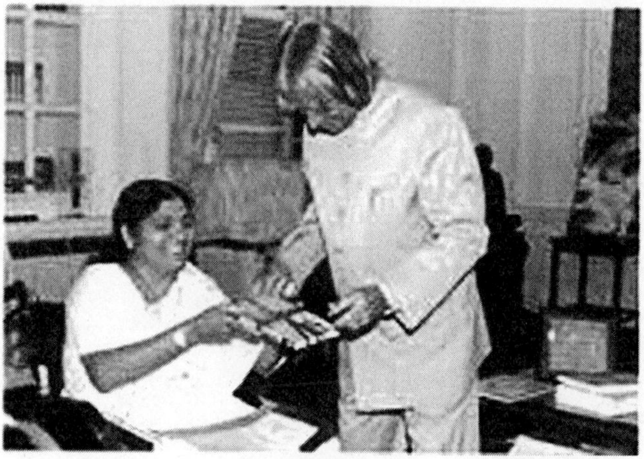

महामहिम राष्ट्रपति के हाथों पुरस्कार लेती नसीमा हुरज़ूक़
अँधेरा तो सिर्फ देहरी पर है।

हादसे ज़ुबाँ हो गये

स्त्रियों को लेकर समय बेहद संवेदनशील हो उठा है। एक तरफ स्त्रियों की दिखती वक्ष रेखाओं से शरमाकर जलजला उठता है। (सुनें उलेमाओं के बयान) तो दूसरी ओर आरक्षण की अजीब-सी खींचातानी में स्त्री मौसम उदास हो उठा है।

इब्ने मरियम हुआ करे कोई
इस दर्द की दवा करे कोई

समय तप रहा है, उमस बढ़ रही है, आवेग व्यथित है। दुनिया को बेहतर बनाने का लगभग हर कदम लगातार अपनी तथाकथित सफलता में असफल सिद्ध हो रहा है। बाहर के बल से लगातार भीतर की शक्ति पर आघात किया जा रहा है। ऐसे में हवा के ताजे झोंके की तरह नसीमा जी का ठहरा शान्त चेहरा याद आता है, और याद आती है उसके पीछे की तड़प और यातना का लम्बा

सफर। नसीमा हुरजूक या मुसलमान या स्त्री और वह भी अपाहिज नसीमा जी के शरीर का सचेत हिस्सा कमर तक है। उनके पास है पंखों वाली (पहियों वाली नहीं...) कुर्सी। नहीं नहीं दया की जरूरत नहीं है। इनकी शक्ति और इनका भय बड़े-बड़े पुरुषों को अपने विरुद्ध षड्यंत्र करने को बाध्य कर देता है। क्यों? यह प्रश्न बेमानी है। कि 'ताली दोनों हाथ से बजती है' जैसी कहावतों को अब हाशिए पर जाना चाहिए। क्योंकि नसीमा दीदी का स्वाभिमान बर्दाश्त नहीं होता। क्योंकि यह स्वाभिमान भाग्य को चुनौती देता है, क्योंकि यह स्वाभिमान ही अधूरे शरीर को पूर्णता में तब्दील कर देता है। और यह स्वाभिमान खुद्दारी की नयी दुनिया बनाता है। इसी स्वाभिमान ने हेण्डिकेप हेल्पर्स (कोल्हापुर संस्था) को संजीवनी दी। और इसी स्वाभिमान ने गोवा के नज़दीक स्वर्ग-सी स्वप्न नगरी को पृथ्वी पर उतार दिखाया। मैं कैसे कह दूँ? कैसे लिख दूँ? कि यह स्वप्न नगरी अपाहिजों की दुनिया है। उसे देखकर तो अपाहिजों की परिभाषा ही बदल गयी, सिंधुताई से मिल कर बेचैनी बढ़ी ही थी। महाराष्ट्र में ऐसों की कमी नहीं, तलाश जारी रहनी चाहिए। इसी बीच नसीमा जी का नाम सुना, फोन नम्बर गिरीश काशिद से मिला। मैंने फोन किया "हैलो!" उधर से विनम्र किन्तु दृढ़ आवाज़ आयी हलो... मैं आपसे मिलना चाहती हूँ... मैं कोल्हापुर में नहीं हूँ। स्वप्ननगरी (सिंधुदुर्ग) प्रोजेक्ट पर काम चल रहा है। गोवा के नज़दीक आ जाओ। मैं कोल्हापुर गयी। रास्ते में उनके पी.ए. का फोन सुनिए 'सुबह दीदी आपका नाश्ते पर इन्तज़ार करेंगी। जी अच्छा। मैं कोल्हापुर से सुबह चार बजे स्वप्ननगरी के लिए निकल पड़ी। कोंकण का इलाका प्राकृतिक दृष्टि से कुबेर का घर ही कहना चाहिए। यहाँ की प्रकृति में अजीब नशा है, जो मन में मस्ती और पागलपन भरता है। एक तरफ नारियल, सुपारी, आँवले, काजू के दरख्त दूसरी तरफ गज-गज भर की लम्बी घासें, उनके बीच डोलते घूमते चहकते तमाम पक्षी। कोई यकीन नहीं करता जब मैं

कहती हूँ मैंने यहाँ नीले पंखों वाला कौआ देखा। मैं चली जा रही हूँ। कौन है? यह अपाहिज नसीमा जो स्वयं दूसरों की मोहताज हैं, वह कैसे कर पायीं दूसरों के लिए इतना कुछ। कोंकण की मिट्टी से उठती गन्ध मेरी स्मृतियों में यू.पी. प्रान्त के छोटे से सड़क और स्कूल विहीन गाँव को लाकर खड़ा कर देती है। और मुझे लगता है, मिट्टी की गन्ध, लहू के रंग की तरह एक ही होती है। ईखों के पत्तों की सरसराहट एक जैसी होती है। गाड़ी रोक कर मुट्ठी भर मिट्टी खेत से उठाती हूँ। आँखों से आँसू निकल पड़ते हैं। ठीक-ठाक धूप निकल आयी। दुमंजिला अलग तरह की इमारत नज़र आयी। चारों तरफ काजू, गुलमोहर, अमलतास से सजी-धजी बरामदे में व्हीलचेयर पर उलझे बालों वाली (बिखरी अलकें ज्यों तर्कजाल) स्वस्थ एवं सुन्दर महिला जिनके चेहरे पर गजब का आत्मविश्वास था, यह महिला अपाहिज है खुद को विश्वास दिला पाना बेहद कठिन हो जाता है। 'नमस्ते नसीमा दीदी।' 'माफ करना नाश्ता मैंने कर लिया, डायबिटिक हूँ न। चलो तुम नाश्ता करो।' साथ चलती हूँ। मैं बड़े से डायनिंग हाल में आती हूँ। बेहद साफ-सुथरा, हर व्यक्ति और हर उम्र के सभी लोग किसी-न-किसी काम में लगे हैं। काम लिंग भेद पर आधारित नहीं है। बरामदे के उस पार पुरुष चावल चुन रहे हैं। इतनी तल्लीनता से जैसे कोई पूजा कर रहा हो। मैं चकित होकर चारों तरफ देख रही हूँ क्योंकि, अपवाद छोड़ दूँ तो अपाहिजों की इमेज फिल्मी तर्ज पर कुछ ऐसी ही बनी थी 'दे दाता के नाम तुझको अल्ला रक्खे'! नसीमा दीदी ने अपने पी.ए. से कहा, 'इन्हें चारों तरफ सब दिखा कर मेरे पास लाओ।' 'देखो यह है खेत गवार, गोभी, प्याज, टमाटर थोड़े से गेहूँ।' मैं देखती हूँ। नदी के किनारे का खेत और स्कूली ज्ञान से शेखी बघारती हूँ। कहती हूँ सुभाष भाई नदी के किनारे की मिट्टी उपजाऊ होती है न। सुभाष जी के चेहरे पर मुस्कान और उदासी धूप छाँह-सी तैर गयी। बड़ा परिश्रम करना पड़ता है। नदी का बहाव रेत और कंकड़ साथ

लाता है, जो खेती के लिए ठीक नहीं है। यह जो पुल देख रही हैं आप। हम-लोगों ने बनाया और बनवाया है। पहले हम नदी से आते थे।' हैरान होती हूँ कि व्हील चेयर पर नसीमा कैसे नदी पार करती थीं नाव पर ही सही। 'यह जो कुआँ है न हमने खुदवाया जब दीदी को एक लाख का पुरस्कार मिला था न तब'। (उसी पैसे से) यहाँ कौन सी कक्षाएँ चल रही हैं, रविवार के दिन मैंने पूछा। 'स्कॉलरशिप के लिए विशेष कक्षाएँ चल रही हैं। यह है लायब्रेरी और यह है 'लाजवाब काजू' की फैक्ट्री। यहाँ कटिंग से लेकर ग्रेडिंग तक होती है। कुछ मशीनें हैं हाथ की और कुछ पैर की। जिनके हाथ नहीं हैं वे पैरों से, जिनके पैर नहीं वे हाथ से काम करते हैं। नसीमा दी बच्चों से कहती हैं, तुम सबसें अलग नहीं, बस खास हो। यह घर है। नसीमा दी कहती हैं आश्रम नहीं। यहाँ एक धर्मगुरु आये थे। मैंने सोचा बच्चों से अच्छी बात करेंगे' कहते-कहते उनका चेहरा आरक्त हो उठता है। 'जानती हो शशि उनका पहला वाक्य था— तुम सबने पूर्व जन्म में पाप किया था इसकी'... मैं उनकी तड़प को छूने भर की कोशिश करती हूँ। एक बच्चा उनसे जिद करता है, मुझे आपके साथ कैरम खेलना है। उसकी नसीमा दीदी एक दुलार भरी झिड़की देती हैं और बिजली की गति से अपनी चेयर घुमा कर आगे की ओर चल देती है चलो मेरे साथ। क्या उम्र है तुम्हारी? देखती हूँ मैं उनकी तरफ। चुप रहती हूँ। 'मैं साठ की हो रही हूँ।' मैं बस देखती रहती हूँ। सामने सलज्ज मुस्कान हल्का-सा दर्प, 'लगती नहीं हूँ ना' वाला भाव सहज औरतपना। और मैं हैरान। दीदी आपको लोगों ने परेशान किया होगा न! सुन्दर थीं और हैं भी। दर्द से उनका चेहरा खिंचने लगता है।

तो यह हैं नसीमा और उनका वह खूब बड़ा हवादार रोशनदार कमरा। बड़ी-बड़ी खिड़कियाँ और उस पार गुलमोहर—भीतर आने की इजाज़त माँगता हुआ। कुछ भी नहीं हिलता उनकी अनुमति के

बिना। उनकी बादशाहत में सारे मुरझाए पौधे हरे हो रहे हैं, बेखौफ बढ़ रहे हैं। यह जीती जागती ज़िद हैं, जुनून हैं। दामिनी हैं। यह इंडियन नेपोलियन बोनापार्ट हैं। इनके शब्दकोश में असम्भव शब्द ही नहीं। बस आत्मबल का अचूक मन्त्र है। एक तरुणी जो हमेशा अपने को मंदिर या मस्जिद के सामने भीख माँगते हुए देखती थी, यह खौफनाक दृश्य सोते-जागते उसका पीछा नहीं छोड़ता था। तरुणी ने खौफनाक मंज़र का वध किया। यह दृश्य वध ही उनकी अपाहिजी का अतिक्रमण था। कल्पना करो मौलिक शक्ति की। स्वयं समर्थ हुईं दूसरों को बनाया। अपाहिजों के भीतर वह आत्मबल फूँका कि वे केवल अपने लिए नहीं बल्कि समाज के लिए भी जीने लगे। जिन्हें अपनी ज़िन्दगी बोझ लगने लगी थी वे डाक्टर, इंजीनियर, वैज्ञानिक, सी ए बनकर निकलने लगे। नसीमा को पसन्द नहीं आत्मदया, अपनी तकलीफों को भुनाना नहीं जँचता। नसीमा जी काश आप तमाम स्त्रियों की अपाहिज आत्मा को ही समर्थ बना पातीं।

मुस्लिम परिवार की एक अल्हड़ शरारती बच्ची। इस घर में लड़कियों की शिक्षा दी जाती है। लेकिन तमाम रूढ़ियों का पालन भी वैसे ही किया जाता है जैसे अन्य धर्मों में। इसमें नसीमा का खो खो कबड्डी से लेकर नाचना भी है। नाचने की सख्त मनाही है पर बच्ची की ज़िद से पथरीली कठोरता पिघलती है, लेकिन राधा बनी बच्ची क्या करे अब्बू सामने बैठे हैं और स्टेज ही टूट गया। ज़िद ये है कि हार नहीं मानी फिर नाचना है और नाची भी, पुरस्कार भी जीता। नसीमा जी उस समय को याद करते हुए (सुधा चंद्रन को भी याद करती हैं।) कहती हैं काश एक बार पैरों में जान आ जाती। नसीमा अपनी बहनों के साथ पढ़ रही हैं। हाई स्कूल तक पहुँचने से पहले अपनी कमर पीठ के असह्य दर्द से बेहाल होकर इंजेक्शन और गोलियों के सहारे परीक्षाएँ देती हैं। कोल्हापुर, मिरज के सारे डॉक्टर देख चुके हैं। कमर के निचले हिस्से की संवेदना

धीरे-धीरे लुप्त होती जा रही है। गरम पानी का अहसास तक नहीं होता। डॉक्टरों की समझ में नहीं आया या ईश्वर की मर्ज़ी ऑपरेशन ने नसीमा को ठीक नहीं किया बल्कि हमेशा के लिए अपाहिज बना दिया। दर्द से बिलबिलाती हर किसी से जहर माँगा करती थीं। नसीमा की कमर के नीचे चींटियों ने अपना घर बना लिया, बिस्तर में जहाँ-तहाँ खून के धब्बे। अम्मी ने देखा तो खौफ से चीख पड़ीं, दर्द से आँसू निकल पड़े। और माँ-बाप बनजारों की तरह दवाओं से लेकर दुआओं तक दुनिया में भटक रहे थे, बस तकदीर यही ठीक थी। नसीमा की परिवार वालों का बस चलता तो नसीमा की अपाहिजी और दर्द भी मिल बाँट लेते। दैनिक कर्म का भी एहसास नहीं बिस्तर बदबू देने लगता तो घर वाले दौड़ते। ऐसे में कहीं जाना तो मरणांतक यातना थी। पहियों वाली कुर्सी को उठाए जहाँ-तहाँ घर वालों को जाना पड़ता ही न। नसीमा जी के चेहरे के उतार-चढ़ाव को पढ़ पाना मुश्किल ही है, फिर भी चेहरा एक वाकया सुनाते-सुनाते तरल हो उठता है। कुमठा से कोल्हापुर का सफर था— बस में उन लोगों की सीट आरक्षित थी, नसीमा को गोद में उठाए मामा जी बस में चढ़े यह क्या—अभी सीटों में दूसरे लोग बैठे थे और वह कहने पर भी जगह छोड़ने को तैयार नहीं। इतना ही नहीं मारामारी भी की। मामा का चेहरा खून से सन गया (इस तरह एकाध छिटपुट बातों को छोड़ दें तो वैसे हम भारतीय बड़े सहिष्णु और उदार होते हैं।) नसीमा जी उदास-सी हँसी बिखेर देती हैं, बिना किसी पर आक्षेप लगाए। इसी बीच उनके अब्बा की ईमानदारी एक लाइलाज बीमारी साबित हुई और अब्बा नहीं रहे। नसीमा आज भी तड़प उठती हैं और कहती हैं कि अब्बा की स्वाभाविक मौत नहीं हुई थी। अब्बा के न रहने से घर की आर्थिक स्थिति चरमरा गयी थी। एक तरफ होश खो देने वाला शारीरिक दर्द तो दूसरी तरफ आत्मा दहला देने वाला मानसिक दर्द। जिस जर्जर कश्ती पर नसीमा परिवार सहित सवार हैं, उसे तो डूबना ही

था। नसीमा को बार-बार दिखता कि वह हाथ में कटोरा लेकर भीख माँग रही हैं। उनकी पसीने से भीगी हथेलियाँ उस अदेखे की ओर उठ जातीं 'या अल्लाह रहम कर भीख में मौत दे दे।' गरम पानी से कमर के नीचे का हिस्सा जल गया है और बड़े-बड़े फफोलों से पस रिस रहा है। यह घाव डराता है और उससे भी ज़्यादा डराता है इस घांव के दर्द का अहसास न होना। मैं नसीमा दीदी से यह सब सुनते हुए पहली बार महसूस करती हूँ अपना घाव देखना और उस दर्द से बेखबर होना भी भयानक दर्द है। मैं गहरी साँस लेती हूँ, बेसाख्ता मुँह से निकल पड़ता है, 'हे ईश्वर चोट दे तो उसका अहसास भी दे।' नसीमा इस अपाहिजी के साथ तो जीना ही नहीं चाहतीं लेकिन भविष्य में कुछ विलक्षण होना था, इसी का परवाना लेकर बाबू काका दीवान (1970 में) आये। एक अपाहिज का खुद की कार ड्राइव करना, बड़ा व्यापार सँभालना, लगातार हवाई जहाज का सफर करना यह सब नसीमा को हतप्रभ कर देता है, जिसका जिक्र करते हुए वह आज भी रोमांचित हो उठती हैं, "तुम्हें अपनी शिक्षा पूरी करनी चाहिए, आत्मनिर्भर बनो और कोल्हापुर के अपाहिजों के लिए काम करो"। यह संवाद ही नसीमा की ज़िन्दगी का टर्निंग पाइंट था। ऐसा पहली बार था कि उनकी ओर देखकर किसी ने यह नहीं कहा, "च च च..." बेचारी के साथ भगवान ने बहुत बुरा किया, बल्कि डाँटा ही था। नसीमा जी कहती हैं, "मैं थोड़ी देर के लिए भूल ही गयी कि पहियों वाली कुर्सी पर बैठी हूँ, बल्कि अपना आकाश पाने के लिए जैसे सारी ताकत इकट्ठा करके उड़ान भरने का प्रयास कर रही थी। इसी बीच मैंने बाबू दीवान पर लिखा उपन्यास भी पढ़ा 'माणुस मोठा ज़िद्दी चा' (जिद्दी आदमी) मैंने पढ़ाई शुरू की, ग्रेजुएट हुई।" 1972 में बाबू काका की प्रेरणा से नसीमा ने अपंग पुनर्वसन संस्था के गठन का काम शुरू किया। पैराफिजिक अनेक स्त्रियों और पुरुषों को नसीमा जी ने घिसट- घिसटकर दम तोड़ते हुए देखा। उनकी ज़िद और दृढ़ हुई, चाहे जो हो, इन स्थितियों से उन्हें उबारना है।

नसीमा कहती हैं कि तब भी और अब भी चाहरदीवारों के बीच एक टुकड़ा ज़िन्दगी के लिए ये ज़िन्दगियाँ तरसती हैं। पेशाब और शौच के भय से बिस्तर पर न सोने वाले लोग। इन्हें मुकम्मल ज़िन्दगी के लायक तो बनाना ही होगा। बड़ी सहजता से नसीमा दी कहती हैं– ''मैं सुबह उठते ही अपने हाथ से अपना पेट साफ कर लेती हूँ। बाबू काका ने सिखाया, सर्जिकल हैंड ग्लोव डालकर अपना पेट कैसे साफ किया जाता है। इससे दिन में एक ही बार मरणान्तक यातना से गुज़रना पड़ता है और सारे दिन आप बेफिक्र रहते हैं।'' मैं बेहद परेशान होती हूँ, नक्कारखाने में तूती प्लास्टिक के दुख की बोलती है। प्लास्टिक का विमर्श और प्लास्टिक के आँसू। याद आते हैं यशपाल और उनकी कहानी 'दुःख'। इन्हीं से सीख रही हूँ, बचाव के लिए भी ऊर्जा का क्षरण नहीं करना चाहिए। जीवन बड़ा है, बहुत बड़ा और उसका उद्देश्य भी बड़ा ही होना चाहिए।

नसीमा की ज़िद्द और बाबू काका का विश्वास व्हील चेयर पर बैठी नसीमा– व्हील चेयर, थाली फेंक, गोला फेंक, टेबल टेनिस, सभी प्रतियोगिताओं में प्रथम। चैम्पियनशिप होल्डर इस तरुणी के पैर तो नहीं, लेकिन 'पर' अवश्य उग आये और यह उड़ चली इंग्लैंड की ओर। यद्यपि उनकी सहायिका ने उनके साथ जो किया वह अक्षम्य ही था। नसीमा को अब तक बाधाओं को सहजता से स्वीकार करना आ गया था। इंग्लैंड में अपाहिजों की फुर्ती और आत्मविश्वास ने नसीमा के बेरंग सपनों में रंग भरना शुरू किया। 'अपाहिज पुनर्जीवन संस्था' का सपना सँजोने वाली यह तरुणी जानती थी कि रास्ता आसान नहीं है। लोगों की सहानुभूति आपके साथ तब तक रहती है जब तक आप सक्षम नहीं हैं। फिर भी बाबू काका और नमा ताई के रूप में अच्छाई और सड़क पर भिखमंगी अपाहिज लड़की और भिखमंगे अपाहिज लड़के मोहम्मद के बदले जीवन के रूप में अच्छाई का परिणाम भी देख चुकी थीं। इसीलिए अच्छाई के प्रति इस तरुणी की आस्था दृढ़ से

दृढ़तर होती गयी। हेलन किलर का व्यक्तित्व और विस कार्डी की 'गिव अस दि टूल्स' ये किताबें भी नसीमा की गुरु साबित हुईं और एक ज़िद आग की तरह भड़की कि अपाहिजों के लिए दया और आत्मदया—जैसे शब्दों की जड़ों में ही मट्ठा डालना होगा। नसीमा कहती हैं, अपाहिजों से कि आप सब भी तो दूसरे ही जैसे हो, बस थोड़े खास हो! मैं खिड़की के बाहर गुलमोहर की ओर देखती हूँ। सुन नहीं पा रही हूँ वह क्या कह रही हैं। उन्होंने मुझे टोका, मैं झेंप गयी और उन्हें सफाई देती हुई बोली कि "नहीं दीदी, बस यूँ ही, पिछले तीन-चार सालों से अनाप-शनाप कारणों से मैं परेशान रही, दुःख इस बात का है कि मैं उसे संकट समझती रही।" वह हँस पड़ीं। और हमारी बातें थम गयीं। आई. बी. एन. लोकमत चैनल पर 'ग्रेट भेंट' कार्यक्रम के अंतर्गत उनका इंटरव्यू आ रहा है। वह संवाददाता निखिल वागले की खूब तारीफ करती हैं। मैं भी सत्य, न्यायनिष्ठ जनतन्त्र के हिमायती इस पत्रकार पर बड़ा भरोसा रखती हूँ। यह उन अर्थों में शरीफ नहीं जहाँ मानवता के कफन को शराफत की चादर मानकर लपेटा जाता है। इसीलिए तो जेल भी हो आये, वहीं जहाँ कसाब है (आर्थर रोड) भँवरी बाई के केस में अदालत की अवमानना का मुकदमा भी झेल रहे हैं निखिल वागले। इसी बीच इंटरव्यू देखने के बाद हम लोगों ने खाना खाया, खास कोंकण पद्धति का भोजन।

नसीमा जी शरीर के घाव (बेड सोर और पेशाब के लिए बिठाए गये कैथेटर को लिए-लिए लगातार भागदौड़ कर रही हैं। इस भागदौड़ में कई बार कैथेटर निकल जाता है जिसे खुद अपने हाथों से बिठाते हुए वे खून से लथपथ हो जाती हैं लेकिन अपाहिजों के पुनर्वसन के सपने का रंग इससे और अधिक गहरा और गाढ़ा हो उठता है। वह कोल्हापुर में अपाहिजों की खेल प्रतियोगिता रखना चाहती हैं जिसके लिए सामान्य जन तो क्या स्वयं अपाहिज भी उनकी हँसी उड़ाने से बाज़ नहीं आते। नसीमा जी

अक्सर इन स्थितियों में बीमार हो जाया करतीं, लेकिन वे कहती हैं कि मेरी बीमारी का एक ही इलाज था, काम और काम। तकलीफ़ सहना उनकी आदत में शुमार हो गया। इस संस्था के गठन के लिए ट्यूशन करना, रूमाल बनाना, दिन रात परिश्रम कर एक-एक पैसा इकट्ठा करने लगीं। संस्था तो बननी ही थी और बनी भी। बस उसमें नसीमा का नाम कहीं नहीं था। आश्चर्य की कोई बात नहीं, ज्यों ही बच्चा अपनी माँ के गर्भ से पृथक होता है, उसके नाम के साथ माँ का नाम कहाँ होता है? लेकिन बाबू काका ने सुना तो कहा, ''तुम ब्राह्मण नहीं हो न, इसीलिए उन्होंने तुम्हारा नाम नहीं डाला।'' यह सच भी है, बात ब्राह्मण की नहीं, सभी जातियों की कट्टरता समानधर्मी है। गाँधी, आम्बेडकर, संविधान, राष्ट्र, सबसे ऊपर 'जाति' है। यह जानकर शर्म तो आनी चाहिए पर सच मानने में संकोच कैसा? नसीमा जी का नाम बाबू काका के आग्रह से इस संस्था में डाला गया। नसीमा जी मन लगाकर काम करती रहीं और संस्था ठोस आकार लेने लगी। वह सुकून की साँस ले पातीं, लेकिन नियति को चैन कहाँ। बाबू काका कैंसर से जूझने लगे। यह नसीमा के लिए वज्रपात से कम न था। निजी दुख को निजी स्तर पर सहना, पीड़ा की एक बूँद बाहर न छलकने देना, शायद यही उनके व्यक्तित्व की पहचान बनने लगा। बाबू काका के जीते जी किसी भी स्थिति में कोल्हापुर में अपाहिजों की खेल प्रतियोगिता हो, इसके लिए वे कृतसंकल्प थीं। और उन्हें मिला अपनी ही तरह के कुछ लोगों का साथ। अपाहिजों द्वारा अपाहिजों को समर्थ बनाने का अभियान युद्ध स्तर पर चल रहा था। इधर नसीमा दी यह भी चाहती थीं कि बाबू काका उनके घर में रहें ताकि वह ठीक से उनकी सेवा कर सकें, परन्तु घर वालों ने समाज के भय से चुप्पी साध ली। नसीमा जी कहती हैं– ''वाह रे समाज, घायल हिरणी तड़पती रही, नज़र उठाकर देखा नहीं जिस समाज ने, वही समाज तय करेगा मेरे लिए रीति और नियम।'' लेकिन उन्हें परिवार की खातिर अपनी सदिच्छा की आहुति चढ़ानी

पड़ी। इन तड़प भरी स्थितियों में भी कोल्हापुर में अपाहिजों की खेल प्रतियोगिता हुई और उसे अभूतपूर्व सफलता मिली। शहर दंग था, बाबू काका का सपना पूरा हुआ। नसीमा जी बच्चों की तरह चहकती हुई कहती हैं, "पता है, अखबारों में तो हम ही हम थे 8-9 फरवरी, 1976।" अब संस्था ढंग से काम करने लगी थी और इसे आर्थिक मदद भी मिलने लगी थी। लेकिन एक बात नसीमा को अखरने लगी कि संस्था में ज़रूरतमंद अपाहिजों की फाइलें बन्द थीं और समिति के सदस्य सुविधा का लाभ उठा रहे थे और धीरे-धीरे संस्था कुछ लोगों के लिए पैसा कमाने का जरिया बनती जा रही थी। ज़ाहिर सी बात है कि अपाहिजों द्वारा अपाहिजों का हक मारा जा रहा था, सो नसीमा सह नहीं पायीं। और उनकी बेचैनी ने अघोषित तौर पर उनको संस्था के कुछ सदस्यों का शत्रु बना दिया। नसीमा ने बाबू काका से बात की और जवाब में बाबू काका ने नसीमा का राजीनामा टाइप कर भिजवा दिया। नसीमा कहती हैं, मैं पत्र देखकर हतप्रभ थी! कोई अपनी ज़िन्दगी से राज़ीनामा देता है क्या! लेकिन मुझे देना पड़ा। और जब भी संस्था के काम का समय होता तो "मैं होश खोकर तड़प उठती।" इसी समय बैंक ऑफ इंडिया के लिए क्लर्क की भरती के लिए लिखित परीक्षा दी और पास हुईं। इंटरव्यू में जो प्रश्न पूछे गये, वे साधारण और व्यक्तिगत थे। मैं नियुक्तिपत्र की राह देख रही थी, पर मेरा चयन नहीं हुआ। योग्यता दिखाने का अवसर दिये बगैर अयोग्य घोषित किया जाना अन्याय था। किससे कहा जाय? इसी दौरान विजय मर्चेंट का हाथ मेरे सिर पर आया लेकिन बदले में विधाता ने बाबू काका को ले लिया। मैं देख रही थी कि निरीह अपाहिजों के पंख निर्दयतापूर्वक स्वार्थी वृत्तियों के अपाहिजों ने काट दिये। समाज के सारे बुद्धिजीवी, नैतिकता के तथाकथित ठेकेदार खामोशी से तमाशा देखते रहे। इसी बीच कस्टम विभाग में क्लर्क की भर्ती के लिए नसीमा ने पुनः परीक्षा दी और उन्हें इस बार नौकरी मिली। वह बहुत

खुश थीं, चूँकि परिश्रम उनकी जिन्दगी का स्वाभाविक अंग था, इसलिए अपना काम वह जल्दी निपटा देतीं और दूसरों के काम में भी हाथ बँटाती। अनुभव का दायरा बढ़ रहा था, ज़िन्दगी खुशनुमा लगने लगी थी। रंग-बिरंगी महँगी साड़ियाँ और इत्र से उनका यौवन महकने लगा था (ये साड़ियाँ और इत्र भाई विदेश से भेजा करता था) निस्संदेह नसीमा यह सब इसीलिए करतीं, उन्हें लगता कि उनकी खुशी की अभिव्यक्ति का यह सहज साधन है। लेकिन इस महक ने लम्पट भौंरों का ध्यान अपनी ओर खींचा, जिस तरह का प्रेम निवेदन स्वाभाविक स्थितियों में खुशी देता, उसी तरह का प्रेम निवेदन नसीमा के लिए यातना बनकर आता। व्हीलचेयर की सहायता करने के लिए उठे हुए हाथ नसीमा की गर्दन और पीठ सहलाने लगते। नसीमा ने उम्र के इसी मौसम से अपनी जिन्दगी के सारे रंग खारिज कर दिये और सफेद रंग चुना (आज भी वह केवल सफेद रंग के कपड़े पहनती हैं) ऐसा नहीं था कि उनकी जिन्दगी में कोमल भावों के लिए जगह नहीं थी, लेकिन इन भावनाओं पर भय भारी था। इसीलिए एक मराठा युवक का प्रणय निवेदन अस्वीकार करने के बाद नसीमा फूट-फूटकर रो पड़ी थीं।

जिन्दगी इसी तरह पहाड़ी गति से चलती रही। इसी बीच छोटी बहन को अपेंडिक्स परेशान करने लगा और परीक्षा के दौरान ही एमरजेंसी में ऑपरेशन करना पड़ा। ऑपरेशन के बारह घंटे बाद ही वह अपनी परीक्षा देने की जिद करने लगी। डॉक्टर ने भी अनुमति दे दी कि परीक्षक को हॉस्पिटल लाया जा सकता है। नसीमा विश्वविद्यालय (शिवाजी युनिवर्सिटी कोल्हापुर) वी सी के पास प्रमाणपत्र और अर्जी लेकर गयीं। वे अर्जी देखते ही चिल्लाए, क्या समझती हो खुद को। धर्मशाला समझ रक्खा है क्या? नसीमा कहती हैं कि इनके साथ दो-चार लोग और बैठे हुए थे और मैं मुँह ढाँपकर फफक पड़ी, अपनी खुद्दारी को इतना घायल कभी नहीं पाया। रिक्शा वाला मुझे सान्त्वना दे रहा था। मेरे लाख कहने पर भी

उसने पैसे नहीं लिए। उस अहसान को मैंने आज भी सहेजकर रक्खा है। प्रश्न है कि बड़ा किसे कहा जाय? खैर, यह मसला हल हुआ, कौसर की शादी हुई, सब कुछ ठीक-ठाक चल रहा था कि एक दिन कौसर एक हादसे में घायल हो गयी और कमर के नीचे उसकी सारी तकलीफें वैसी थीं, जैसी मेरी। या अल्लाह, कितनी परीक्षाएँ लेगा! इस आह के साथ नसीमा ने सम्मान और पुरस्कार के सारे प्रमाणपत्रों को फाड़कर ज़हर खा लिया। ज़हर का असर केवल इतना कि दो दिन तक नींद में गाफिल रहीं और फिर जी उठीं। लेकिन बहन ठीक हो गयी और वह अपना पूरा ध्यान अपाहिजों पर केंद्रित कर सकीं। उन्हें स्वार्थहीन समर्पण वाले लोग मिले, उनका समर्पण ही उनकी संस्था की बुनियाद बना। दो सौ चौहत्तर बच्चों का ऑपरेशन करके उनकी ज़िन्दगी में चमत्कार के फूल खिलाना नसीमा की उपलब्धि बन गया। इन अपाहिजों से उनका रिश्ता सगे से भी सगा होता गया। किसी बच्चे की मृत्यु उन्हें पागल कर देती तो किसी की कराह उनकी आत्मा को दहला देती। दिनों-रातों तक लोगों की देखभाल करना यही उनकी जिन्दगी का साध्य बन गया। बस उन्हें अपेक्षा यह रहती कि संस्था जिनकी जिन्दगी बदल देती है, उन्हें संस्था के प्रति अपने दायित्व का निर्वाह करना चाहिए। ऐसा न होते देख वे रोष से भर उठती हैं। उनकी संस्था में सभी उम्र के लोग रहते हैं। कभी-कभार लड़के-लड़कियों के आपसी सम्बन्धों को भी अभिभावक की तरह सुलझाती हैं। यद्यपि ब्रह्मचर्य ही जीवन का हिस्सा रहा उनके, परन्तु युवा सम्बन्धों की भूलों को वह गाँधियन नहीं बल्कि अपने तरीके से सुलझाती हैं। वह सारे साथियों के बीच बेहद लोकप्रिय हैं, फिर भी कहती हैं, ''अरे भई मैं इस लोकप्रियता से दूर ही भागती हूँ। तुम जानती नहीं मुझे अपनी लोकप्रियता से बहुत नुकसान उठाना पड़ा है। मैं एक सौ दो डिग्री बुखार में तड़प रही हूँ और खिड़की के पास खड़े दो लोग मेरे विरुद्ध षड्यंत्र कर रहे हैं। मेरे पास मुझपर लांछन लगाते हुए अनेक पत्र आते हैं। इतना ही नहीं, मेरी 'आत्मकथा'

पढ़ने के बाद धमकी भरे पत्र भी आने लगे। इस दबाव के चलते दूसरे संस्करण में मुझे नाम बदलने पड़े।'' संस्था के लिए की जाने वाली मदद के लिए 'बालासाहेब ठाकरे' और 'छगन भुजबल' का नाम लेना वह नहीं भूलतीं। दीवारों की तरफ सम्मान पाते हुए राजीव गाँधी से लेकर ए.पी.जे. कलाम तक की तस्वीरें देखते हुए उनकी आँखें आर्द्र हो उठती हैं। ''जानती हो शशि, एक बार हमने एक अपाहिज के ऑपरेशन के लिए अखबार में मदद की अपील की थी, और भिखारियों ने मिलकर जो पाँच सौ रुपये की मदद की थी, वह मेरे लिए खास थी। मैं उन्हें कैसे बताती कि मेरे अपाहिज छात्र गणेश की पहिए वाली कुर्सी की चेन उतर गयी थी, जिसे लेकर वह परेशान था और ज़मीन पर बैठकर मैं भी लगी हुई थी। मेरे चारों ओर कैम्पस के प्रोफेसरों और विद्यार्थियों की आवाजाही थी परन्तु वहाँ रुकने और झुकने के लिए कब समय था उनके पास? बड़े लोग तो केवल जूतों की ओर झुकते हैं, अपने या...''। नसीमा जी महेंद्र कुलकर्णी के बारे में बताती हैं जो सच है लेकिन अविश्वसनीय लगता है। महेंद्र के बारे में उन्होंने अपनी आत्मकथा में विस्तार से लिखा है, इसीलिए मैं उसका जिक्र नहीं करूँगी।

नसीमा जी अपने अपाहिज मेधावी बालक को एडमीशन दिलाने के लिए ले गयीं और उसे केवल इसलिए एडमिशन नहीं मिला कि वह अपाहिज है। नसीमा जी प्राचार्य के कमरे से उस बच्चे को साथ लेकर फूट-फूटकर रोते हुए बाहर निकलीं। कहती हैं, कभी-कभी तो जी में आता है कि इन सबको लेकर सामूहिक आत्महत्या कर लूँ। अरे, शिक्षा के दरवाजे तक आप बन्द कर देंगे? अपंगों के लिए अलग पाठशाला बनाएँगे। अपंगों के लिए अलग पाठशाला समाज के लिए गर्व नहीं कलंक की बात होगी। पाठशाला का आधार बुद्धि है या शरीर। नसीमा की इसी जिद्द ने उनकी संस्था से एक से एक होनहार डॉक्टर, इंजीनियर और सी. ए. दिये हैं। उनकी प्रतिभाओं का उपयोग सात समन्दर पार भी हो रहा है। अपने

स्वयं के पुरस्कारों को लेकर वह संकोच से गड़ जाती हैं। कहती हैं, दूर दराज़ के अपंग बच्चे टी वी पर देखते होंगे तो क्या सोचते होंगे कि अरे यह तो हमारे लिए कुछ भी नहीं कर रही है। दूसरी ओर वह कहती हैं कि इतने ईमानदार और समर्पित साथी न मिलते तो नसीमा क्या करती। फिर व्यक्तिगत पुरस्कारों का क्या औचित्य है? मुझे इन्तज़ार है कि पुरस्कार एक दिन संस्था को मिलेगा, न कि नसीमा को। नसीमा जी की इसी हिम्मत से हिम्मत परिवार का हिम्मत ग्राम बन रहा है, अपाहिजों के हित की लड़ाई उन्हें जीतनी ही है, आइए हम सब भी इस हिम्मत परिवार को सशक्त बनाने में उनके साथ हों।

उस पार है
उम्मीदों और उजास की
एक पूरी दुनिया
अँधेरा तो सिर्फ देहरी पर है

(परिकल्पना के कविता पोस्टर से।)

लक्ष्मी

अपने और समाज के बीच साझा पुल बनाने की जिद्द

जुग-जुग जियेसु ललनवा

''कुछ ऐसी यंत्रणाएँ हैं, जिनके व्याकरण को केवल वे समझ सकते है, जो उन्हें भुगतते हैं—दूसरों के लिए वह अज्ञात लिपि हैं।''

—निर्मल वर्मा

मुझे लक्ष्मी के बारे में लिखना है, वही देवदारु की ऊँचाई-सी, रंग और गौरव से भरी, तितली की तरह फर-फर उड़ती, वही पंखों पर पराग और केशर के कणों को लिए-लिए घूमती,महुए के गन्ध की तरह गमकती। टी.वी.स्क्रीन उसके चेहरे की मासूमियत सोख लेता है। इतिहास ने 'बृहन्नला' में अर्जुन देखा था। यह 'अर्जुन' में 'बृहन्नला' है। शापित नहीं है। अखण्ड अस्तित्व के लिए धनंजय की भटकन है। बचपन में जिसकी देह को 'सत्यनारायण' का प्रसाद बना कर बाँट लिया गया हो। देह के भीतर वह बच्चा मन के व्यथा की पहचान भी कहाँ कर पाया था?अचेतन मन ही अस्तित्व और

व्यक्तित्व के बनने की सबसे कारगर सीढ़ी होता है। यही अचेतन मन इस बच्चे पर उम्र भर तारी रहा, सम्पूर्ण मानव जाति को स्त्री और पुरुष में बाँट दिया गया,लक्ष्मी गुरु जैसे लोग कहाँ जाएँ? मैंने बहुत तलाश की करुणाशील लोगों में इनके प्रति करुणा तो हाथ लगी। अपने स्त्री और पुरुष होने के दंभ से भरे लोगों में इस जमात के प्रति केवल निष्ठुर निर्ममता! होठों की मुस्कुराहट ऐसी कि त्वचा को भेद कर आत्मा तक छील गयी। एक गहरी लम्बी उदास रात अन्तहीन सड़क की तरह मेरे सामने पसरी है। नहीं नहीं। अच्छे लोग तो हैं, किसानों की आत्महत्या की रिपोर्ट को सौंपते हुए, मुस्कराते हुए फोटो खिंचवाते लोग, बच्चों को मुफ्त में नोट बुक पेंसिल बॉटने के लिए प्रतिबद्ध होर्डिंग में चमचमाती राजनीतिक पार्टियाँ, तिरुपति और शिर्डी के मन्दिर में करोड़ों रुपये तक दानपेटी चुपचाप डालने वाले लोग शान्ति रैलियाँ निकालते लोग। अगर मुझे अच्छे लोग नहीं दिखाई देते हों दृष्टि दोष मेरा है। ज़िन्दा रहने की शर्त है, मुझे इनको अच्छा कहने की तमीज सीखनी होगी। एक वर्ग आत्मरति से डूबा तो दूसरा वर्ग हेकड़ी से भरा। यही हूँ मैं,मेरा समय और मेरा परिवेश। नितांत बौद्धिक, चारों और पाठ्यक्रम से जूझते लोग और तमाम कमेटियों पर लदे गुरु गम्भीर चेहरे। यहाँ समय और स्पेस के बीच किसी तरह का द्वन्द्व नहीं होता। इसीलिए नये समीकरण नहीं बनते। पुराने समीकरण सती के शव की भाँति कंधे पर लिए अनेक जटाधारी (अमूर्त) बाबाओं से आप टकरा सकते हैं। गर्भ में पल रहे प्रतिरोध का गर्भपात इनकी दृष्टिपात मात्र से हो जाता है। आप की भाषा रंग रेखा, संवेदना यहाँ झाड़ू पोंछा करने की भी काबिलियत नहीं रखती। ऐसे वातावरण में 'लक्ष्मी' के बारे में बात करना मुझ पर विश्वविद्यालय की नैतिकता स्खलित (?) करने का आक्षेप लगेगा। कोई बात नहीं। अब तो आक्षेप जीवन का अभिन्न हिस्सा हो गया है। लेकिन मेरे भीतर की ज्वालामुखी संवाद के रूप में ढलना चाहती है। बचपन से ही किन्नर समुदाय के प्रति रोमांच ही नहीं बल्कि

कशिश भी महसूस करती हूँ। बड़े सारे किन्नर मेरे मित्र हैं। आते-जाते रास्ते में, रिक्शे में, थियेटर में, इनसे बात करते हुए मुझे अटपटा नहीं लगता। अब तो और भी नहीं।

गहरे आवेश के साथ एक आन्दोलन की तरह लक्ष्मी मौजूद रहना चाहती है इस आलेख में (काश काशीनाथ सिंह की तरह मेरे पास भी भाषा होती।) मैंने लक्ष्मी को सुना है, लक्ष्मी के बारे में सुना है। निखिल वागले के साथ ग्रेट भेंट में सामने लक्ष्मी मौजूद है। सम्पूर्ण टी.वी. स्क्रीन पर उसके घुँघराले बाल फैल गये हैं। हे भगवान! कैसे मिलूँ इससे? और ऐसे में याद आयी 'सरिता'। इण्डिया टी.वी. की वरिष्ठ संवाददाता। मेरी मित्र सरिता ने लक्ष्मी से बात की और उसका नंबर मुझे दिया। मैंने तीन-चार बार फोन किया कोई रिस्पांस नहीं। मैंने सरिता को फोन किया। "हद है, सरिता उफ़ एक तो मुंबई की बारिश झमाझम अपनी मस्ती में छाती पर धान कूटे जा रही है। दूसरी लक्ष्मीरानी फोन ही नहीं उठा रही है।" उधर से सरिता आश्चर्यचकित होती हुई बोली, अरे! "लक्ष्मी सेलिब्रेटी है अननोन नम्बर क्यों उठाएगी। तुम्हे एस.एम.एस करने का अगर शऊर है तो करो और उसमें लिखो कि सरिता ने बात की थी।" मैंने एस.एम. एस किया। उसके बाद फोन किया तो एक बाद दूसरा, दूसरे के बाद तीसरा चौथे नम्बर पर लक्ष्मी थी। समय अगले दिन ग्यारह बजे, जगह थाने के पांच पारवाडी के सी.सी.डी (कॉफी कैफे डे) मैं बैठी हूँ भूख लगी है। सैण्डविच और कॉफी का ऑर्डर दिया। सैण्डविच मिलते ही इधर-उधर देखते हड़बड़ी में खाते जाती हूँ। खैर नहीं आयी वह अब तक। अपनी ओर देखती हूँ तो पाती हूँ, मैं बेचैन और असहज हूँ। अभिजात्य 'कैफे डे' में एक किन्नर के साथ बैठना? क्या कहेंगे लोग? क्या करूँ घर चली जाऊँ। इसी उधेड़बुन में थी कि आँखे पारदर्शी काँच की दीवार के पार पहुँचीं और ठगी रह गयी मैं। बलखाती,लहराती जीन्स और टीशर्ट में कसी छहःफुट की लम्बी-दुबली काया कंधे तक घुंघराले छितराए बाल, छटपटाती मछली की तरह दो

आँखें, होठों पर गहरी मादक लिपिस्टिक। खूबसूरत कामुक उत्तेजित करनेवाली देहयष्टि मुझे थिरकती हुई शिल्पा शेट्टी (अभिनेत्री) याद आयी। 'दिलवालों के दिल का करार लूटने। मैं आयी हूँ यू.पी. बिहार लूटने'। मैं झुक कर अपने पैरों में चप्पल डालने की कोशिश कर रही हूँ। हड़बड़ाहट में चप्पल नहीं मिल रही है। जैसे-तैसे खड़ी होती हूँ, तब तक टहनी-सी लचीली बाँहें मुझे घेर चुकी थीं 'हाय..., देअर इज माई बच्चा', मैंने देखा तीन-चार अठारह से बीस साल के युवकों से वह घिरी हुई थी। वापस लौटते ही कहा, 'चलो पीच का शेक लो।' सॉरी डैडी की तबीयत खराब हो गयी सो उन्हे एडमिट करना पड़ा। मैं चुप थी। क्योंकि अब तक मैं जान चुकी थी 'सलमान रश्दी' इसी सी.सी.डी में लक्ष्मी के साथ चार घंटे बिता कर जा चुके हैं। लेकिन मैं तो बात ही करने आयी हूँ बात करनी ही पड़ेगी। मुझसे बात नहीं हो पा रही। मुँह खुलता ही नहीं, अटक-अटक कर पूछती हूँ बुरी बात संजीव (कथाकार)... कह रहे थे कि आप लोग बदमाश होते हैं।... और अपराधिक गतिविधियों में भी... मैं चुप। लक्ष्मी मेरी आँखों में ऐसे देखती है, कि मैं बरबस नीचे देखने लगती हूँ। 'सुनो मेरी जान, आतंकवादियों के लिस्ट में कितने नाम हिजड़ों के हैं? घोटालों, भ्रष्टाचार और बलात्कार में? हाँ एक बात और सच्चे हिजड़े किसी को जबरन हिजड़े भी नहीं बनाते। दो प्रतिशत बुरे लोंगों के आधार पर आप सारे समाज का मूल्यांकन करेंगे? दैट इज नॉट फेअर'। अगले कुछ मिनटों तक चुभती सी खामोशी मैं महसूस करती हूँ। कहती हूँ, 'लक्ष्मी क्यों न हम तुम्हारे बचपन की ओर लौटें। हाँ क्यों नहीं? मैं वैशाली को बुला लेती हूँ। वैशाली रोडे लक्ष्मी की आत्मकथा का मराठी में शब्दांकन कर रही है। लक्ष्मी को मैं बचपन की ओर जाते देखती हूँ, यह ट्रॉंसजेंडर ही नहीं ट्रांस टाईम भी है। उसके होठों से जगजीत की गजल फूट पडती है। ''लौटा दो मुझे वो कागज की कश्ती, वो बारिश का पानी।'' जानती हो शशि, यही गजल सीने से लगाए जीए जा रही हूँ, और यहीं अन्त तक रहेगी मेरे साथ।

लक्ष्मी तुम बचपन में दूसरे बच्चों के साथ असहज महसूस करती थीं न? हाँ न। मैं पूरी तरह कटी-कटी ही रहती थी। क्योंकि मैं अस्थमा की मरीज थी। मैं बेवकूफ की तरह मुँह-बाए उसका मुँह देखे जा रही हूँ। कैसे समझाऊँ कि मैं जानना चाहती हूँ, तुम सामान्य बच्चा नहीं थीं, तुम हिजड़ा बच्चा थीं। सो तुम्हारा अनुभव...शायद वह असमंजस भाँप गयी थी। लक्ष्मी ने कहा मेरा नाम लक्ष्मीनारायण त्रिपाठी उर्फ राजू है और मैं बायोलोजिकल मेल पैदा हुआ था। और जिस हिजड़े ने मेरे जन्म की बधाई ली वही बाद में मेरा गुरु बना। मैं आवाक लक्ष्मी तुम हिजड़े नहीं पैदा हुए थे। वह वह हँस पड़ी जोर से। जैसे पास ही शान्त लेटी नदी अचानक आवेग से भर कर हहरा उठी हो। मैं मुंबई के मिठीबाई कॉलेज से बी.काम हूँ। (अत्याधुनिक फैशन परस्त सम्भ्रात कॉलेज), यह युवक स्वेच्छा से हिजड़ा समुदाय में गया। यह सामने की मोहिनी हिजड़ा नहीं। असम्भव। मेरा सिर चकरा गया। पानी की बूँदे न सहेज पाने वाले पत्ते की तरह मेरे भीतर न जाने क्या देर तक थरथराता रहा? मैं मेकअप चीरकर उसे देखना चाहती थी। सच कहूँ तो एक बार लक्ष्मी को नंगा भी देखना चाहती थी। कोई हिजड़ा कैसे बनता है? मैं दो समानांतर दुनियाओं के बीच अपने को महसूस कर रही थी। लक्ष्मी बाल्यकाल में ही अपनी कमनीयता और सौंदर्य के कारण पुरुषों के आकर्षण का केंन्द्र बन जाती थी। बच्चों के साथ देह का खेल खेलने का घृणित कार्य बड़े पुनीत भाव से शुरू किया जाता है और आश्चर्य है, ऐसे ही लोग नैतिकता के पैरोकार बने फिरते हैं। 'छठीं सातवीं' तक जाते-जाते लक्ष्मी घोषित रूप से 'गे' हो चुकी थी। पहली बार घर के अत्यन्त नजदीकी व्यक्ति ने उसका शोषण किया। फिर चुप्पी और भय के बीचे एक खुला और खाली मैदान सी लक्ष्मी में सरपट दौड़ लगानेवालों की कमी नहीं। चौदह साल का 'गे' पुरुषों का बार्बीडॉल। मैं कहती हूँ, लक्ष्मी मैं लिखूँगी तुम सोलह सत्रह तक आते-आते 'गे' हो गयी थी। ठंडी आवाज लिपिस्टिक के कोने से तैरती हुई फैलने लगती है।

नहीं इस उम्र तक मैं महामाया हो चुकी थी। तुम्हें उम्र में आगा-पीछा करने की जरूरत नहीं। बारह-तेरह साल का बच्चा जिसका उठना बैठना हावभाव सब लगभग लड़कियों की तरह ही हो गया। आज लक्ष्मी प्रतिबद्ध स्त्रीवादी है। लक्ष्मी के मन में विद्रोह अंकुरित होने लगा था। तुम समझती हो मैं इकतीस की हूँ पर सच्चाई यह है मेरा अनुभव कम-से-कम इकतीस पूरी जी गयी ज़िन्दगियों का है। इन पुरुषों से एक सीमा के बाद दीवार के होल तक...? लक्ष्मी में बचपन सें ही नृत्य के प्रति जुनून था। इसी जुनून ने इस छोटे से बालक को नृत्य का शिक्षक बना दिया। (लक्ष्मी भरत नट्यम में पोस्ट ग्रेजुएट है। कई फिल्मों और वीडियो अलबम में प्रोफेशनल कोरियोग्राफी की है।) स्वयं की नृत्य की पाठशाला स्थापित की थी 'विद्यावर्धनी नृत्यपाठशाला'। नृत्य की स्कूली प्रतियोगिता की एक घटना को याद करते हुई कहती है, एक ही गुरु के दो शिष्य। एक मैं और एक दूसरे स्कूल की लड़की नृत्य प्रतियोगिता में गये। मैं प्रथम आयी थी। मैडल मेरे हाथ में था। पर मैं खुश नहीं थी। क्योंकि वह मुझसे अच्छी डांसर थी। समय पर उसका कैसेट नहीं चला, बीच-बीच में कुछ तकनीकी गड़बड़ियाँ आती रहीं। वह प्रथम थी यह सच मेरा हृदय जानता था। इसीलिए मैडल लेने में न केवल शर्म महसूस हो रही थी बल्कि जीत में हार का बोध भी हो रहा था। वह दिन उदासी से भरा था। मैं बीच में टोक कर पूछती हूँ। लक्ष्मी कभी किसी लड़की के प्रति कभी आकषर्ण नहीं महसूस हुआ। नेवर, बिलकुल नहीं। लड़कियों के लवलेटर भी मिले। न जाने क्यों मैं लड़कों के प्रति ही आसक्त होती थी। (क्या यह लक्ष्मी का असुरक्षा बोध था?) लक्ष्मी को लड़के आते-जाते चिढ़ाते थे। उसके हाव-भाव को देखकर। लक्ष्मी अपने भीतर आत्मविश्वास की कमी महसूस करती थी। (लक्ष्मी भूल से भी अपने साथ था, करता हूँ, कहता हूँ नहीं लगाती जब कि उसके परिवार और उस समय के मित्र गलती से भी उसके लिए स्त्रीलिंग का प्रयोग नहीं करते) लक्ष्मी कहती चलो बगल के दूसरे रेस्तराँ में

चलते हैं, कुछ खाना है। मैं वैशाली, लक्ष्मी और 'अथर्व ('अस्तित्व' संगठन का कार्यकता') मैं अथर्व को शक की दृष्टि से देखती हूँ। यह लड़की है या लड़का या...आपकी दृष्टि कितनी भी पारखी क्यों न हो? आप नहीं बता सकते ये किन्नर हैं, लड़की है या लड़कें? हम बगल के रेस्तराँ (अभिजात्य) में गये मैं इस बात पर हैरान हो रही थी कि लोगों का रवैया लक्ष्मी के प्रति बेहद सम्मानजनक एवं प्रेमभरा था। जब कि, मैं बचपन से ही इनके प्रति समाज में अलग रवैया देखती आयी थी। लक्ष्मी ने ऑर्डर दिया। खाने की वह क्या चीज थी मुझे पता नहीं पर था वह शुद्ध शाकाहारी! हम लोग खा रहे थे। मेरा मन लक्ष्मी से बहुत कुछ सुनने को बेताब था।

लक्ष्मी स्मृतियों से टूट-टूट कर जुड़ती है, और जुड़-जुड़ कर टूटती है। कहती है, बहुत से आत्मीय रिश्तों का कत्ल बचपन में ही हो गया था। और यह लोककथाओं में होनेवाला कत्ल तो था नहीं कि यहाँ खून गिरा तो आम का पेड़ उग आया। इमली का पेड़ उग आया। रिश्तों के जिन-जिन क्षेत्रों में जमीन बंजर हुई वहाँ न कुछ पनपना था न कुछ पनपा। उसने स्कूल में दोस्ती हमेशा दबंग लड़कों से की ताकि चिढ़ाने वाले लड़कों से निजात पा सके। वैसा ही हुआ। जैसा लक्ष्मी ने चाहा। ''ए... लक्ष्मी ला काय बोलायचा नाही।'' कुशल नर्तक/नृत्यंगना लक्ष्मी थी ही। उसके भीतर का कलाकार व मनुष्य दोनों तड़प रहे थे। उसकी भीतर प्रतिकार शक्ति संगठित होने लगी थी। कोई पुरुष क्यों शोषण करे। मैं करूँगी और लक्ष्मी कहती है मैंने किया भी। लक्ष्मी इन दिनों किताब लिख रही है। 'द मैन इन माई लाईफ' लक्ष्मी ने स्कूली पढ़ाई खत्म करते ही 'मिठीबाई कॉलेज' में दाखिला लिया। यहाँ कोई लक्ष्मी से छेड़छाड़ नहीं करता। सो आत्मविश्वास बढ़ने लगा। लेकिन'गे' की दुनिया में उसकी रूह तड़पती थी। ज़िन्दगी 'पार्टी और सेक्स' का पर्याय नहीं हो सकती। जिन्दगी का मकसद इतना छोटा नहीं हो सकता। मैं परिवार और समाज से अलग होकर भी उसी का हिस्सा हूँ। उनसे पूरी तरह स्वयं

को विच्छिन्न नहीं कर सकती। मेरी दुनिया कौन सी है? लक्ष्मी जीवन के सनातन प्रश्न से जूझ रही थी। अस्तित्व की तलाश। जीवन से कुछ बहुमूल्य समाज को लौटा देने की तड़प। 'लक्ष्मी' कैसे हिजड़ा समुदाय में शामिल हुई? इस समय मैं नहीं पूछती हूँ। लक्ष्मी नौ बार अमेरिका जा चुकी है। हिजड़ों के मानवीय मूलभूत अधिकारों को लेकर संघर्षरत है। अमेरिका की नागरिक बन कर रह सकती है। उसे वहाँ के लोग चाहते भी हैं पर वह कहती है मैं भारत छोड़ कर जी नहीं सकती! एक प्रश्न लक्ष्मी मेरी ओर उछालती है। राष्ट्रप्रेम क्या है? और उसका जेंडर से क्या सम्बन्ध है? फिर स्वयं कहती है "जिस देश की जमीन पर आप जन्म लेते हैं, उसके प्रति आप क्या महसूस करते हैं? राष्ट्रप्रेम एक भावना है, उसका सम्बन्ध हृदय से है। लिंग से नहीं। फिर भी अब मैं क्या कहूँ? (अब तो राष्ट्रप्रेम को सिद्ध करने के लिए विशेष सम्प्रदाय का आई.डी. प्रूफ लगाने का समय आ गया है।) दोपहर के एक बजे से शाम के सात बज रहे हैं। लक्ष्मी कहती है,चलो इंटरसिटी मॉल (थाने का एक बड़ा शॉपिंग सेंटर) चलते हैं, कॉफी पीने जिंजर और हनी की कॉफी। वहाँ हम बैरिस्तॉ में बैठे हैं, अर्थव के साथ सायरा भी आ गयी है। अथर्व बेहद समझदार शान्त एवं 'अस्तित्व' के प्रति समर्पित कार्यकर्ता है। जिससे लक्ष्मी के बारे में मैं बात करती हूँ। अचानक लक्ष्मी कहती है, मैं अपने ब्वायफ्रेंड को बुलाती हूँ। दो बच्चों के पिता 'कैंसर' के लिए काम करने वाली गोल्डन एन.जी.ओ. के चेयरपर्सन 'दीपचंद'। मैं इस खूबसूरत नौजवान को 'बैरिस्ताँ' में आते और लक्ष्मी के पास बैठते हुए पाती हूँ। बेहद सहजता और आत्मीयता के साथ। दो पुरुषों के के बीच एक स्त्री-पुरुष के धरातल पर पनपे प्रेम की स्पष्ट स्वीकारोक्ति के साथ इतने नजदीक से पहली बार देख रही हूँ। सहज रहने के लिए भीतर से शक्ति जुटानी पड़ती है। साढ़े आठ बज रहे हैं, घर लौटना है, नौ घंटे का साथ लक्ष्मी का रहा। मैं अपने को रिश्ते में बँधा महसूस करती हूँ। मैं और वैशाली साथ हैं, थोड़ी दूर तक रास्ता अपने

साथ चुप्पी लाता है। मेरा सिर भन्ना रहा है। वैशाली शान्त है। धीरे-धीरे कहना शुरू करती है। लक्ष्मी पारदर्शी है। नैतिक है, बेहद जिम्मेदार भी। वह अपने परिवार में बड़े पुत्र का दायित्व निभाती है। लक्ष्मी समाज का सुयोग्य नागरिक है। एक दिन के अन्तराल पर हम दोनों पुनः लक्ष्मी से मिलने जाते हैं। लक्ष्मी के घर पर। लक्ष्मी खा रही है। शरीर पर बस बनियान और तौलिया। बाल पीछे की ओर बँधे हुए। मेकअपविहीन चेहरा। उसका अपना चेहरा। मैं निर्मिमेष उसकी तरफ देखती रह जाती हूँ। मैं और मेरे भीतर की स्त्री भी उसे देख रही है। 'सिस्टरहुड' के भाव से भीगा स्त्री मन और पुरुष तन देख रही हूँ। मुझे शिव की याद आई। (शिव का नाम लिया जा सकता है वो सेंसटिव जोन में नहीं हैं।) अर्द्धनारीश्वर का मिथ मेरे सामने मूर्त और साकार था। कहीं शिव का यह रूप कहीं...? लक्ष्मी अपने पुरुष रूप में भी उतनी ही आकर्षक है। मैं, वैशाली, लक्ष्मी की माँ और लक्ष्मी के कुछ शिष्य वहाँ मौजूद हैं। मेरे मुँह से बेसाख्ता गाली नकल पड़ी। पागल, बेवकूफ, नालायक, हिजड़ा होने की क्या जरूरत थी? बिना हिजड़ा हुए भी हिजड़ों के लिए काम किया जा सकता था। मैंने माँ से कहा शादी करो इसकी। माँ की आँखें नम थीं। मैं उपनी उग्रता पर स्वयं हैरान थी। वैशाली मुस्करा रही थी। लक्ष्मी की आँखे हँसी थीं। होंठ जमे हुए थे। फिर उसके होठों से शरारत बुलबुले की तरह फूटी। 'तुम तैयार हो तो बोलो। फिर छतभेदी ठहाका।' शामिल थी उसमें माँ भी। मैंने कहा क्यों अकेले हिजड़पन काफी नहीं। लक्ष्मी अब तक सफल कोरियोग्राफर बन चुकी थी। उसका अभिजात्य शौक (अच्छे से अच्छे पहनना और खाना महँगे रेस्तराँ में) उनकी कोरियोग्राफी से पूरा होने लगा था। इसी समय उसकी मुलाकात शबीना नामक हिजड़े से हुई। सी.एस.टी स्टेशन पर शबीना को भूख लगी थी। लक्ष्मी ने कहा चलो यहाँ के कैफे डे में कुछ खाते हैं। 'शबीना' सहम गयी। मैं इतने बडे 'कैफे डे' में तुम्हारे साथ कैसे बैठ सकती हूँ। लोग क्या कहेंगे? लक्ष्मी के

भीतर का बुद्ध रो पड़ां। अरे तुम खैरात में नहीं खाओगी। मूल्य चुकाने वाला केवल उपभोक्ता और ग्राहक होता है, समझी तुम। एक भूखा व्यक्ति जिसकी जेब में पैसे हों सामने होटल हो, फिर भी वह भूखा रहे। एक कलाकार के कला की बुनियाद उसकी संवेदनशीलता ही होती है। अचानक लक्ष्मी के भीतर का द्रव्यपदार्थ ठोस शक्ल लेने लगा। उसने शक्ति की इस कसमसाहट और चेतना को महसूस किया। यह लक्ष्मी कोरियोग्राफर था। मॉडल कोऑर्डिनेटर था। इसका 'लावणी डांस आफ फायर' महाराष्ट्र में धूम मचा चुका था। आत्मविश्वास से लबरेज लक्ष्मी कहती है, "मैं बिंदास होती गयी, बेफिक्र और बेपरवाह नहीं।" लक्ष्मी न केवल शबीना को कॉफी डे ले गयी बल्कि उसने यह संकल्प लिया कि आजन्म हिजड़ों के मूलभूत अधिकारों के लिए संघर्ष करुँगा। मैं सोचती हूँ सच 'क्षण' अपने आप में कितना महत्त्वपूर्ण होता है। कभी कोई एक क्षण कैसे अनंतकाल में परिवर्तित हो जाता है। मैं महसूस कर ही थी, इतना ही नहीं बल्कि यह भी कि समय और काल के तकाजे कभी-कभी नैतिक मूल्यों की शक्ल बदल देते हैं। लक्ष्मी ने हिजडा समुदाय में शामिल होने का निर्णय लिया। शबीना के द्वारा बताए गये पते पर पहुँची। वह शबीना को अपना गुरु मान चुकी थी। शबीना की गुरु लता और उनके चेले भायखला कंपाउड में थे। लक्ष्मी ने पहुँचते ही कहा—"मुझे हिजड़ा होना है, कितनी फीस लगेगी।" हिजड़ों का दरबार हँस पड़ा। यहाँ एडमिशन फीस नहीं लगती। गुरु ने देखा, फर्राटेदार अंग्रेजी बोलनेवाला स्टाइलिश लड़का उनके मुँह से निकला, "असा स्टाईलिश मुलगा हिजडा होणार कसा साठी।" (इतना स्टाईलिश लड़का हिजड़ा क्यों बनना चाहता है) लेकिन नानी ने गुरु की लक्ष्मी के प्रस्ताव को स्वीकार कर लिया। जोग जनम की साड़ी देकर दुपट्टा डालकर विधिवत लक्ष्मी को हिजड़ा समुदाय का सदस्य बना लिया गया। लता नानी ने कहा, तुम जैसे रहती हो। वैसे ही रहो। तुम्हारे उपर कपड़ों का कोई बंधन नहीं। तुम्हें साड़ी ही पहनना है। या ऐसे ही

रहना है। यह तुम्ही तय करोगी हिजड़ा समुदाय ने अपने सिद्धान्त को लक्ष्मी के लिए लचीला रखा। लता नानी के प्यार और प्रेरणा ने लक्ष्मी की रुहानी ताकत को मजबूत किया। इस समुदाय में जब तक गुरु जिन्दा रहता है तब तक चेले सुहागन माने जाते है, गुरु की मृत्यु के पश्चात चालीस दिन का वैधव्य पालना होता है, सफेद कपड़े पहनना जरूरी है। हिजड़ा समुदाय में 'टू व्हीलर' चलाना मना है। लेकिन लक्ष्मी चलाती है। 'जोग जनम'की साड़ी ओढ़कर 'लक्ष्मीनारायण त्रिपाठी उर्फ राजू' उस अंग समेत जिसे लेकर पुरुषप्रधान समाज अहंकार में डूबा अपनी जुबान से गालियों में दुनिया भर की औरतों को भोग चुका होता है, हिजड़ा समुदाय में शामिल हो गया। सदमा लिंग व लिंगविहीन दोंनो समुदायों में था। क्यों यह बच्चा नर्क में गया। केवल एक शख़्स था जिसके माथे से तनाव की लकीरें मिट गयी थी, वह था लक्ष्मी नारायण त्रिपाठी लक्ष्मी कहती है, "मैं सोई मुद्दत बाद ऐसी गहरी नींद जिससे रश्क किया जा सके।" मैं इसी दिशा में मैं अपनी पहचान और अपनी हैसियत बनाऊँगी। और मैं गलत नहीं थी डार्लिंग। वही किया, फिर भी कभी-कभी तड़प भरी उदासी भीतर भरती है। मेरी जान! मुझे लगता है जीवन की लय तो हाथ लगती नहीं बस नाटक लिए जाओ जीने का। मैं चौकती हूँ। स्मृति में सिंधुताई (माई) की आवाज कौंधती है, बेटा बस स्वांग किये जा रही हूँ। लक्ष्मी कहती है, कल शाम को घर में बैठे-बैठे रोने लगी। साथ सारे चेले भी रो पड़े। लक्ष्मी की आँखे भरी हैं। मैं मुँह खिड़की की ओर घुमा लेती हूँ। वैशाली लक्ष्मी की हाथ सहलाने लगती है। खिड़की पर 'कामसूत्र' से लेकर अनेक बड़े लेखकों की किताबें रखी हैं। लक्ष्मी खूब पढती हैं। खूब सोचती है। उसमें चिन्तन की एक धार है। लक्ष्मी ने फिर अपने को दर्द में डुबो लिया। धीरे-धीरे बोलने लगी जो लोग मुझे चिढ़ाते थे वे ही लोग मेरे शरीर को भोगने की इच्छा रखते थे। पुरुष को किसी भी चीज में यदि स्त्रीत्व का आभास मात्र हो जाय वह उसे अपने कदमों

तले लाने के लिए पूरी तरह ताकत लगा देता है।

लक्ष्मी नारायण त्रिपाठी उर्फ राजू अब नयी दुनिया का बाशिंदा था। घर का बडा बेटा कॉलेज का छात्र, होनहार मॉडल, कोऑडिनेटर अपनी नयी दुनिया में कमर में साड़ी बाँध चुका था। मँहगे शौक थे लक्ष्मी के। बहुधा 'मिठीबाई' के छात्रों के रईसी शौक होते ही हैं। लक्ष्मी कुशल नर्तक/नृत्यंगना तो थी। एक सहेली ने उसे 'बार' का रास्ता दिखा दिया। लक्ष्मी बार डान्सर बन गयी। इसक पता न कॉलेज में था ना घर में। इस समय वह स्थापित संस्था की लक्ष्मी 'पेयर येजुकेटर' थी। इस संस्था के दो महत्त्वपूर्ण कार्यकर्ता संस्था छोड़ (दरअसल शहर छोड़ कर) जा चुके थे। लता नानी को लग रहा था। अब संस्था बन्द करने के सिवाय कोई विकल्प नहीं। लक्ष्मी का मानना था यह संस्था बहुत अच्छा काम कर रही है। इसे बन्द नहीं होना। नानी ने कहा तुम हो जाओ 'दाई वेलफेअर के प्रेसीडेंट'। इस तरह पेअर येजुकेटर दाई वेलफेअर का अध्यक्ष बना। हिजड़ों की यह संस्था उनके मूलभूत अधिकारों, और उनके प्रति होनेवाले अन्यायों के प्रतिकार के लिए अपनी पूरी शक्ति के साथ खड़ी हो गयी। लक्ष्मी की पहचान एक सोशल एक्टीविस्ट के रूप में बनने लगी थी। वह अपने कामों के प्रति समर्पित कार्यकर्ता थी। एक दिन किसी मूवमेंट में जी.टी.वी पर लक्ष्मी का बाईट दिखाया जाना था। लक्ष्मी ने छोटे भाई को फोन किया टी.वी. बन्द कर। घर में अब तक पता नहीं था, कि राजू वह राजू नहीं रहा, समाज में उसकी छवि और पहचान हिजड़े की हो चुकी है। लेकिन कब तक छिपा रह सकता था। घर में पता चला। महाभारत कुरुक्षेत्र का महासंग्राम और बाद में युद्धभूमि में सबकुछ खत्म हो जाने के बाद का सन्नाटा। सरयूपारी ब्राह्मण का जेष्ठपुत्र हिजड़ा हो गया। न जाना, न सुना, न देखा, कुदरत का ऐसा खेल। कहाँ जाकर मर जाय यह परिवार, समाज, जाति, प्रान्त चारों ओर थू-थू-थू-थू। लक्ष्मी घर लौटी। अबोलेपन ने अपनी पूरी क्रूरता के साथ सम्पूर्ण घर को चपेट में ले लिया था। लक्ष्मी के लिए नाजुक

क्षण था। पूरी दुनिया उससे छिननेवाली थी। सारे रिश्तेदारों का दबाव 'तोड़ो रिश्ता लक्ष्मी से' माँ बाप पर लाठी बन कर बरस रहा था। दरअसल 'लक्ष्मी' मुख्यधारा और हाशिए की धारा के बीच बहुत बड़ा पुल थी। उसकी लड़ाई थी कि हाशिए की धारा की नब्ज टटोल कर तो देखो। देखो उनकी भारतीयता भी। उसका सवाल था हिजड़ों से किस बात का भय? ऐसे समय में प्रवीण, दीपक, परवेज जैसे मित्रों ने कहा हमें कोई फर्क नहीं पड़ता। तुम तुम्हारे मित्र थे और रहेंगे। मैत्री से उदात्त कोई रिश्ता नहीं। एक अंतराल के बाद लक्ष्मी की पारिवारिक दशा सामान्य हुई। माँ-बाप ने जाति समाज की अपेक्षा लक्ष्मी को महत्त्व दिया। यही लक्ष्मी का सबसे बडा संबल था। परिवार के लिए वह राजू था। छोटे भाई-बहनों की तकलीफें दूर करता, माँ-पिता का खयाल रखता राजू। एक डेवलपमेंट प्रोग्राम। अपना प्रपोजल प्रजेंट करने के लिए 'दाई' (संस्था) को भी निमंत्रित किया गया। लक्ष्मी ने वहाँ पहुँच कर देखा कि वहाँ उसके 'बार' का एक ग्राहक भी पहुँचा हुआ है, जो लक्ष्मी को वहाँ देखकर हैरान हुआ दोनों ने एक दूसरे को अनदेखा किया (वह किसी संस्था का हेड था।) जब उसने लक्ष्मी का धाराप्रवाह अंग्रेजी में प्रजेंटेशन देखा तो वह सकते में आ गया। इधर लक्ष्मी ने तय किया आज से अभी से 'बार में नाचना बन्द।' (कुल चार साल ग्यारह महीना) लक्ष्मी को अब हिजड़ों के प्रतिनिधित्व हेतु विदेशों में कांफ्रेंस इत्यादि में बुलाया जाने लगा। 'एक्स डाई इंडिया फेस्टिवल' में भारत का प्रतिनिधित्व करने के लिए लक्ष्मी पहली बार यूरोप गयी वहाँ इतना सम्मान मिला उसकी याद से अब भी लक्ष्मी गर्व से भर उठती है। उनकी कला, उनके लोकनृत्य पर वहाँ के लोग मुग्ध थे। अपने लिए, दूसरों के लिए (हिजड़ों) मूलभूत अधिकारों के लिए कटिबद्ध इस योद्धा के प्रति प्रेम विश्वस्तर पर संचरण होने लगा (क्या कहेंगे इसे नैतिकता के ठेकेदार बहनापा भयापा, या हिजड़ापा) लक्ष्मी ने 'एड्स कंट्रोल सोसायटी' के माध्यम से सेक्स वर्करों के लिए काम करना शुरू किया। नानी के

प्रेम और प्रेरणा के बावजूद स्थितियाँ कुछ इस तरह हुईं कि लक्ष्मी को दाई वेलफेअर से अलग होना पड़ा। लक्ष्मी ने 'अस्तित्व' की स्थापना की। यद्यपि आज भी नानी के लिए वह जान देने को तैयार रहती है। लक्ष्मी को उ.प्र. का एक विशिष्ट पुरस्कार मिला। लक्ष्मी कहती है, 'जानती हो अब तक यह पुरस्कार केवल पुरुषों को मिला है, एक मैं किन्नर, इन्होंने किसी भी 'स्त्री' को इस लायक नहीं समझा।' भेदभाव की बात करते हुए लक्ष्मी बेहद व्यथित होती है। घायल हिजड़ों, बीमार हिजड़ों के साथ हॉस्पिटल में भेदभाव किया जाता है। पुलिस चौकी में उनके साथ हुई दुर्घटना को दर्ज तक नहीं किया जाता। स्वयं लक्ष्मी का दो बार बलात्कार करने की कोशिश की गयी। 'थाने' जिले में अब भेदभाव खत्म हुआ नहीं, करना पड़ा। (लक्ष्मी की वजह से, क्या संजीव जी लक्ष्मी की यह बदमाशी है?) लक्ष्मी एक बार की घटना बताती है– वह मुम्बई से पुणे जा रही थी। एक्सप्रेस हायवे पर एक गाय का एक्सीडेंट हो गया (पुणे के नजदीक) कोई उस तरफ ध्यान नहीं दे रहा था। लक्ष्मी कहती है ''गाय की हालत देख कर कलेजा मुँह को आ गया। मैं गाड़ी से उतर पड़ी। उन गाड़ियों की लम्बी कतार में एक विधायक की गाड़ी भी थी। मुझे लगा गाय को इधर-उधर सरका कर भागने की फिराक में हैं ये लोग। अरे मेरी जान। फिर मैंने भी दिखाया हिजड़पन। पकड़ा विधायक को। कहा जब तब यहाँ एम्बुलेस नहीं आएगी, इसे हॉस्पिटल नहीं भेजा जाएगा। एक भी गाड़ी यहाँ से निकलने नहीं दूँगी। समझे? (लक्ष्मी जिसे तुम अपना हिजड़पन कह रही हो, मुझ जैसी स्त्री की भाषा में उसे ही मर्दानगी कहते हैं। संजीव जी सुन रहे हैं, ना) लक्ष्मी की माँ इसी बीच चाय के साथ सन्देश भी लाई ''राजू बाबूजी ने बुलाया है।'' बीमार पिता एक पल भी बड़े बेटे को नहीं छोड़ना चाहते। लक्ष्मी के भीतर प्रत्येक पीड़ित व्यक्ति के लिए छटपटाहट है। कहती है वह हिजड़ा, देवदासी, जोगता, आदिवासी के विकास के लिए अलग से पंचवर्षीय योजनाएँ बननी चाहिए। शिक्षा, स्वास्थ्य, रोजगार इसे

अहम त्रिसूत्री कार्यक्रम बनाया जाना चाहिए और कठोरता से कार्यान्वयन होना चाहिए (ठीक उसी समय में लक्ष्मी को प्रमाणिकता अपेक्षित है जब दिल्ली के अस्सी करोड़ में टपकते स्टेडियम का मंत्री जी उद्घाटन कर रहे हैं। चार सौ चालीस करोड़ के सड़ते गेंहू को लेकर नेताजी के चेहरे पर कोई ग्लानि नहीं है। और एक विश्वविद्यालय के भले कुलपति जी ने स्त्री आत्मकथाओं को छिनालों की आत्मकथा सिद्ध करने में अपनी पूरी नैतिकता झोंक दी।) अपने एक इंटरव्यू में लक्ष्मी ने प्रतिप्रश्न किया कि मनुष्यता के तकाजे पर आप हमें अपने समाज में शामिल क्यों नहीं करते? जवाब मिला अनप्रोडेक्टिव हो इसलिए। लक्ष्मी ने कहा, अच्छा। समाज में कितनी स्त्रियाँ बाँझ, कितने पुरुष नपुसंक होते हैं, उनका आप क्या करते हो? हिजड़ों के पास बुद्धि नहीं होती, उनके पास प्रतिभा नहीं? होती बल नहीं होता? वह राजनीति में नहीं जा सकते? फौज में नहीं जा सकते? इन बातों को किन तर्कों के आधार पर तय किया आपने? कलाकारों, प्रतिभावानों को मजबूर कर दिया पचास-पचास रुपये पर देह बेचने को। ताली बजाने को, मजबूर कर दिया साड़ी उठाने को (लक्ष्मी के तमाम प्रश्नों के उत्तर समाज के पास नहीं हैं।) आप अपनी मानवता पर गर्वित भी होते हैं? वातावरण बोझिल हो उठा है। सारे चुप। इसी बीच उसके घर से दो युवा किन्नर खूब सज-धज कर चुपचाप गहराती साँझ में घर से बाहर जा चुके हैं। लक्ष्मी स्वयं वातावरण हलका करती है। कहती है मैं सचमुच में स्त्री होती तो सबसे मशहूर तवायफ होती। मैं ठहरे स्वर में कहती हूँ, क्या कह रही हो तुम? आम्रपाली, तारामती, उमरावजान, मस्तानी, नारी का उद्दाम सौन्दर्य, नारीत्व के तमाम शेड।। और रुतबा भी कम नहीं था। बहुत सी बातें हिजड़ा समाज की मैंने जानीं, लेकिन लक्ष्मी कहती है, मत लिखो। मुझे भय नहीं है। सारी चीजें आत्मकथा में आने दो। वैसे मैं बता आपको दूँ। लक्ष्मी का बधियाकरण नहीं हुआ है।

क्या चाहती हो तुम लक्ष्मी? बस 'मेरी जान' इतना ही कि आनेवाले में कल किन्नरों को देख कर किसी की भवें न तनें। मुख्य समाज और इस समाज के बीच का रिश्ता भय का न हो। कुछ बहुरुपियों को ही हिजड़ा समाज का सच न माना जाय। वैसे लक्ष्मी को ताली बजाना पसन्द नहीं। इसके लिए वह दूसरों को भी डाँटती है। मेरी तो ईश्वर से प्रार्थना है (अगर वह सुन पाता है, तो लक्ष्मी की मनुष्यता भरी आवाज से हर क्रूर हृदय को पिघला दे। उसके भीतर प्रेम की अजस्र धारा से मानव मन सिंचित हो और समाज की इस बंजर भूमि पर सम्बन्धों की नयी फसल उगे। उसे यह 'सोहर' (बेटा पैदा होने पर यू.पी. बिहार में गाया जानेवाला विशेष मंगलगीत) बहुत पसन्द है, "जुग जुग जियेसु ललनवा" परन्तु आज यह सोहर बेटों के लिए नहीं बल्कि हर ऐसी माँ की कोख के लिए गाया जाना चाहिए जो संवेदनशील सामाजिक दायित्व का बोध लिए बेटा-बेटी या किन्नर पैदा कर सके।

जुग-जुग जियेसु ललनवा
भवनवा के भाग जाग जागल हो
ललना लाल होइहैं
कुलवा के दीपक
मनवा में आस जागल हो!

मुस्कुरा लेते हैं हालात का छोटा करके
लावणी की मनभावन छटा

पंचबाई मुसाफिर अलबेला

जब से विश्वग्राम (बाजार) बना है। तब से लोककलाओं का बाजार हरा-भरा हो गया है। कभी महाराष्ट्र कभी उत्तरप्रदेश कभी पंजाब, बिहार, म.प्र., दक्षिण भारत कहीं-न-कहीं से लोक कलाकारों का कोई-न-कोई दल अपनी सज-धज के साथ पश्चिम की ओर उड़ा जा रहा है। वहाँ के लोगों की वाह-वाही लूट कर पश्चिमी महक से सराबोर विमान में बैठे लोक कलाकारों की आँखों में सतरंगी सपने होते हैं। यहाँ विमान (भारतीय एअरपोट) जब जमीन से टकराता हुआ कर्कश घरघराहट पैदा करता है, तब लोक कलाकारों की तंद्रा भंग होती है और वे अपनी असली दुनिया में लौटते हैं। यहाँ जीवन यात्रा दुर्गम है, यहाँ अपमान है, भूख है, संघर्ष है।

मैं महाराष्ट्र की प्रसिद्ध लोककला (लोकनृत्य) लावणी को सहेजने वाली एक जिद्दी, लावणीसम्राज्ञी की ज़िन्दगी के बहाने

समूचे कोल्हाटी समाज के स्त्री जीवन का परिचय कराना चाहूँगी। मराठी फिल्म 'बरखा सातारकर' की हिरोइन इसी फिल्म के लिए नवपदार्पण सर्वोत्कृष्ट अभिनेत्री का पुरस्कार जीतनेवाली राजश्री काले नगरकर। 'राजश्री काले नगरकर' के पहले दो शब्द मुखर श्रंद्धाजलि (मौन नहीं) 'वीठाबाई नारायणगांवकर' के लिए। प्रसिद्ध लावणी नर्तकी लाखों दिलों की धड़कन वीठाबाई नारायणगांवकर नहीं रहीं। वही वीठाबाई नारायणगांवकर मंच पर नौ महीने का गर्भ लिए नाच रही हैं। तालियों ओर सीटियों के शोर और रंगों की परत के भीतर दर्द की उठती लहर कोई नहीं देख रहा है। नाच तो सारी रात चलेगा। वीठाबाई समझ गयी हैं, अभी इसी वक्त कोख के बच्चे को बाहर की दुनिया में आना है। मंच की कमान बतावणी (प्रहसन) के हाथ में है। शोंगाड़्या की बातों से लोग हँस रहे हैं। मंच के पीछे वीठाबाई बच्चे को जन्म दे रही हैं। रक्त से सने बच्चे की नाल वीठाबाई काट रही हैं। दर्शक वीठाबाई के नाच को फिर से देखना चाहते हैं। वीठाबाई के मुँह से न आह न ओह माँ, बस चेहरे से पसीना पोंछते हुए शिशु की ओर देखती हैं, और बच्चे के गाल पर हलके से चिकोटी काट लेती हैं, बच्चे के मुख से एक नाजुक-सी चीख निकल जाती है, वीठाबाई मुस्कराकर बच्चे के होठों से स्तन लगा देती हैं। दूध की धार से वीठाबाई का स्तन, शिशु का चेहरा भीग रहा था। वीठाबाई फिर से पैरों में घुँघरू बाँधने लगीं। जन्म देने के बाद तुरन्त कोई स्त्री अपने पैरों में लावणी के घुंघरू (एक पैर के घुँघरू पाँच या छः किलो के) बाँध कर मंच पर बिजली की तरह उछल-कूद, चक्कर खाकर गिरना ऐसा नृत्य कर सकती है क्या? पर सत्य को 'मिथ' तो नहीं कहा जा सकता न। बिजली मंच पर थिरकती रही। बच्चा चीखता रहा। स्तन से दूध देह से पसीना घुलघुल कर बहता रहा। इसी वीठाबाई के अन्त समय में दवाई के लिए भी पैसा नहीं रहा। इसी वीठाबाई के जीवन पर आधारित फिल्म है, 'बरखा सातारकर' दरअसल कोल्हाटी समाज की स्त्रियों का यही सच है। अविश्वसनीय

जीवन, इतना संघर्ष और ऐसी प्रबल जिजीविषा। हर स्त्री यहाँ वीठाबाई है। ज़िन्दगी से जूझती, ज़िन्दगी को तरसती। 'किशोर शांता काले' की आत्मकथा (छोरा कोल्हाटी का) लोगों को याद होगी। किशोर काले के साथ माँ का नाम लगना 'क्रांति' नहीं थी। ना ही बदलते समय की आहट। बल्कि यही तो कोल्हाटी समाज के बच्चों की नियति है। यहाँ न पारम्पारिक विवाह होता है ना ही स्त्री को 'पत्नी' का मान मिलता है। ना ही पुत्र को पिता का नाम। 'कोल्हाटी समाज' की उत्पत्ति के सन्दर्भ में मैंने अध्ययन नहीं किया है। पर जो सुना है मुख्तसर सा यूँ है, राजा, वजीर, अमीर, उमराव, सामन्त, जमींदार का जिस गरीब गुरबा कन्या पर दिल आया उठा लाए। भोगा। स्त्री गर्भवती हुई, छोड़ दिया। गर्भ में पलने वाला बच्चा लड़की हो या लड़का, समाज ने न स्त्री को मान्यता दी, न बच्चे को पिता का नाम। इस समाज के बच्चे को पिता का नाम मिलता ही नहीं। लड़की छोटी उम्र से नाच। गाना सीखकर लोगों का नृत्य से मनोरंजन करने लगी और अपना पेट भी पालने लगी। घर का पुरुष भाई-बाप इनकी कमाई पर आश्रित रहने लगा। किसी जमींदार सामन्त का दिल आया तो इनका चीरा उतारता था (है) जब मन भर जाता है। तो वह चला जाता है ना कोई दायित्व, ना वफादारी की कसमें ना कोई रस्में। कौन सा संविधान है, इनके लिए? ना बाबासाहेब का ना बोउवा का, कोई मूवमेंट। पहले बैठी लावणी ('लावण्य' अर्थात् श्रृंगार रस से पगी) होती थी चारदीवारी के भीतर। राजा-वज़ीर चले गये। चारदीवारी खत्म हुई लावणी 'खड़ी' हो गयी अर्थात् सामान्य जनता के मनोरंजन के लिए सुलभ। लेकिन इन लोकनर्तकियों का जीवन जैसा था वैसा ही रहा। समाज का बड़ा वर्ग इन्हें मुक्त, घर बर्बाद करनेवाली, खास आजाद खयाल (?) मानता है। हाँ मुक्त तो हैं। जानते हैं आप किन स्थितियों में ये मुक्त हुई?

चमन दूर आशियाँ बर्बाद
और ये टूटे हुए बाजू

मेरा क्या हाल हो
सैय्याद ग़र मुझको रिहा कर दे?

मैं राजश्री काले नगरकर से मिलना चाहती हूँ। इसलिए नहीं कि वह हिरोइन हैं। बड़े पुरस्कार उन्हें मिले हैं। लोग उनका नृत्य देखकर स्वयं को अप्सरा लोक में महसूस करते हैं, बल्कि इसलिए कि वह लोककला को सहेजने के लिए प्रतिबद्ध और लोक कलाकारों के सम्मान के लिए जूझती योद्धा की तरह हैं। वैशाली रोडे ('सकाळ' मराठी दैनिक से जुड़ी) फोन नम्बर देती हैं, मैं राजश्री से बात करती हूँ। वह बताती हैं मुंबई में 'लोककला महोत्सव' चल रहा है, उसको खत्म होने दीजिए। हम 'पुणे' में ही मिलेंगे यह तय हुआ। मैं राजश्री के घर पहुँचती हूँ। बिल्डिंग की सीढ़ियाँ चढ़ते वक्त ठिठकती हूँ। साड़ी ठीक करती हूँ। आभास होता है, घुमावदार सीढ़ियों से कोई झाँक रहा है। एक साथ दो ध्वनियाँ टकराती हैं 'राजश्री'... 'शशि'। मैं राजश्री के घर में हूँ और घर को देखकर घर और नृत्य की आपसी संगत को तलाशने की नाकामयाब कोशिश करती हूँ, राजश्री की कोई भी भंगिमा या मुद्रा ना तो यह बताती है, कि वह नृत्य जानती होंगी न तो यह कि वह सिनेस्टार होंगी। साँवला लम्बा इकहरा शरीर कन्धे तक झूलते सीधे-बाल। 'प्लेन' फिरोजी रंग की साड़ी। चेहरे पर फिरोजी ही रंगत लिए मुस्कराहट। सादी सहज सुन्दर।

शशि जी चाय पिएँगी। 'नहीं'। 'थोड़ा कुछ खाएँगी'। 'नहीं'। 'थोड़ी देर बाद'। मैं जानती हूँ, हमें एक साथ खड़े होकर 'नदी के प्रवाह' में भीगने के लिए थोड़ा समय लगेगा। पूछिए अगर आप प्रश्न पूछेंगी तो आसान हो जाएगा? मैं कैसे कहूँ? सवाल पूछना तो कभी आया ही नहीं। वह चुप हैं। फिर मैं धीरे-धीरे बोलना शुरू करती हूँ, मैं कोल्हाटी समाज के स्त्री जीवन की कठिनाइयों को नहीं जानती हूँ, पर जानना चाहती हूँ। यह समाज लड़कियों के जन्म पर बहुत खुश होता है। यहाँ कन्या भ्रूण हत्या नहीं होती। 'ऑनर किलिंग' का तो

सवाल ही नहीं उठता? दहेज का दानव भी नहीं। स्त्रियों के घूमने-फिरने की मनाही भी नहीं। कोल्हाटी समाज में शिक्षा आज भी बहुत कम है। इसके बावजूद वह नहीं घटता जिसे स्त्रियों के प्रति हिंसा या अन्याय कहा जा सके। ऊपरी तौर पर तो यही दिखता है। परन्तु भाषा जितनी ही प्रगतिशील है, अर्थ उतने ही अभिशप्त। लड़कियों के जन्म का सम्बन्ध भाई पिता के भरण-पोषण से होता है। शादी ही नहीं होती तो दहेज का क्या सम्बन्ध? अगर बहन की बेटी हुई, वह भी सुन्दर तो भाई 'बेटी' छीन लेता था (लेता है) और बहन को घर से भगा देता था (है) दर-दर की ठोकरें खाने को।

राजश्री की नानी 'तमाशा' दिखाती थीं। यही कोल्हाटी समाज के जीवन यापन की परम्परागत पद्धति है। 'तार पर चलना', रिंग के चारों ओर आग लगा कर उसके भीतर से कूदना। बालों से बैलगाडी खींचना। राजश्री कहती हैं, 'मेरी नानी तो ऐसा ढोल बजाती थीं कि उसके आगे कोई टिक नहीं पाता। महाराष्ट्र दरअसल जादू का पिटारा है। (और भी प्रान्त होंगे। मैं नहीं जानती) मेरे ऑफिस का प्यून गाल दिखा रहा है। देखिए मैडम दशहरा पर्व पर 'सूजे' को गाल के इस पार से उस पार निकाल दिया।' मैं हैरान होती हूँ, 'खून नहीं निकला'। नहीं। दर्द नहीं हुआ। नहीं। मैं जानती हूँ। वह झूठ नहीं बोल रहा। तस्वीरें भी सामने हैं, खैर इस पर फिर कभी। राजश्री की नानी नहीं चाहती थी कि जोखिम भरा यही जीवन उनकी चारों बेटियों को भी जीना पड़े। कोल्हाटी समाज की रीतियाँ उनकी चारों बेटियों के जीवन से बढ़कर नहीं। वह बेटियों को लेकर भागीं और सीधे अहमदनगर में पनाह ली। आलोक धन्वा की कविता अपनी सम्पूर्ण संवेदनशीलता और जिम्मेदारी के साथ मेरे सामने कौंधती है।

अगर एक लड़की भागती है
तो यह हमेशा जरूरी नहीं है
कि कोई लड़का भी भागा होगा
कई दूसरे जीवन प्रसंग हैं

जिनके साथ वह जा सकती है
कुछ भी कर सकती है
सिर्फ जन्म देना ही स्त्री होना नहीं है
('भागी हुई लड़कियाँ' से)

नानी का यह भागना दरअसल कोल्हाटी समाज से बगावत था। वह दूसरों के यहाँ बर्तन माँजकर अपनी बेटियों की परवरिश करने लगीं। कभी-कभी भीख भी माँगनी पड़ी। लेकिन अपनी समझ के अनुसार बेटियों को संगीत की शिक्षा देने लगीं। राजश्री की माँ और मौसी ने 'संगीत बारी' (तमाशे का ही एक अंग) की पार्टी बनायी। बेटियों की भी बेटियाँ हुईं। राजश्री खुद पाँच बहनें हैं।। कुनबा बड़ा आमदनी नगण्य। राजश्री उन दिनों को याद करती हैं, चूल्हा चार-पाँच दिनों में एक बार जलता था। किस्मत इतनी अच्छी कि उस दिन भी कोई-न-कोई मेहमान जरूर आ जाता था। हैरत की बात यह थी कि नानी की पेशानी पर बल तक न पड़ता था। राजश्री कहती हैं, 'मेरी उम्र थी पाँच साल। पर लगता था क्या कर सकती हूँ? नानी से मुरूमुरा (लाई) के लिए मचल उठी। नानी ने कहीं से जुगाड़ कर के दिया 'फुटपाथ' पर लेकर बैठ गयी भेल बेचने। पाँच साल की बच्ची भेल बेच कर रेज़गारी गिन रही है। पाँच पैसा दस पैसा। "हे मी कमवले, घरासाठी आज वरण-भात खाणार" (मैंने कमाया है घर के लिए, आज तो दाल-भात खाऊँगी)। बारिश में सब ठप्प।' बारिश जितनी घर के बाहर उतनी ही भीतर। बड़ी बहन छोटी बहनों को कहानियाँ सुना रही है। एक कोने में चूजों को समेटे जा रही है। कहानियाँ मनोरंजन के लिए नहीं बल्कि बहनें खाना न माँग बैठें इसलिए। भूख को भुलावे में डालने के लिए। "सचमुच कई बार होता भी यही था हम लोग कहानी सुनते-सुनते सो जाते थे।" राजश्री जन्मना नृत्यांगना हैं, पाँच वर्ष की उम्र में ही उनके पैर में पायल पहना दी गयी तो उसकी रुनझुन सामान्य रुनझुन से अलग थी, माँ ने भाँप लिया। 'लावणी' के क्षेत्र में यमुनाबाई, लक्ष्मीबाई कोल्हापुरकर,

रोशनबाई सातारकर, वीठाबाई नारायणगांवकर की धूम थी। माँ की आँखों में सपने पलने लगे। राजश्री को लेकर, अपनी अन्य बेटियों को भी लेकर। फाकापरस्ती के दिनों में माँ ने सोचा इन्हें नृत्य की शिक्षा देनी चाहिए और राजश्री को बाबा साहेब मिरजकर (कोल्हापुर) के पास नृत्य सीखने को भेज दिया। छः वर्ष राजश्री सात-सात घंटे रियाज करती थी पर यह बताते हुए वह यह भी बताना नहीं भूलती कि मैं नहीं जानती बचपन क्या होता है? शायद हमारे समाज की लड़कियाँ वयस्क ही पैदा होती हैं? माँ के पल्लू से लगकर मचलना क्या होता है, खिलौने के लिए सचमुच जिद की जाती है, क्या? भूख और रियाज से भरा बचपन। डांस करना अच्छा तो लगता था। पर क्या डांस और माँ दोनों एक साथ मुझे नहीं मिल सकते? राजश्री को हमेशा यही बात सालती थी, 'राजश्री' के पैरों के घुँघुरू फूट जाते थे। उसके पास पैसे नहीं होते कि वह दुबारा खरीद ले। गुरुजी रिय़ाज देखते-देखते स्टेज पर नृत्य के दौरान गिरे साबुत घुँघरुओं को उठाते और चुपचाप 'राजश्री' के घुँघरुओं में पिरो देते। उनकी आखों में 'राजश्री' के बड़े स्टार होने का सपना था। नृत्य के प्रति 'राजश्री' की ज़िद्‌द व जुनून उनके सपने को ठोस धरातल देता था। गुरुजी गाँव-गाँव घूम कर, अपने शिष्यों के साथ प्रोग्राम करते थे। सब ठीक ही था। एक पढ़ाई को छोड़कर। उम्र तेरह की हो रही थी। माँ वापस ले जाना चाहती थी और फीस भी नहीं भर पा रही थी। गुरुजी ने रोका। राजश्री की माँ से कहा– 'बड़ी कलाकार बनेगी। बहुत जोश है इसमें। मैं बिना फीस के इसको सिखाऊँगा।' राजश्री कहती हैं, मैं खुद ही गुरुजी के घर का सारा काम कर दिया करती थी। लेकिन कोल्हाटी समाज की लड़की को चौदह-पन्द्रह की उम्र तक आते-आते परिवार के भरण-पोषण की जिम्मेदारी का निर्वाह करना ही पड़ता था। यहाँ तरुणाई, कोमल भावनाएँ, सहज अदाएँ, नाज़-नखरे, प्रेम, यह मंच की सज्जा बन कर रह जाता है। इन भावों से केवल दूसरों को खुश करना है। असल जीवन में ये भाव बेमानी और बेज़ायकेदार

ठहरते हैं। 'तमाशे' का जीवन जीने वाली स्त्रियों का जीवन ही तमाशा हो जाता है। 'संगीत बारी' की पार्टी में राजश्री की 'लावणी' का रंग चढ़ने लगा। परिवार के दिन लौटे। रोज चूल्हा जले, इस बात जुगाड़ हो गया। लेकिन वर्षों-वर्ष नींद मात्र दो घंटे रही। मैं राजश्री की ओर देखती हूँ। आँखों के नीचे फैली नीली स्याही 'बात बोलेगी भेद खोलेगी' से रुबरु कराती है। हम बात करना बन्द कर देते हैं। राजश्री उठ कर कमरे में रोशनी करती हैं और चाय बनवाती हैं। सामने टेबल पर खाने की ढेर सारी चीजें लगवाती हैं। मैं उस बच्ची को याद करती हूँ जो छोटी-सी प्लास्टिक की डालिया में फुटपाथ पर बैठ कर भेल बेच रही है। वही बच्ची है यह। चाय आती है। मैं कप में गहरे झाँक कर देखती हूँ। राजश्री चौंकती हैं। क्या है? कप की तलहटी से केवल दो इंच ऊपर चाय। मैं गम्भीरता से कहती हूँ। मैं कप भर कर चाय पिऊँगी। वह हँस पड़ती हैं। यहाँ आधी कप से अधिक चाय देना सभ्यता के विरुद्ध माना जाता है। खैर मुझे कप भर कर चाय मिलती है। फिर हम बात शुरू करते हैं, 'तमाशा' के स्त्री कलाकारों को खुले में सबके सामने नहाना पड़ता था। मैं 'पेटीकोट' ऊपर तक बाँध कर नहाती थी। हालाँकि यह सब देखने की मैं आदी थी। फिर भी शरम आती थी। उसी समय मेरे भीतर लोककला केन्द्र का बीज कहीं अखुँआ रहा था। मैं एक लोककला केन्द्र बनाऊँगी। जिसमें स्त्रियों को कम-से-कम अपने ढंग से नहाने की तो आजादी होगी। महसूस करती हूँ। आजादी का कई बार 'बन्द' और 'बन्धन' से गहरा सम्बन्ध होता है। 'स्त्री' के खुले में नहाने को आजादी भी तो कहा जा सकता है। 'अर्थ' शब्दों का कैसे विपर्यय रचते हैं। मुम्बई के लालबाग थियेटर में राजश्री काम करने लगी थी। यहीं उसने जाना कि 'लावणी' के मंच पर भरतनाट्यम का कोई काम नहीं। और लावणी की शक्ति क्या होती है। फिर वही आठ-आठ घंटे का रियाज। राजश्री कहती हैं, जब मैंने कलकत्ता में परफॉर्म किया तो हजारों की संख्या में दर्शकों को देखकर सहम गयी लेकिन नृत्य

शुरू करते ही कहीं कोई भय नहीं था। खत्म होते ही पास आकर अजीजनाजा और राजबब्बर ने कहा 'माशा अल्लाह' फिर तो प्रोग्रामों का अन्तहीन सिलसिला शुरू हुआ। पूरे भारत में अपना नृत्य प्रस्तुत करने लगी। अब मैं धीरे-धीरे इस स्थिति में आ रही थी कि शायद मैं लोककला केंन्द्र खोल सकूँ। कई बार मैं महसूस करती हूँ कि आर्थिक संघर्ष व्यक्ति को जिद्दी और स्वाभिमानी बनाता है, उसकी रीढ़ को बल देता है। (ठीक उलटा भी हो सकता है) लेकिन अस्तित्व और आत्मसम्मान का संघर्ष तो मार ही डालता है। झूठी सभ्यता, झूठी इज्जत का लबादा ओढ़े तुम्हारा समाज हमें नववारी साड़ी में नंगा देखता है। हमारा नृत्य देखते हुए कोई आँख मारता है, कोई कंकड़, अश्लील फब्तियाँ कसी जाती हैं। कोई पैसा देने के बहाने हाथ दबा देता है। जो यह सब करते हैं, उन्हें आप सभ्य कहते हैं। जो इनके नंगेपन का शिकार होते हैं, उनके चरित्र पर आप उँगली उठाएँगें। राजश्री का चेहरा तकलीफ, तनाव, क्षोभ से बिगड़ने लगता है। मैं सोचती हूँ। असली संघर्ष यहाँ हैं। राजश्री कहती है 'सुनो स्त्री विमर्श, स्त्री आन्दोलन क्या हमारे हिस्से में एक दिन का भी सम्मान दिला सकता है? तुम कहती हो समय बदल गया? किसका समय बदला है? पैरों में घुँघरू बाँधते हम बिस्तर हो गये। मुझे तमाम कमेंट्स अपने बुद्धिजीवी पुरुष साथियों के याद आ गये जो अक्सर महिलाओं को लेकर करते हैं। पर इस समय केवल 'राजश्री' की बात। जब कभी यह लोक कलाकार स्त्रियाँ अपनी असहमति को तीखेपन से जताती हैं तो सुनने को मिलता है 'ओ हो हो...नौ सौ चूहे खाकर बिल्ली हज को चली, देखो जरा सती सावित्री को। मैं सोचती हूँ सच ही तो है नौ सौ चूहे खाकर बिल्ली हज को कैसे जा सकती है। हाँ यह बात और है कि हज में बैठ कर बिल्ली दुनिया भर के चूहों का सफ़ाया कर सकती है'। इन लावणी नृत्यांगनाओं के लिए प्रेम करना वर्जित। इनसे प्यार जताया जा सकता है। इनके गर्भ में अपने पुरुषार्थ का सबूत भी दिया जा सकता है। क्रॉन्टेक्ट पर प्रेम होता है।

दो और तीन साल में मन भर जाता है। वे छोड़कर जा सकते हैं। कहीं कोई दायित्व नहीं। ना समाज की तरफ से ना संविधान की तरफ से। ये भावुक स्त्रियाँ (कहना चाहती हूँ मूर्ख, वही समझें भी) अन्तिम समय तक बस उसी को पति मानती हैं। राजश्री कहती है, "हम उनकी पत्नियाँ होती हैं। वे हमारे पति नहीं होते"। यहाँ प्रेम में एक व्यक्ति और दूसरा वस्तु होता है। वस्तु और रोना, वस्तु और भाव, वस्तु और संवेदना। कहीं कोई समीकरण नहीं बनता। राजश्री को स्पार्टाकस की तरह अपनी गुलामी का भान हुआ यही तो गलत है। इसी बीच राज़श्री का बेटा आकर उसके पास बैठ जाता है। दो मिनट बाद उसी तरह गर्दन झुकाए उठ कर चला जाता है। मैं देखती हूँ अठारह साल का बेहद आकर्षक और सुन्दर युवक। बेटा है, मेरा। अच्छा। शादी कब हुई? मैं देखती हूँ, गले में हल्का पतला मंगलसूत्र और पूछ बैठती हूँ। सवाल न केवल बेवकूफी भरा था बल्कि दर्द भी देने वाला था। इसका पता बाद में चला। 'जानती हो तुम। आज भी हमसे कोई पारम्परिक विधि से शादी नहीं करता? हमारी एकनिष्ठता, समर्पण समाज के लिए अवैध और भद्दी गाली है। लावणी कला की 'लौ' में जलती स्त्रियों की तकलीफ कितनी दाहक है, यह चाहकर भी महसूस नहीं किया जा सकता है। दहलीज के बाहर खड़ी छटपटाती यह स्त्रियाँ एक बार पारिवारिक गुलामी का सुख भोगना चाहती हैं। एक बार अपने नाम का विलयीकरण चाहती हैं। जानती हो जब मेरा बच्चा छोटा था, अपने मित्रों के साथ खेलता था और बात-बात में डैडी का जिक्र आता था। मेरे डैडी ये लाए वो लाए। डैडी के साथ घूमने जाना है। तो यह भी यही कहता था। मेरा इतना-सा बच्चा कितनी चतुराई से झूठ बोलने लगा वह भी कहता था देखो मेरे डैडी ये लाए वो लाए। मुझ से जिद्द करता था एक बार डैडी से मिलना है। मैं ने उसे हॉस्टल में डाला। मुझे दर-दर भटकना पड़ता है। कौन इसकी देखभाल करेगा। वह बच्चों से मिक्सअप नहीं हो पाया, गुमसुम रहने लगा। कुछ पूछने पर केवल सर हिला कर 'हाँ' या 'ना'

में जवाब देता। मैंने उससे कहा परसों डैडी से मिलना है। एकदम हुलस उठा। सच। मैं रोना चाहती थी। लेकिन रोने की आजादी तुम्हारे समाज ने शरीफ औरतों को दी है। शशि कभी तुमने रोने को हँसने में बदला है? बस यही हमारे जीने की कला है। बच्चा उस दिन से हर आधे घंटे में फोन करके कहता, मम्मा कब चलना है? वह बहुत बड़े पोस्ट पर हैं, नाम तो अब भी नहीं बताऊँगी, तुम्हें। मैं बच्चे को लेकर उनके ऑफिस गयी (उनकी अनुमति लेकर) खैर मिली तो मुश्किल से ही पर इतनी उम्मीद थी कि एक बार बच्चे के सिर पर हाथ फेर देगा। मुझे कुछ नहीं चाहिए भाई। तुमने बच्चे को प्यार किया तो मैं अधिकार माँग बैठूँगी? इतना भय? दूर से पूछा निस्संग भाव से, कैसा है तू? मैं अपराधी भाव से बच्चे का मुँह देख रही थी। कोई जीवित सम्बन्ध इतना निरपेक्ष कैसे हो सकता है? मैंने एक क्षण में बच्चे का बचपन खा लिया, कैसी माँ हूँ मैं? मैं कहती हूँ राजश्री तुम्ही माँ हो। मैं उस व्यक्ति के बारे में कुछ नहीं कहूँगी। मुझे एक किसी विद्वान की पँक्ति याद आ रही थी (नाम याद नहीं आ रहा) कि 'पुरुष को अपनी कमजोरी के लिए और स्त्री को अपनी शक्ति के लिए क्षमाप्रार्थी होना सिखाया जाता है'। मैंने राजश्री से कहा मैंने जितने लोगों से तुम्हारे बारे में बात की, सबने बहुत ही सम्मानजनक तरीके से बात की। राजश्री मुझे देखती है, थैंक्यू। बर्फ जैसी निगाह। मानो कह रही हो उल्लू बना रही हो। नहीं भाई। मैं जोर देकर कहती हूँ। मैं राजश्री से कहना चाहती हूँ कि जब तुम जानती हो कि सामने वाला प्यार नहीं छल कर रहा है तो क्यूँ चक्कर में पड़ती हो? हल्के से छेड़ती हूँ तार, पर उसका ध्यान कहीं और है। वह भी वेदना का तार। राजश्री कहती है, जानती हो मेरे बच्चे का रंग दिन-ब-दिन सफेद होता जा रहा था बीमारी से और मैं उसकी रंगत को लेकर खुश थी। यही नहीं समझ पा रही थी कि ज़िन्दगी को बेरंग करने के लिए प्रकृति ने साजिश रची है। बच्चा हॉस्पिटल में। डॉक्टर कहते हैं, खून चाहिए 'ओ पॉजिटिव'। जरूरी है। बच्चे के डैडी को, फोन करती हूँ

पागलों की तरह रो रही हूँ 'हलो...आपका ब्लड ग्रुप क्या है? क्यों क्या करना है। मुन्ना बीमार है, उसे चाहिए। किसी और का लेकर चढ़ा दे'। हे भगवान। नौ महीने का गर्भ लेकर मंच पर इतने जोर से नाचना। चक्कर खा कर गिरना। सहेजा न तूने। मेरे बच्चे को आज फिर एक बार फिर। राजश्री का बच्चा बचता है। पर एक स्त्री के भीतर की स्त्री मर जाती है। वह कहती है हम सब समझते हैं, परन्तु प्रेम इन्सानी जरूरत है, अक्ल दगा दे जाती है। कई बार झूठ सामने दिखता है लेकिन क्या करें—

अक्ल भी रखता था आँखें भी और परे परवाज़ भी
फिर ये क्या सूझी ताइर तेरे ज़ेरेदम आ ही गया

मैं लौटती हूँ। यह कह कर राजश्री तुम्हारी लावणी और तुम्हारा कला केन्द्र देखना है। दस अक्टूबर 2010 को मैं और वैशाली रोडे (सकाल की संवाददाता) अहमदनगर के पास 'सूपा' के 'कलिका लोककला केन्द्र' में पहुँचते हैं। राजश्री मिलती है। नवरात्रि का नौ दिन का व्रत। इन नौ दिनों में चप्पल भी नहीं पहनेगी। रियाज जोरों से शुरू है, अपने दल के साथ जापान और रशिया जाना है। लोककला केन्द्र दिखाते समय राजश्री का चेहरा सुकून से भरा, ठहरा और शान्त है। स्त्रियों के लिए नीचे का पूरा ग्राउंड फ्लोर, पुरुषों के लिए ऊपरी मंजिल। रियाज का कमरा। बैठक का कमरा। रसोई, सार्वजनिक लेकिन व्यक्तिगत। लम्बा दालाननुमा, कई पार्टीशन मात्र दो फुट के। प्रत्येक कमरे में काँच की खिड़की (अपारदर्शी) उसका एक हिस्सा पारदर्शी ताकि कभी भी कोई आकर देख ले कहीं कुछ अवैध नहीं चल रहा। प्रोग्राम का हॉल। जिसकी एक सम्पूर्ण दीवार पर बाजीराव व मस्तानी का विलक्षण चित्र। अद्भुत नृत्य बाजीराव की आँखें और मस्तानी के पैरों की लय उस चित्र में प्राण भर देती है। आप आँखें बन्द करें तुरन्त ढोलक, घुँघरु, नृत्य और वाह-वाही सब कुछ ध्वन्यात्मक हो उठता है, ठीक वैसे ही जैसे फतेहपुर सीकरी के महल में अकबर और जोधाबाई की धड़कन को साफ-साफ

महसूस किया जा सकता है। यही लोककला केन्द्र राजश्री का सपना था। जिन्दगी की सारी पूँजी उसने झोंक दी थी इसे खोलने में। लेकिन उसके विरुद्ध पूरा-का-पूरा गाँव उमड़ पडा। अगर लोककला केन्द्र खुला तो युवा 'बिगड़' जाएँगे बहुत सारे घर बरबाद हो जाएँगे। राजश्री कहती हैं, चार साल लगे। चार सालों में तमाशे के मंच से अलग कोर्ट-कचहरी की दुनिया देखी। कम पढ़ना अखरा। एक दिन जब अखबार में पढ़ा कि लोककला केन्द्र खुला तो 'अण्णा हजारे' भी उसके विरुद्ध आन्दोलन करेंगे। उस दिन बल टूट गया। लगा मैं अण्णा हजारे के सामने खड़ी भी नहीं रह सकती। फिर भी साहस जुटा कर अण्णा हजारे जी से मिली। अण्णा हजारे जी ने कहा मैं लोककला सहेजने के प्रयास का विरोध क्यों करूँगा? मेरा नाम 'ढाल' की तरह इस्तेमाल किया गया है। राजश्री तो बस चाहती है तमाशा, लावणी न केवल जीवित रहे बल्कि उत्तरोत्तर समृद्ध होती जाय। समाज का नजरिया बदलना आवश्यक है। कैसा है यह समााज? मुंबई विश्वविद्याालय में लोककला-विभाग खुला है। क्या इससे हमारे सम्मान में इज़ाफा हुआ? मैं भी सोचती हूँ ओबामा के सत्ता में आने से क्या अमेरिका के चरित्र में बदलाव आ गया? ''डॉ. प्रकाश खांडगे ने लावणी को प्रतिष्ठा दिलवाई है। लावणी समाज उनका ऋणी है। मेरा संघर्ष आत्मसम्मान का संघर्ष है, मैं इक्कीसवीं सदी के समाज से कुछ ज्यादा माँग रही हूँ क्या? सुनो शशि। तमाम पुरस्कारों को पाने के बाद मैंने जाना पुरस्कार सम्मान नहीं है। लोककला पर रिसर्च करने वालों का सम्मान है पर लोककलाकारों का नहीं। कमाल है न तमाम भ्रष्ट लोगों को अगली पँक्ति में बिठाकर उनकी जी हजूरी की जाती है। हम मनुष्य समझे जाने की आस लेकर मुख्य समाज की दहलीज पर दस्तक दे रहे हैं।'' मुझे गाँधी जी की याद आती है। वेश्याओं ने अपनी कमाई का कुछ हिस्सा आजादी के संघर्ष के लिए दिया पर गाँधीजी वह राशि देखते ही आग बबूला हो गये थे (मैं जो कहना चाहती हूँ वह आप समझ रहे हैं न।) राजश्री अपनी माँ और

बहनों के सहयोग को बार-बार याद करती हैं। राजश्री ने कमर्शियल प्रोग्राम नहीं लिए। (टिकट लगा कर) वह महोत्सव व आमन्त्रण पर प्रोग्राम करती है। केवल एक बार कमर्शियल प्रोग्राम किया वह भी कारगिल के सैनिकों के लिए इकसठ हजार रुपये की निधि उन्हें सौंपी। वह एक ईमानदार गुरु है। सरकारी शिविरों के लिए भी काम उसने सरकारी ढंग से नहीं किया। दस-दस घंटे उन्हें सिखाती हैं। लोककलाकारों की अस्मिता-अस्तित्व व आत्मसम्मान के लिए संघर्षरत राजश्री कितनी सफल होंगी पता नहीं। आज भी प्यासे की अँजुरी से पानी का बर्तन कई फीट ऊपर है। दरअसल यह समाज भारत की प्रगति, विकास, शांतिप्रियता के सही मूल्यांकन करने का आईना है। राजश्री पारम्परिक लावणी के रूप को भी लेकर चिंतित रहती हैं। फिल्मों ने उसके सही स्वरूप को आहत किया है। वह कहती हैं, मूल स्वरूप की रक्षा करते हुए बदलाव किया जाना चाहिए। अन्त में मैं राजश्री का नृत्य देखना चाहती हूँ। ढोलक की थाप, राजश्री का प्रिय लावणी गीत 'पंचबाई मुसाफिर अलबेला', राजश्री का नृत्य देखकर मुझे रोमांच हो आता है। स्टेज पर एंट्री लेने का भी अपना तरीका। गति, लय ऊर्जा की शक्ति के मेल से बिजली कैसे पैदा होती है, देखती हूँ। फिल्मी नृत्य निहायत बोगस लगने लगते हैं। गिल्ली डंडे के खेल को जिस तरह वह नृत्य के जरिये प्रस्तुत करती हैं, कमाल का है। पहली बार नृत्य की शक्ति को महसूस करती हूँ। भाव, अदा, नृत्य का कैसा संयोग। हम एक अलौकिक दुनिया में होते हैं। मैं मर मिटती हूँ 'राजश्री' पर अपनी सम्पूर्ण 'श्रद्धा समेत'। उसके पैरों की शक्ति और हाथों में मानवता के ध्वज को ईश्वर का बल मिले। समाज से मानवीय हमदर्द दृष्टि मिले यही प्रार्थना करती हूँ।

राजश्री लोककला केन्द्र की तरफ से हमारा सम्मान करती हैं (मेरा और वैशाली का) हार, श्रीफल, और खूबसूरत तोहफा और माथे पर तिलक। तिलक प्रतिदान तो तिलक ही होना चाहिए यह सोचते हुए मैं निकल पड़ती हूँ।

सुनीता ताई अरळीकर

अन्तर्नाद सी हुई चेतना

सन्नाटे में गिरेगा शब्द और धरती पर एक आँसू

बालक कृष्ण मुँह खोलते हैं और माँ यशोदा उनके मुँह में मिट्टी के बजाय समूचा ब्रह्मांड देखती हैं। यह मिथ मेरे लिए आश्चर्य का विषय था कि सिंधुताई, नसीमा दी, राजश्री, लक्ष्मी–जैसे लोग मिलते गये रहस्य खुलता गया। अपनी औसत काया में व्यक्ति समूचे ब्रह्मांड को समा सकता है। इसी अद्‌भुत ब्रह्मांड को समेटे कोई व्यक्ति जब किताबों में उतरता है, तो हम जैसे सामान्य लोगों को जीने का अखंड पाठ दे जाता है।

चमत्कारों से भरा अपना देश, पानी पर चलने वाले योगी। मानव शव खाने वाले तान्त्रिक। जीवित समाधि लेनेवाले लोग। माउंट आबू की प्रसिद्ध 'नक्की' झील के बारे में किवदंति है, कि

एक ऋषि ने अपने नाखून से खोद कर इस झील का निर्माण किया। इन सारी बातों को लेकर हम लोग हँसते हैं। राजन खान जी (मराठी भाषा के लोकप्रिय बहुचर्चित साहित्यकार) जब मुझसे कहते हैं– मैडम अपने पूर्वज बन्दर थे ना? मैं कहती हूँ–हाँ। अच्छा तो यह बताओ कौन-सा बन्दर ब्राह्मण था, कौन-सा चमार? मैं एक पल के लिए चौंकती हूँ– फिर सम्मिलित हँसी। फिर राजन खान जी अचानक सुनीता अरळीकर का नाम लेते हैं और कहते हैं, एक और चमत्कार, इस औरत को ज़िन्दा जमीन में गाड़ दिया गया था। लेकिन देखो तो तुम्हारे भगवान को चुनौती देकर जीवित है। दूसरा चमत्कार यह है, कि सुनीता सत्यनिष्ठ, ईमानदार राजनीतिक कार्यकर्ता हैं। लातूर (मराठवाडा का एक जिला) में बेहद जनप्रिय। अब की मैं हँस नहीं पायी। आँखों के सामने 'हंस' (पत्रिका) के कई कोरे पन्ने मुझे निमंत्रित करने लगे, और मैं 6 दिसंबर 2010 आंबेडकर महानिर्वाण के दिन आंबेडकर पुत्री तेजस्विनी दलित कन्या (वैसे वे अब दादी हैं) से मिलने मुंबई के जे. जे. हॉस्पीटल पहुँची। इस समय वह अपने बेटे डॉक्टर जमीर एवं बहू शिल्पा के साथ हैं। मैं पहुँचती हूँ– दिलीप व सुनीता जी (पति-पत्नी)। गेहुएँ रंग की साधारण नयन नक्श, किन्तु काले लम्बे घने बालों वाली सुनीता जी। मैं पाती हूँ, सुनीता अपने बारे में बताने में काफी संकोच करती हैं। दिलीप जी के भीतर बहुत कुछ उमड़-घुमड़ रहा है, सुनीता के बारे में कहने को। गजब की कैमेस्ट्री दोनों के बीच जिसकी खूबसूरती महसूस तो की जा सकती है, समझाई नहीं जा सकती।

सुनीता का संघर्ष माँ के गर्भ से ही शुरू हुआ। सुनीता जब गर्भ में थी तो उसके पिता ने एक 'बैल' की खातिर (जो उसके नाना से माँग रहे थे।) सुनीता की माँ के कपड़े उतार कर मार कर ढकेल दिया और कहा भागो यहाँ से। गर्भवती निर्वस्त्र स्त्री पेट के बल गिर पड़ी। सुनीता कहती हैं यह थी, मुझ पर पहली चोट जिसकी शुरुआत माँ के गर्भ से हुई। गर्भवती नंगी दलित स्त्री दया

की नहीं, तमाशे की चीज थी। ऐसी ही ढाक-पात से छिपते-छिपाते पिता के पास पहुँची। इधर पिता की दूसरी पत्नी (सौतेली माँ) भी गर्भवती थी। बेटी की अवस्था से पिता सदमे में। बेटी और माँ ने पन्द्रह दिन के अन्तराल पर दो कन्याओं को जन्म दिया। सुनीता की माँ ईश्वर के प्रति कृतज्ञता व्यक्त करते-करते रो पड़ीं। आज मेरी सुख-दुख की साथिन का जन्म हुआ। लेकिन यह सुख भी मृगमरीचिका का छलावा ही सिद्ध हुआ। अभी तो बेटी सोलह दिन की ही हुई थी कि माँ को अचानक उल्टियाँ शुरू हुईं और उन्होंने दम तोड़ दिया। उनकी मौत कैसे हुई? यह प्रश्न अनुत्तरित है। अगले दिन सुनीता के पिता व अन्य लोग आये। शोक तो खैर क्या ही था? थी एक पंचायत इस नवजात कन्या को कौन पाले? सुनीता के नाना ने कहा मेरी बेटी तो गयी। इसको लेकर क्या करूँगा? दादी ने कहा राँड़ ने आते ही माँ को खा लिया। उसी के साथ रख कर फूँक क्यों नहीं दिया? अचानक पिता ने बालिका को उठाया और तेज-तेज कदमों से चला गया। थोड़ी देर बाद नाना की आँखों के सामने निर्वस्त्र गर्भवती कातर आँखों वाली बेटी नाच गयी, वह अनहोनी की आशंका से काँप उठे और उसी दिशा में पैर बढ़ चले। ना दामाद दिखे ना बेटी! नाना की आँखों में भरे आँसुओं ने रास्ते को धुँधला कर दिया। वह श्मशान में उसी जगह पहुँचे जहाँ बेटी को जलाया था। घुटनों के बल बैठ कर फूट-फूट कर रोने लगे। मैं नहीं सँभाल सका तेरी बेटी को? क्या मुँह दिखाऊँगा। अचानक उनकी नजर बगल में गयी, लगा जैसे किसी ने गड्ढे को अभी-अभी मिट्टी से भरा है। सुनीता के नाना जी दोनों हाथों से हबर-हबर मिट्टी हटाने लगे मानो भुरभुरी मिट्टी से लिपटी नन्हीं ललछौंहें कोपलें फूट पड़ीं सत्रह दिन की बच्ची की हथेली। जीवित दफन! किसे पता था जीवित दफन नन्हीं जान अपने साथ-साथ न जाने कितनों का भाग्य विधायक राहों पर मोड़ देगी। नाना की काँपती ऊँगलियाँ नाक के पास जा कर जायजा लेने लगीं। अरे!

बच्ची जीवित है। नाना मिट्टी में लिपटी गुड़िया को लेकर भागे अपने घर की ओर। वहाँ लोगों का दिल यह मंजर देख कर दहल गया। ना डॉक्टर ना दवाखाना। पड़ोस में बकरी थी और उसके बच्चे। सुनीता को उन्हीं बच्चों के बीच रखा गया। शायद उनकी गर्मी पा कर जी उठे। दो चार दिनों के बाद वह हाथ पैर हिलाने लगीं। सुनीता इन क्षणों को याद करते हुए हँस पड़ती हैं। कहती हैं मैं अमेरिका में थी तब मेरी पोती को 'इनक्युबेटर' में रखा गया था। बकरी के बच्चों (देह की गरमी) और इनक्युबेटर में गुणात्मक फर्क बहुत ज्यादा नहीं था। जाति दंश, आर्थिक तंगहाली के साथ मनुष्य की तरह जीवन जीना दरअसल नाना के लिए कभी न खरा होने वाला सपना था। नानी की छातियों में इतना दूध कहाँ कि दो बच्चों का पेट भर सकें। एक दिन चिढ़ कर पूरे दिन नानी ने बच्ची को दूध नहीं पिलाया। फिर से मौत ने उसे अपने करीब खींच लिया। बच्ची न हाथ-पाँव हिला रही है। न कुछ बोल रही है। नाना सकते में। नानी ने बताया कि अगर इसे दूध पिलाया तो अपनी बच्ची को कैसे ज़िन्दा रखूँ? नाना रोने लगे। सुनीता को उठाया और अपने पत्नी के पैरों में अपना सिर और अपनी नातिन को रख दिया। बिलखने लगे। इसको अपनी आँचल की छाँव दे दे। ज़िन्दगी भर गुलामी करूँगा। ठीक है तुम्हारी ही नातिन पालती हूँ, अपनी घूरे पर फेंक आती हूँ। सचमुच अपनी बेटी कावेरा को नानी घूरे पर रख आयी। नाना उसे भी उठा कर लाये। रात भर बातचीत चलती रही, अन्त में तय हुआ दम्पत्ति दोनों के पालन का जिम्मा लेगा। गाँव छोड़ना पड़ेगा। यहाँ जीविका के लिए कुछ नहीं। एक गठरी में सिमटी गृहस्थी। चार गतिमान पैरों में सिमटे चार नन्हें पैर अनजानी दिशा की ओर अनिश्चित भविष्य के साथ चल पड़े। भटकते पैरों को किसी भी गाँव में ठाँव मिलते-मिलते रह जाती जब धर्मप्राण, दानवीर, दयालु लोग सुनते 'चमार'। अरे! भागो यहाँ से। एक गाँव के एक आदमी ने कहा मैं अपने मालिक से कहता हूँ

'तुपडी' गाँव में चमार भी नहीं है, उनके मालिक की गोशाला थोड़ी जगह में भी है। पहले वह चार प्राणी गोशाला के बाहर मैदान में घर बनाकर रहने लगे। बाहर खुले में फूस का बनाया गया घर तूफानी बारिश में ध्वस्त हो चुका था। फिर उन्होंने गोशाला में शरण ली, बाहर जोरदार बारिश। भीतर बच्चों के रोने की आवाज। पैर झटकते, पूँछ फटकाते बैल और गाय। अचानक बैल की लात नन्हीं सुनीता की नाक पर पड़ी और खून की धार फूट पड़ी। नाना ने धोती से दबा कर खून बन्द करने की कोशिश की। दूसरे दिन नाक फूल कर कुप्पा। सुनीता नाना के पेट पर, कावेरा नानी के पेट पर। दो की जगह में चार लोग सोते। नाना का हाथ सारी रात ऊपर रहता बैल गोबर करते नाना हाथ ही में थाम कर बाहर की ओर उछाल देते। बैल मूतते। बच्चे डर के मारे रोने लगते। चूहे शरीर पर रेंगते। इनसानी जिजीविषा भी क्या चीज है? समय बीतने लगा। इनसान व जानवर एक दूसरे के जज़्बात को समझने लगे। एक दूसरे का साथ स्वीकार किया उन्होंने। पर नाना की तबीयत बिगड़ने लगी। नानी बाहर काम नहीं करती थीं। नानी कहती थीं, सुनीता भीख माँगे। पर नाना के भीतर जिद्द थी कि लड़कियों को शिक्षा मिले। सुनीता पाठशाला के साथ-साथ दूसरे घरों के काम गोबर उठाना, लकड़ी काटना, अनाज ढोना जैसे काम कर देती। बदले में रोटी और कुछ खाने को मिल जाता है। सुनीता के नाना कमर और पीठ के दर्द से त्रस्त रहने लगे। जब वह पेट के बल सो कर चप्पल सीते तो सुनीता रो पड़ती। नानी देखती, गालियाँ देना शुरू कर देतीं। किसी ने कहा पानी में एक बेल होती है उसे गरम करके बाँधने से दर्द दूर हो सकता है। दस वर्षीय सुनीता चली गयी ढूँढ़ने गड्ढे में गोलाई बनाती हुई हरी पत्तियाँ देखीं। अन्दर जाकर हाथ में ज्यों ही पकड़ा हाथ मानो बर्फ पर पड़ गया, हाथ में साँप था। सुनीता काँप रही थी। पैर डगमगा रहे थे। दाँत बजने लगे। एक हाथ में एक पतली कईन थी। अचानक दूसरे हाथ को झटका और सप्प से चला

दिया साँप पर। साँप सरसराता हुआ निकल गया। बालिका ने राहत की साँस ली। उसी दिन से उसके भीतर साँप का खौफ कम हो गया। अब वह चौथी में थी। चौथी की परीक्षा बोर्ड की। दूसरे गाँव जाना था। दो लड़कियाँ पैदल-पैदल पहुँचीं। बाकी बच्चे बैलगाड़ी से। चमार की लड़कियों को कौन बैठाता? रहने की व्यवस्था स्कूल के ही दो कमरों में। एक में लड़के दूसरे में लड़कियाँ। चमार की लड़कियों का प्रवेश यहाँ भी वर्जित। वे दोनों बाहर खुले में सोतीं। सुनीता कहती हैं, हम चमार थे, दूसरों की चप्पल सिलते। अपने पैरों में कब पहली बार चप्पल पहनी पता नहीं। दोनों लड़कियाँ बोर्ड की परीक्षा पास हो गयीं। पहली बार गुड़ और चपाती-जैसा सुस्वाद व्यंजन मिला उन्हें। गाँव वाले अब नाना को समझाते दो लड़कियों की पढ़ाई तुम्हारे बूते की नहीं। सुनीता को भेजो उसके पिता के पास। नाना का जी न मानता। अपने हाथों से फिर सुनीता को यमराज को सौंप दूँ। फिर वह अपने अभावों के चलते मन मार कर तैयार हो गये। जन्मदाता के लिए यह विश्वास करना कठिन था कि कब्र से बेटी ज़िन्दा निकल आयी। खैर पहले सुनीता मौसी के पास गयी काम की मार से बीमार फिर 'तुपडी'। फिर पिता के घर। वहाँ स्कूल नजदीक था पर सौतली माँ की यातना के कारण अन्तहीन हो जाता रास्ता। पढ़ाई-लिखाई की होशियारी अभिशाप की तरह परिणाम देती। खाना न देना, कपड़े न देना, पाठ्यपुस्तकें जला देना, गोबर उठवाना, ढोर चराना। बस इसीलिए कि सुनीता अनचाहे आ गयी हिस्सेदारी करने। सुनीता सब समझती थी। कभी-कभी जंगल के एकान्त में जाकर पेड़-पौधों से पीड़ा बाँटती। सुनो झूमती पत्तियों! तुम लोग माँ-बाप, भाई-बहन के बिना कैसे इतना झमर-झमर डोलती हो? फिर सुनीता रोती ही चली जाती। सुनीता स्मृतियों से लौटती हैं और बमक कर कहती हैं— "मैं नहीं मानती ईश्वर व माँ-बाप या भाई-बहन, बस यह दिलीपराव ही हैं सब मेरे लिए। सिर्फ नाना और दिलीपराव इन्हीं दो नामों से मेरा अस्तित्व बना है।"

प्रतिकूल समय का झूला बड़ा निर्मम होता है। उसके हर झोंके में व्यक्ति स्थिति की कठोर चट्टान से टकराकर लहुलूहान हो जाता है, पर जीने की इच्छा उसे बाधाओं के पार ढकेल देती है। सुनीता और मौत के बीच लगातार लुकाछिपी का खेल चल रहा था। कौन किसको छल रहा था? पता नहीं। पर सच तो यही था कि बच्ची मौत को चकमा देकर बड़ी हो रही थी। सौतेली माँ ने ज्वारी की रोटी में काँच का बूरा मिला दिया। रोटी के बीच हरा देख कर सुनीता को लगा शायद पालक है वह खुले में (घर के बाहर) खा रही थी। पास-पड़ोस के लोग चौंक उठे। रोती-बिलखती सुनीता हाथों में रोटी लिए भागी जा रही है 'तुपड़ी' की ओर। ज्वारी की रोटी में काँच को देख कर नाना-नानी की हिचकियाँ बँध गयीं। तीनों एक-दूसरे को पकड़ कर रो रहे हैं। इसी बीच निरीह नाना की हत्या करवाने की कोशिश की गयी। (सौतेली माँ द्वारा) अब सुनीता 'तुपड़ी' से ही स्कूल जाया करती। दोपहर की छुट्टी में खाने को कुछ नहीं पर, शिक्षक अंबादास ने शिक्षा ही नहीं रहने का ठौर भी दिया अपने घर। सुनीता की आँखें कृतज्ञता से भर उठती हैं। उस गुरु के प्रति। एक दिन सर जी की माँ ने पकवानों से थाली भर दी। थाली देख कर दोनों बहनें (दरअसल कावेरा सोतेली मौसी थी) थाल उठा कर भागते-भागते तुपड़ी पहुँचीं। खाना देख कर नाना-नानी खुश। पहली बार पूरे परिवार ने त्योहार का खाना खाया, नानी ने गहरी साँस छोड़ कर कहा हमारे दिन कब लौटेंगे। इधर नाना ने लड़कियों की फीस जमा करने के लिए 'तुपड़ी' में जो थोड़ी सी जमीन मिली थी, पैंतालीस रुपये में बेच दी। यकीन नहीं होता। बेटी की पढ़ाई के लिए खेत व जमीन बेचने वाले आज भी कम ही हैं, सुनीता और कावेरा मौसी के यहाँ जा रही थीं। सुनसान रास्ते में कालिख पोत के लम्बा-चौड़ा आदमी सुनीता के पास धारदार चाकू लेकर दौड़ा। दोनों लड़कियाँ चीखती हुई बेतहाशा भागीं। एक गड़ेरिए ने उन्हें बचा लिया। उस गुण्डे के मुँह से कालिख पोंछ दी गयी। कोई और नहीं सुनीता का अपना सगा

चाचा था। दो कन्याएँ मैट्रिक पास कर गाँव से शहर (लातूर) की ओर "अप्प दीपो भव" का मन्त्र लेकर नाना-नानी का दिन लौटाने नौकरी की तलाश में निकल पड़ी थीं। पूरा गाँव हैरान होकर देख रहा था। सवर्ण लोग अपने बच्चों को ताने देने लगे थे, कुछ इस तरह "देखो चमार की लड़कियाँ पढ़-लिख कर नौकरी करने जा रही हैं और एक तुम लोग हो।" सुनीता की ज़िन्दगी का एक महत्त्वपूर्ण अध्याय यहाँ समाप्त होता है।

दोनों लड़कियाँ लातूर पहुँचीं। गाँव के किसी व्यक्ति का सिफारशी पत्र लेकर डॉक्टर के पास काम माँगने। ज्यों वो दवाखाने में कुर्सी पर बैठने लगीं, साफ-सफाई वाली की कड़कती हुई आवाज गूँजी, ऐ चल नीचे बैठ। बिल्ली की तरह अंग सिकोड़ते हुए दोनों बहनें नीचे बैठ गयीं। रोजी मिली रोटी मिली और रहने को खोली, परन्तु सुनीता और कावेरा के बीच कलह होने लगी। शान्त, सहिष्णु, परिश्रमी सुनीता के दुःख का नया पन्ना खुल गया। इस दुख ने दिलीप जैसा प्रगतिशील ईमानदार मजबूत दृढ़ निश्चयी कन्धा दिया। दिलीप अरळीकर। ब्राह्मण दिलीप। सत्तर के दशक का समय। इतनी छोटी जगह पर यहीं चेतना के तेल में भीगी बाती को जल कर अपनी लौ से पूरे शहर को प्रकाशित करना था। कावेरा सुनीता को सबके बीच कलमुँहे ब्राह्मण की 'रखैल' कह कर बुलाने लगी। एक दिन नानी लातूर आयी और नानी और कावेरा ने मिल कर सुनीता के शरीर से सारे कपड़े फाड़ दिये। घर से सारे कपड़े लेकर चली गयीं यह कहते, जा अपने कलमुँहे ब्राह्मण के पास। सुनीता सन्न! उसके शरीर पर एक सूत तक नहीं। जब यह भान आया। तब भाग कर खिड़की दरवाजे बन्द किये। लाईट बन्द की और चादर लपेट कर बैठ गयी। दिलीप अरळीकर आये दरवाजा खटखटाने लगे। दरवाजे के भीतर थी भीगती काँपती खामोशी। भय और दुख से बल लेती हुई एक स्त्री। जो पिघल रही थी लगातार लेकिन इस तरलता को आयरन लेडी में तब्दील होना ही

था। दिलीप बेचैन होकर खिड़की का पट थपथपाने लगे। सुनीता ने आकर सब बताया। दिलीप ने कहा, घबरा मत। आता हूँ थोड़ी देर में। दो साड़ियाँ, रेडिमेड ब्लाऊज, पेटीकोट लेकर दिलीप आये खिड़की के रास्ते थमाया। सुनीता ने साड़ी पहन कर दरवाजा खोला। दिलीप भीतर आये सुनीता उनसे लिपट कर जार-जार रो पड़ी। दृढ़ निश्चयी आवाज गूँजी। ''अता आपण एकत्र आहोत'', (अब से हम इकट्ठे हैं) कोई अन्याय सहन मत करो। सुनीता अरळीकर के साथ रहने लगी। सुनीता और दिलीप बिना विवाह के साथ रहते हैं, उस बात पर आपत्ति नहीं थी किसी को, लेकिन अगर दिलीप सुनीता के साथ शादी करना चाहता है—''छीः छीः ब्राह्मण होकर ऐसा घोर पाप। तू ब्राह्मण, वह चमार। ना रूप, ना सौन्दर्य, ना गुणवती, ना बहुत ज्यादा पढ़ी-लिखी।'' यह पाखंड भला कोख को क्या पता? उसने अपना गुणधर्म निभाया। तथाकथित नैतिकता को एक और धक्का सुनीता की ओर से, वह बिनब्याही माँ बनने वाली थी। दिलीप को अपने उन पिता पर पूरा भरोसा था जो मजदूरों के लिए रात्रि की पाठशाला चलाते थे। दारूबन्दी का अभियान चलाते थे। साक्षरता की चेतना फैलाते थे। पर पिता तो 'ब्राह्मण' निकले। बेटे के जिद्द के आगे झुके भी तो कुछ यूँ—''सुन पहले तू ब्राह्मण कन्या से विवाह कर। बाद में उसे 'अंगवस्त्र' की तरह रख ले। शास्त्र इस बात की इजाजत देता है।'' दिलीप हँसा अच्छा? आप का शास्त्र 'रखैल' की इजाजत देता है। नहीं मानता मैं ऐसे धर्म को। ऐसे शास्त्र को। फिर पिता के शास्त्र ने उन्हें गुंडों की तरफ जाने की इजाजत दे दी। पिता ने प्लान किया गुंडे भेजकर सुनीता को डरा धमका कर मार-पीट कर दिलीप के घर से भगा दिया जाय और वे गुंडे दिलीप को यह बताएँ कि, सुनीता उनके मालिक की रखैल है ताकि सुनीता को चरित्रहीन सिद्ध किया जा सके और दिलीप उसे छोड़ दे। जिसके सामने सारा प्लान हुआ न जाने उसे क्या हुआ? उसने दिलीप से सब कुछ बता दिया। सारी बाधाओं के बाद भी विवाह हुआ।

धीरे-धीरे सुनीता की अच्छाइयों को दिलीप ने सामाजिक प्रतिबद्धता से जोड़ना शुरू किया। 'युक्रांद' (युवक क्रांति दल) दल से पति-पत्नी जुड़े। शिष्यवृत्ति, लड़कियों की शिक्षा, अन्याय का विरोध, फी माफी—जैसी समस्याओं को लेकर हाशिए की स्त्री की आवाज ने व्यवस्था की नींद हराम कर दी। लातूर की महिलाओं की रीढ़ सीधी होने लगी। उम्मीद और हसरत की निगाहें सुनीता की ओर टिक गयीं। सामाजिक सरोकार राजनीतिक जमीन से जुड़ा। वैसे भी सुनीता कहती हैं— यदि आप सचमुच मानव समाज में सकारात्मक परिवर्तन चाहते हैं तो सामाजिक और राजनीतिक में विभाजन करके सम्भव ही नहीं। सही लोगों का राजनीतिक हस्तक्षेप इस देश की मूलभूत आवश्यकता है। सोचती हूँ इसीलिए धरती ने अपने भीतर चिन्तन के इस बीज को जीवित रखा। यह तो वास्तव में भूमिजा हैं। नगरपालिका का चुनाव सुनीता ने बहुमत से जीता। जिस इलाके में दलित मतदाताओं की संख्या नगण्य थी। सुनीता ने चुनाव वहीं से जीता। इसी बीच भारत में आपातकालीन स्थिति लागू कर दी गयी। पूरा परिवार उसके विरोध में जेल (अब उनके दो बच्चे थे) इस परिवार के छोटे विरोधी सदस्य की उम्र थी ढाई महीने। नाम था जमीर। जेल में साथ था प्रमिला दण्डवते, मृणाल गोरे जैसे लोगों का! जेल में रहते-रहते स्पाईन के तीन मनके खराब। पीठ में जख्म। जख्म से 'पस'। हॉस्पीटल की शरण में सुनीता। दोनों बच्चों सहित पिता जेल में यह सब सुनते हुए बरबस मुझे सुभद्रा कुमारी चौहान याद आती हैं। दिलीप रिहा कर दिये गये। दोनों बच्चों के साथ हॉस्पीटल पहुँचे। पूरा परिवार एक दूसरे के गले लग कर रो रहा है। यह आँसू खुशी के नहीं हैं, चिन्ता और दुख के हैं। जेल में चार दीवारों के साथ सर के ऊपर छत भी थी पर बाहर अब तो नौकरी गयी, ठिकाना गया, सजायाफ्ता को नौकरी कौन देगा? रहने का ठौर न जाने कितनी बार ध्वस्त किया जा चुका (सब लिखना सम्भव नहीं) दिलीप ने कहा, चल रे मन! नीड़ का निर्माण फिर-फिर। समाज के कई हाथ नयी

सम्भावनों के साथ इन दम्पत्ति के सामने आये। किसी में बर्तन किसी हाथ में आटा, किसी में दाल, गृहस्थी जमने ही वाली थी कि, इसी बीच अंधों पर (लातूर में) पुलिस ने क्रूरतापूर्वक लाठीचार्ज किया। सुनीता का अभी तो एक ही पैर घर के भीतर था फिर वह बाहर निकल पड़ा। अंधों का मोर्चा लेकर। इसका वर्णन करते सुनीता की आँखें नम हो जाती हैं। शामिल थे इसमें सैकड़ों नेत्रहीन फटे कपड़े वाले गरीब बच्चे जो अपनी लाठी से गड्ढों और पत्थरों की टोह लेते हुए आगे बढ़ रहे थे। पर आवाज में दम था 'गूँगे निकल पड़े जुबां की तलाश में'। इसी बीच सुनीता दुबारा नगरपालिका का चुनाव जीत चुकी थीं। सुनीता चुनाव के लिए पैसों को वोट में कनवर्ट करना जितना भ्रष्ट मानती हैं, पैर पड़ कर रिश्तेदारी जता कर (मैं यहाँ की बेटी हूँ, बहू वैगरह) वोट माँगना भी उतना ही भ्रष्ट समझती हैं। सुनीता अपने क्षेत्र के पानी व बिजली की मूलभूत समस्याओं से लेकर पारिवारिक व्यक्तिगत समस्याओं तक को बखूबी हल करती रहीं—इधर दो बेटे 'होनहार बिरवान के होत चीकने पात' के तर्ज़ पर आगे बढ़ते रहे। दिलीप अपनी पत्नी के हर बढ़ते कदम पर बलैयाँ लेते रहे। हर विधायक काम के लिए मानवीय मूल्यों के लिए प्रतिबद्ध 'युक्रांद' की टीम थी। और था उनके साथ गरीबों, अनाथों, स्त्रियों का बंधु सखा एस.पी. पट्टनायक। लोगों का जनजीवन बदलने लगा था। दलित गरीब स्त्रियों के लिए छोटे-छोटे मन्त्र रोज नहाओ। बच्चों को नहलाओ। नाखून साफ करो। खाने से पहले हाथ धोओ। शिक्षा का महत्त्व समझो। इन सबमें पैसा नहीं लगने वाला, लोग खुश रहने लगे। स्त्रियों को अपने अस्तित्व का भान होने लगा। एक घटना सुनीता याद करते हुए कहती हैं—एक बार पट्टनायक साहेब ने मुझसे कहा ताई (दीदी) फलानी तुम्हारी परिचित महिला है न। सुना है वह अपनी बहू को बहुत सताती है। मैंने कहा पता नहीं। उन्होंने मुझे उसके घर भेजा। घर में बहू दिखी नहीं। मैं बाथरूम के लिए जाने

लगी। उस महिला ने रोक कर कहा दूसरी तरफ जाओ। इसमें पानी नहीं है। मैंने साहेब से कहा, उन्होंने मुझे साथ लिया उसके घर गए। उस घर की बहू को न जाने कितने महीने से बाथरूम में बन्द किया गया था। शरीर पर मैल की परत। बालों में जटायें पूरा शरीर सूखी टहनी। भयावह लग रही थी। तुरन्त सास को अरेस्ट किया। परिवार के अन्य लोगों को भी सजा हुई। ऐसे अनेक किस्से हैं, साहब। अब वे लातूर में नहीं हैं। दिलीप जी कहते हैं कुछ दिनों पहले वह लातूर के थाने पर आये पता चलते ही दस हजार से ऊपर लोगों की भीड़ जुट गयी। साहेब से बात करनी है। साहब ने बात भी की। पट्टनायक जैसे लोगों की जनपक्षधरता ही पारदर्शी व्यवस्था दे सकती है। परन्तु इसके लिए समाज को ठंडी उदासीनता का लिहाफ हटा कर उठ खड़ा होना होगा।

सुनीता कहती हैं, स्त्रियाँ जब तक स्वच्छ तरीके से निर्णय प्रक्रिया की भागीदारी नहीं करेंगी, राजनीति में अपना मजबूत हस्तक्षेप नहीं करेंगी, तब तक उनके जीवन में सम्मानजनक बदलाव नहीं होगा। नेतृत्व को जमीन से ऊपर की ओर उठना चाहिए। विचार तो महत्त्वपूर्ण है ही पर वह मुँह और भी ज्यादा जो बोल रहा है, (कथनी करनी में भेदवाला मुँह तो नहीं बोल रहा) विचारों की सार्थकता तो लोगों की संवेदना जाग्रत करने में है। एक दिन मेरे डॉक्टर बेटे ने कहा ''माँ मात्र जमीर नाम होने से मुझे अनेक बार तकलीफ से गुजरना पड़ा तो जरा सोचो जो सचमुच मुसलमान हैं उन्हें कितनी असुरक्षा का अहसास होता होगा और यातना भोगनी पड़ती होगी।'' मैं दहल उठी। ऐसे तमाम मुद्दे है जिन पर अब वैचारिक बहसों से ऊपर उठ कर कुछ करना होगा।

यह दम्पत्ति अपनी टीम के साथ मिल कर अंतरजातीय विवाह (लातूर) करवाते हैं। लड़के-लड़की की बाकायदे काउंसिल की जाती है। फिर रक्त जाँच। उसके बाद शहर के प्रतिष्ठित लोगों की उपस्थिति में यह शादी होती है, ताकि उनके आत्मविश्वास को बल

मिले। सुनीता की आत्मकथा प्रकाशित हुई है। उसे नंदूरकर साहित्य पुरस्कार जैसा प्रतिष्ठित मराठी भाषा के साहित्य का अपने किस्म का पुरस्कार मिला है। (इसमें निर्णायक समिति द्वारा जनसम्पर्क के जरिये पाठकों की पसन्द की पुस्तक (उस वर्ष की प्रकाशित) पूछा जाता है। और उस आधार पर उस वर्ष लोकप्रिय पुस्तकों की सूची तैयार की जाती है। निर्णायक समिति उसे मँगाकर पढ़ती है और उसमें से किसी एक कृति का चयन कर उसे उस वर्ष की श्रेष्ठ कृति घोषित किया जाता है।) सुनीता को ढेर सारी बधाई। उनकी आत्मकथा को केवल एक वाक्य में आप लोगों तक पहुँचना चाहूँ तो शशि प्रकाशजी की पंक्ति उधार लेनी ही होगी 'सन्नाटे में गिरेगा शब्द और धरती पर एक आँसू'। अपनी नमी खोती जा रही धरती के लिए एक आँसू का मोल आप मुझसे बेहतर जानते हैं। प्रकृति ने उनकी बार-बार रक्षा क्यों की? यह सहज अनुमानित है। ईश्वर में अनास्था व्यक्त करने वाली इस स्त्री में मानव के प्रति गजब की आस्था है। दादी बनी इस स्त्री में सामाजिक कार्यकर्ता की प्रतिबद्धता ने इन्हें चिरयुवा रखा। ताई, आप यूँ ही चिरयुवा बनी रहें। महाराष्ट्र के गली-कूचों में घूमती चेतना फैलाती इस सावित्रीबाई को नमन।

डिंभे बाँध

मत्स्य खेती का अरमान परवान चढ़ा

तीखी धूप में बसन्ती चादर-सी

"स्वतन्त्रता वह स्रोत है, जिससे सारे अर्थ और सारे मूल्य पैदा होते हैं।"

'द एथिक्स ऑफ एंबिगुइटी' विलियम एमसन।

मैंने उन्हें देखा। मुट्ठी भर काया। सन जैसे सफेद बिखरे बाल। चेहरे पर हल्की झुर्रियों वाली आड़ी-तिरछी रेखाएँ। एड़ी को लगभग छूता हुआ कुर्ता। बमुश्किल दिखता पाँयचा। फोन पर बात हुई थी। आवाज है या धनुष की टंकार। क्या होगी इनकी उम्र? मैं उनसे मिल कर लौट रही हूँ। अपनी साधारण क्षमता से अनुमान लगा रही हूँ, किया होगा समाज सेवा जैसा कुछ? आदिवासियों के लिए। क्यों कि इस साधारण काया से असाधारण कार्य निष्पन्न हुआ होगा। यहाँ तक मैं पहुँच नहीं पा रही हूँ। महाराष्ट्र हीरों की खदान है, इस बात का जितना सुख है, उतना ही इस बात का दुख, कि इनकी पजेसिव वृत्ति इनसान की ऊँचाई को छाँट कर प्रान्तीय

परिधि में समेट देती है। कैसा निर्मम है यह मोह? चाहे मोह हो या नासमझी किसी भी काल का परन्तु सत्य तो यही है न कि 'रक्खा है, हर दौर ने सुकरात को छोटा करके।' मैं उनसे मिल कर लौट रही हूँ। उनके काम के प्रति एक कौतुहल है। मुंबई में पली-बढ़ी। आकाशधर्मी साने गुरुजी व गाँधीजी की छाँव में पनपी। यह जंगल के जादू में कैसे खो गयी? क्या कोई जंगल से इस कदर इश्क कर सकता है? दुबारा उनसे मिलने पहुँचती हूँ। गाऊन में सिमटी पर उसे सँभाल पाने में असमर्थ। हँसी आ जाती है मुझे। मैं उन्हें किश्तों में जान रही हूँ। वे शतदल पंखुरी-पंखुरी खुल रही हैं। साठ साल की होंगी शायद, इस अनुमान को ध्वस्त करती हुई कहती हैं– 'सतहत्तर की हूँ मैं'! व्यक्ति स्वातन्त्र्य की परम हिमायती। भीमाशंकर के जंगल जाना है, उनके काम को देखना है। रोमिल की सी.ई.टी.की पढ़ाई रुकवा कर ले गयी (मेरा भतीजा)। उनसे मिल कर काम देख कर वह मुझसे धीरे से बोला–'सचमुच आज भी ऐसे लोग हैं?' मैंने उससे कहा ''छू कर देख लो असली में हैं।'' वह हैं, तो यकीन करना बनता हैं। गाँधी, मदर टेरेसा व महाश्वेता देवी का यदि मिश्रण कर दिया जाय तो इस रसायन से जो जीव तैयार होगा, उसका नाम है कुसुम कर्णिक। कोई इतना भी अच्छा होता है क्या? कि उसे पता ही न हो, वह इतना अच्छा है। ऊर्जा से लबालब भरी, अमलतास सी बहरती, जीवन की तेज़ धूप में बसंती चादर बन धरती पर बिछ-बिछ जाती। ऐसी ही हैं, हमारी 'कुसुम'।

जाति न मानने वाली कुसुम जन्मना ब्राह्मण हैं। ''बहुत लड़ाकू थी मैं बचपन से ही।'' दरअसल उनकी साफगोई वृत्ति में लोगों ने लड़ाकू की इमेज प्रत्यारोपित कर दी। पिता से पटती नहीं थी। वे थे हिंदुत्ववादी ब्राह्मण, और बेटी खिलंदड़ी किस्म की। कैसी चोटी ? किसका गजरा? कैसी बिंदी? किसका गहना? 'मैं पढ़ूँगी।' हुँह पढ़ो। उपेक्षा भरी इजाज़त (पैंसठ साल पहले लड़कियों का क्या

पढ़ना और क्या न पढ़ना?) सुनो कर लो, तमाशा तुम। पर शादी तो करनी ही होगी और वह भी ब्राह्मण से। पिता की रोबदार आवाज गूँजी। कुसुम का मन विहँसा। पिता का ब्राह्मण मन कुसुम के भीतर के लक्षण देख आतंकित था। बाप रे ब्राह्मण से! स्वतन्त्रता की शहादत मंजूर नहीं कुसुम को। स्वाधीनता एक शक्ति है। सौन्दर्य है। सब कुछ दाँव पर लगा कर उसकी रक्षा की जानी चाहिए। ग्यारहवीं (पुरानी मैट्रिक) हो चुकी थी। नर्सिंग का कोर्स किया और हॉस्पिटल में ढाई साल नौकरी करने के बाद छोड़ दिया। वातावरण से हताश होकर डॉक्टरों का नर्सों से यह पूछना, सिस्टर तुम्हारा 'डे ऑफ' कब है? संकेत स्पष्ट था। नर्सें चली भी जाती थी उनके साथ। यह बताते हुए वे गहरी साँस लेकर कहती हैं, 'दरअसल लगातार मौत, उदासी, बीमारी, चिन्ता, तनाव, अवसाद के बीच रहने वाला हर शख़्स कहीं जाकर, खुलकर, भर फेफड़ा साँस लेना चाहता था। सहज ही था उनका जाना।' कुसुमजी ने नौकरी छोड़ दी, परन्तु 'नर्स' एक भाव है, मानव सेवा की प्रतिबद्धता, जख़्मी देह, ज़ख्मी मन की संवेदना का। इसी भाव ने जीवन की उदात्तता को पहचान लिया था। स्वभाव से अक्खड़ लेकिन रेशम जैसे मन वाली युवती का हृदय किसी की ओर खिंचने लगा। परणति प्रेमविवाह। विवाह की वेदी से पलटते ही इस युवती को लगा कि कदम ग़लत पड़ चुका है—

सिर्फ इक कदम उठा था ग़लत राहे शौक में
मंजिल तमाम उम्र मुझे ढूँढती रही।

सारे लोग तो पहले ही कहते थे कि कुसुम की किसी के साथ पट नहीं सकती। इस एक 'वाक्य' को झूठा सिद्ध करने की अहमक ज़िद जुए की तरह बीस साल उनके गले में पड़ी रही। वह एक उदार, लेकिन तानाशाह प्रभु के अधीन थीं। वह प्रभु जिसे लगता था कि एक मात्र वही है जो सबके हित की सोच सकता है। लोगों की शक्ल में सिर्फ अनुयायी चाहिए। कुसुम कहती कि मेरा मानना था, हो सकता है आप सही हों। लेकिन प्रत्येक व्यक्ति को

अपनी जिन्दगी, अपने ढंग से जीने की सहूलियत तो मिलनी ही चाहिए। एक व्यक्ति की दूसरे व्यक्ति के प्रति स्वामित्व की भावना का खात्मा होना चाहिए। कुसुम का सामाजोन्मुख होना उन्हें पसन्द नहीं था। सास की अनुमति से कुसुम ने पढ़ाई आरम्भ की और पैंतीस की उम्र में मनोविज्ञान विषय लेकर एम. ए. किया। परन्तु एक अमूर्त तानाशाही के भीतर जीते हुए मन ने देह को बीमारियों का जाल बना लिया था। जीवन उमस भरा था। परम्परागत औसत भारतीय स्त्री के जीवन से कुछ भी तो अलग नहीं। फिर भी जीवन से कितना दूर। एक ऐसी अन्तहीन पीड़ा जिसे कोई पीड़ा मानने के लिए तैयार नहीं। यह पीड़ा जाने कैसे बूँद-बूँद डायरियों में रिसने लगी। डायरी लेखन उनके लिए 'पेन किलर पिल्स' बन गया। कुसुम कहती हैं—''उन्हें मुझमें एक गुलाम स्त्री दिखी और मुझे स्वतन्त्रता मिली अपने लेखन के माध्यम से।'' एडजेस्टमेंट इस हद तक कि सन् 1942 के दंगे में कर्फ्यू होने के बावजूद जो बालिका आठ साल की उम्र में सड़कों पर घूमा करती थी, उसने अख़बार तक पढ़ना छोड़ दिया। परन्तु भीतर बैठे गाँधी न खुद चैन से रहते ना कुसुम को रहने देते। साने गुरुजी सान्त्वना की तरह आस-पास छाए रहते। याद आता रहा, गाँधी की मृत्यु पर पिता का स्मित हास्य वाला चेहरा और अपनी उदासी। सोचती हूँ, क्या मेरे पिता फासिस्ट थे? शायद नहीं। क्योंकि जब उनसे विकल होकर मैंने कहा— यदि आप मेरे पिता न होते तो घर फूँक देती मैं आपका, तो वे देखते रहे, पर बोले कुछ नहीं। मैं लड़ती रही, वे सुनते रहे। उनकी अपनी राह थी 'ब्राह्मण धर्म' और मेरा अपना पथ था 'मानवता' का। कुसुम बताते हुए गम्भीर हो उठती हैं। उन दिनों वह युवा स्त्री आजादी की खोज में भटकती आत्मा हो गयी थी। 'आ-जा-दी' तीन अक्षरों का मोल इस दुनिया में नहीं। क्या जीवन इतना सस्ता है, पल जाओ (कोई पाल दे), शादी करो, बच्चे पैदा करो, नौकरी करो, मंगलसूत्र का वजन बढ़ाओ, झूलानट की तरह

चारों तरफ की अपेक्षाओं पर सधती रहो और सुहागन मर जाओ। अखंड सौभाग्यवती का नारा आशीर्वाद (गाली) की तरह पलता और फलता है। जिस जीवन में समाज के लिए नोंक भर भी जगह न हो, वह जीवन नहीं चाहिए। भीतर बँजारापन भर गया था। भटकती आवारगी, फक्कड़पन उन्हें मसीहाई की ओर ले जाएगा, कौन जानता था? आखिरकार ढूँढ़ ही लिया उन्होंने सिरफिरों का एक समूह जो जीवन सौन्दर्य के नशे में मदमस्त था और पालघर (थाना जिले में) गाँव में आदिवासियों के लिए काम करता था। श्रम पर आस्था, समाजवादी मन, सदविवेकी समूहों की सन्ध्याकालीन बैठकें शक्ति का आगार थीं। सार्थक बहसों और सकारात्मक परिणामों से भविष्य की दिशा तय हुआ करती थी। कुसुम के लिए सोने-सा दिन, चाँदी-सी रातें थी। रास्ते साफ थे, जिनमें से एक समाजसेवी 'आबा करमकर' की ओर जाता था तो दूसरा जे.पी. (जय प्रकाश नारायण) की ओर। सन 1974 का समय उनके लिए पारदर्शी था। उनकी नजर दो डालियों की संधि पर खिले मनुष्यता की गन्ध से गमकते फूल पर थी। वही उनकी मंजिल थी।

इसी बीच पति ने नौकरी छोड़ दी। इसकी सूचना तक कुसुम को पन्द्रह दिन बाद मित्रों से मिली। कुसुम ने घर छोड़ने का निर्णय ले लिया। इसका सम्बन्ध पति की नौकरी से नहीं, बल्कि घर की जनतान्त्रिक व्यवस्था से था। उन्होंने पति से कहा, "जा रही हूँ मैं। मैं घर के खिलाफ नहीं हूँ और जिस दिन इस घर में प्रत्येक सदस्य का बराबर अधिकार होगा, लौट आऊँगी।"

सम्पत्ति के नाम पर एक जोड़ी कपड़ा, एक बिस्तर, भर साँस आजादी लेकर घर से निकल पड़ीं। ग्रुप के साथ ही रहने लगीं। मनुष्य का मनुष्य के प्रति दायित्व उन्हें समझ में आने लगा। सामाजिक रिश्तों के महीन समीकरण सूत्र को वे पकड़ने लगी थीं। आजादी थी ही। आजाद देश के भविष्य के लिए सुन्दर सतरंगी सपने थे। पैसा नहीं था। उसकी जरूरत भी नहीं थी। गाँव

में नमक तक की दुकान नहीं थी। और घर? ''अरे हमारा शरीर ही तो घर है। जहाँ भी हों, आत्मीयता की डोर चारों ओर से खिंच जाती है। आप अपना घर उठाए डोलते फिरते हैं। मैं तो सड़क-जंगल, किसी भी खुली जगह मृत्यु चाहती हूँ। न तो मैं व्यक्तिगत प्रापर्टी का अभाव महसूस करती हूँ, न मन में कोई हसरत जागती है"। इसी समय कुसुम के जीवन में एक आई.आईटियन, 'टेल्को' में कार्यरत आनन्द कपूर आये। पति को लग रहा था, चौवालीस-पैंतालीस साल की उम्र में विवाह के बीस साल बाद यह कहाँ जाएगी, बस थोड़े दिन का फितूर है। जैसे 'उड़ि जहाज को पंछी पुनि जहाज पर आवे' की तरह लौटेगी। वे निश्चिंत थे। इधर कुसुम और आनन्द सहज ही एक दूसरे की ओर खिचें जा रहे थे। आनन्द की आँखों की जहीनता जीवन को मृदु जालों से एक बार फिर उलझा रही थी। वह भी उम्र की इस ढलान पर। कुसुम कहती हैं, 'आनन्द विवाह चाहता था। उम्र में सोलह साल छोटा छब्बीस सत्ताईस का जिद्दी युवक। मेरे सामने था बीस साल का पिंजरे जैसा समय, मन फिर उसी में लौटने को राजी न था। मैं तो पाँच साल का अनुबन्ध चाहती थी। जमे तो ठीक, नहीं तो ''चल खुसरो घर आपने''। पर स्त्री पुरुष के सम्बन्धों में नियति बड़ी छलनामय होती है। आकर्षण के दुर्निवार तन्तुओं में उन्हें बाँध कर छलती है। देह का रक्त चूस कर दूर फेंक देती है। वे हतप्रभ हो एक दूसरे को अजनबी बन ताकते रह जाते हैं। जब शरीर में रक्त एक हरेपन के साथ लौटता है और रक्त लाल होने की प्रक्रिया में ही होता है, कि नियति नटी भृकुटी तिर्यक कर फिर मुस्करा देती है। खैर विवाह हुआ। इस संगत के पीछे सामाजिक प्रतिबद्धता थी। कुसुम अब तक निःसन्तान थी। अब जब उन्होंने अपनी उम्र को रजोनिवृत्ति का दौर समझा तो अप्रत्यशित ढंग से कोख उर्वरा हो आयी और कुसुम ने बेटे को जन्म दिया। पति, पत्नी, बच्चा और मूल्यवान डिग्रियाँ। सामने था आकर्षण से भरा भविष्य का भूमंडलीकरण बाजार, चकाचौंध करनेवाली उपभोक्ता

संस्कृति, मुंबई से अमेरिका तक की यात्रा, गाड़ी, बंगला नौकर-चाकर, इनके साथ ढेर सारा सुकून, तथाकथित बौद्धिक क्रान्ति के लिए खुला मंच। (दरअसल बौद्धिक विमर्श, संगठन, संस्थाएँ, एन.जी.ओ. , खाए-अघाए लोगों का मेला है। अपवाद सर्वत्र होते हैं।) जीवन का सुखद मानचित्र उनके सामने था। परन्तु हाथ में हाथ डाले यह युगल 'घर फूँकने का विकल्प आज भी खुला है, के तर्ज पर' डिग्रियों को शहर की, और संवेदनात्मक ज्ञान को जंगल की धरोहर मान कर बेफ़्रिकी से मुस्कराते हुए 'मस्ती का आलम साथ चला, हम धूल उड़ाते जहाँ चले' गाते हुए जंगल की ओर मुड़ गया। आनन्द नौकरी 'टेल्को' को सौंप आये थे। दोनों के इस निर्णय को 'पागलपन' के पुरस्कार से नवाजा जा चुका था। 'हमारा दिमाग और जंगल के लोगों का परिश्रम विकास की क्रांति लाएगा' ऐसा कोई अहंकार भी उनमें नहीं था। जन के लिए नहीं बल्कि 'जन के साथ' काम करने का भाव था। खोने को कुछ नहीं था। बँधने को शृंखला थी पूरी। पर शुरुआत कैसे हो? एक सिविल इंजीनियर अपनी कूवत से 'दसवीं' 'बारहवीं' पास विद्यार्थियो को कागज पर नहीं बल्कि व्यवहारिक दृष्टि से इंजीनियर बनाना चाहता था। 'लैण्डशेपिंग' की ट्रेनिंग देना चाहता था। वे भीमाशंकर के जंगलों में थे। आदिवासियों के विकास की योजनाएँ मुँह बाए अपने झूठ की कहानी कह रही थीं। अवसर की तलाश थी। अवसर आया, इस दम्पत्ति को आदिवासी गाँवो का सर्वे करके रिपोर्ट तैयार करनी थी, जिसके लिए इन्होंने तीन गाँव चुन लिए। यहाँ ज़िदगी की बदहाली चरम पर थी। बारिश दस से पन्द्रह इंच। रोटी व स्वतन्त्रता एक दूसरे के पर्याय हैं, यह बात लोगों की धमनियों में रक्त के साथ घोल दी गयी थी। इस दम्पत्ति ने 'जंगल धर्म' की दीक्षा ली। मनुष्य और प्रकृति के आदिम रागात्मक सम्बध को समझा। मनुष्य और प्रकृति के बीच शासक और शासित का सम्बन्ध सम्भव ही नहीं। प्राकृतिक सम्पदा स्वयं प्रचुर मात्रा में मनुष्य को देने में सुख अनुभव करती है। फिर प्रकृति का बलात् भोग क्यों?

इसका जवाब पर्यावरणविदों द्वारा पर्यावरण संकट पर की जाने वाली अन-ऊपजाऊ बहसों, और 'इको फ्रेन्डली के' बाँझ नारों में नहीं था। इसी बीच एक रात जब ढिबरी की 'लौ' अंतिम साँस ले चुकी थी, चिन्ताग्रस्त कुसुम उठी अँधेरे में टटोलती आगे बढ़ीं और पानी की गगरी से गिलास भरा। ज्यों ही होठों को लगाया तो हल्की पीड़ा से चीख उठी। आनन्द उठे, टार्च जलाया। दाएँ पैर पर दो दाँतों के तीखे निशान थे। 'सर्पदंश!' दस कि.मी. तक कोई डॉक्टर नहीं। पैरों की सूजन बढ़ती जा रही थी। दर्द का तो कुसुम ही जाने। कुसुम सहज थी और आनन्द परेशान। रात के दस बजे थे। वे डॉक्टर के पास रात डेढ़ बजे तक पहुँचे। डॉक्टर चकित। सम्भव कैसे है कि जहरीले साँप को काटे इतना समय बीत गया और जहर शरीर में न फैला हो? कुसुम के आत्मबल को सलाम करते हुए डॉक्टर ने अपना काम किया। कुसुम सही सलामत आनन्द के साथ अपने लक्ष्य की ओर लौट आई। कुसुम द्वारा चुने गये तीन गाँव थे। न अपना मकान था। न धन था, न इन चीजों की इच्छा। गाँव में ही किसी के घर रहना पड़ेगा। "मैं हैरान थी–कैसे कोई कह सकता है कि मैं अपरचित महिला, आपके घर रहूँगी।" पर कुसुम न हैरान होती है और न ही किसी की हैरानी से प्रभावित। जो जितना गहरा होता है, उतना ही सहज। जंगल की तरह विशुद्ध व प्राकृतिक। कुसुम ने कहा तो कई लोग राजी-खुशी तैयार हो गए। दरअसल जिनके पास कुछ नहीं होता, वे दूसरों को चोर भी नहीं समझते। कुसुम धान कूटती, दूर झरने से, झील से पानी भरती, गोबर से घर लीपती। मैं देख रही थी कि इस ज्योति को जलना पता है पर इससे प्रकाश हो रहा है, इसका तो भान ही नहीं। कुसुम के मुँह से भूल कर भी नहीं निकलता कि ये आदिवासी ऐसे या वैसे हैं। वे कहती हैं, हम लोगों के साथ ऐसा किया गया या वैसा किया। 'कण्मजाई' हम लोगों का मंदिर था। हमारे लोग इतने भोले कि कण्मजाई का 'कमलजा' (लक्ष्मी) कर दिया। अरे! हमारे देवी देवताओं, का

हिन्दुत्वीकरण कर दिया। मैं हँस देती हूँ। आप तो भगवान में आस्था नहीं रखतीं न? हाँ, परन्तु हम लोगों में मनोविज्ञान की गहरी सूझ होती है। दरअसल उनकी ओझाई भी एक तरह की काउंसिलिंग होती है। गाँववालों की समझ से अब भी कुसुम रहस्य थी। यह महिला धार्मिक है? कुँआ खुदवा दो और जाओ। अपना नाम लिखवा दो। अब तक यही जाना था उन्होंने कि दानशीलता में उद्धारकर्ता का भाव होता है। उन्हें क्या पता था कि समर्पण दान से बहुत ऊपर है। दलितों और आदिवासियों के घर में रहने के कारण सर्वणों के लिए वे पापिन और उनकी जाति के लिए कलंक सिद्ध हो चुकी थीं। वे जंगल-जंगल भटकतीं। लोगों के पास जातीं, स्वास्थ्य सम्बन्धी खाने-पीने, नहाने-धोने के छोटे-छोटे नुस्खे बतातीं। लोगों की बीमारियाँ ठीक करतीं। एक दिन में बीस पचीस कि.मी. की पैदल यात्रा करती। कभी कभी राह भटकने पर यह यात्रा तीस चालीस कि.मी. तक की हो जाती। मैं 'उन्हें' देख रही हूँ। नर्स की कड़क सफेद युनिफार्म। कमर में लाल पट्टा नर्स का रूप बचपन से ही मेरे दिमाग में इंजेक्शन के ख़ौफ की तरह ही था। मैं आज नये सिरे से 'नर्स' होने के मर्म को बूझ रही हूँ। जब यह नर्स कहती है कि मरीजों की सेवा करना सेवा या उपकार नहीं है। बल्कि एक प्रकार की शेयरिंग है। बीमारी चाहे तन की हो या मन की। कुसुम का शहरी पहरावा 'पैंट-कुर्ता' उतर चुका था। नये कपड़े पहनना भूल चुकी थीं। उतरन पहनने लगी थीं। कपड़े को सी-सा कर ठीक कर लेती थीं। जब उन्होंने कहा कि मुझे याद नहीं आता कि नये कपड़े कब पहने थे मैंने, तो मैं और रोमिल आँसू छिपाते हुए बाहर निकल आये। मैं इस लिए नहीं रोई कि प्रश्न अभाव या गरीबी का था, बल्कि इसलिए कि पुराने कपड़े देकर समाजसेवा करने वाले समाजवादियों (?) तक अपनी बात पहुँचाने का सामर्थ्य कहाँ से लाऊँ? उन्हें देख कर लगा, मैं जरूरत से ज्यादा खाती हूँ। साबुन तेल उपयोग (दुर) करती हूँ? अनावश्यक ढंग से कपडों का संग्रह करती हूँ। क्या मैं मानवद्रोही

नहीं? (कुसुमजी, जीने का रस्ता इसी जंगल से होकर जाता है। शुक्रिया मुझे 'बाज़ार' से लौटा लाने का)

कुसुम उम्रजदा वनवासियों के बीच बैठ कर उनकी सामाजिक संरचना की बारीकियों को समझने का प्रयत्न करती 'निर्गुणबेल्सर गाँव' की प्रचलित दंतकथा सुनाती हैं कि गाँववालों ने ईश्वर से पानी के लिए प्रार्थना की तो ईश्वर ने बलि माँगी, और जानती हो किस की बलि माँगी तुम्हारे भगवान ने? दलितों का जोड़ा माँगा। साजिश की यही महीन बुनावट उन्हें तड़पाती थी। सीता की चोली (मृगछाल) की चाह भयंकर युद्ध में बदल गयी। सो वडारी महिलाओं के लिए चोली भी वर्जित हो गयी। एक महिला को कुसुम ने जब ब्लाउज पहनने के लिए कहा तो वह नवयुवती की तरह शरमाई, अब इस उम्र में ब्लाउज! कुसुम अपनी सखी 'धोंडाबाई' से बहुत कुछ सीखती हैं। वस्तुतः जीवन दर्शन क्या है। बिना बेचैनी के, बिना मोह के मृत्यु का स्वागत कैसे किया जा सकता है? जानती हो धोंडा का अर्थ क्या होता है? 'पत्थर'। मैं क्या कहती? पत्थर की तरलता में भीग कर तो यही कहा जा सकता है न 'ज्यों-ज्यों बूड़े स्यामरंग त्यों-त्यों उज्वल होय।'

कुसुम अपना एक अनुभव सुनाते हुए कहती हैं—"मैं एक ऐसी स्त्री के पास गयी जो पागल थी। उसके पास बैठी रही चुपचाप। वह भी देखती रही, फिर ईश्वर को संबोधित कर गाने लगी। मुझे लगा बोलों को समझने में दोनों ही पक्ष भले ही समर्थ न हों, पर संगीत हमें जोड़ तो सकता ही है। मैंने आन्दोलन का गीत गाया (हम सामाजिक मुद्दों को लेकर आन्दोलन करने लगे थे।) मेरा गीत सुनकर वह डोलने लगी। मैंने कंघी की, खाना खिलाया। वह धीरे धीरे कुछ हद तक सामान्य होने लगी।" अदिवासियों के जीवन स्तर को सुधारने का इनका भगीरथ प्रयत्न शुरू था। पहाड़ी झरने की पतली धारा का पानी संचय कर आई.आई.टी. के दो विद्यर्थियों की सहायता से निन्यानवे क्विंटल गेहूँ पैदा करने वाले

आनन्द कपूर ने आदिवासी साथियों के दिलों में ऊर्जा और खुशी का सैलाब उतार दिया। उनके सपनों की झोली में भविष्य का गुलमोहर रोप दिया। मत्स्य खेती का अरमान भी परवान चढ़ा। जंगल और मिट्टी के इश्क में तड़पने वाली कुसुम खुद जंगल और मिट्टी हो गयीं। पर्यावरण को सहजने की ज़िद इन्हें इन्हीं आदिवासियों से मिली। कुसुम और आनन्द धरती से आकाश में उठे भाप के बादल थे। जो बरस कर इस धरती को नया जीवन प्रदान कर रहे थे। वे इस सत्य को जान चुके थे कि जंगल को खतरा जंगल के लोगों से नहीं, बल्कि वन विभाग से ही है। पर वन-रक्षा के नाम पर उन्हें वहाँ से खदेड़ना दरअसल एक शातिर किस्म की साज़िश है। बिना वनवासियों के कैसा संरक्षण? कुसुम जंगल के रास्ते को खुदा हुआ देखकर तड़प जातीं। जंगल की विरलता देख सिहर उठतीं। मैं उनकी बेचैनी, उनकी परेशानी को पूरी तरह पकड़ नहीं पा रही थी। पर उनका चेहरा मैं देख नहीं पा रही थी। (रोमिल भी परेशान था) ऐसा नहीं कि मैंने अच्छे और सक्रिय लोगों को नहीं देखा है, पर जिस समय मानव हृदय एक 'सोशल डेर्जट' में बदलता जा रहा हो, उस समय के लिए कुसुम जैसे लोग आश्चर्य में हैं। वे खुदी हुई मिट्टी की खाई में जा खड़ी होती हैं। लाल मिट्टी से सटकर। आँसुओ से जंगल क्या सींचा जा सकता है? बरसात ऊपजाऊ मिट्टी बहा ले जाती है। आह! जंगल खत्म हो रहे है। रेगिस्तान बढ़ रहा है। जंगल और पहाड़ की तमाम प्रजातियों के लुप्त होने का खतरा बढ़ता जा रहा है। दिन रात की मेहनत बाद भी वनवासी साथी छह महीने का ही भोजन जुटा पाते हैं। छह महीने के लिए मायग्रेट होना पड़ता है। महिलाओं का मायग्रेट होना भयावह त्रासदी है। कुछ विशेषज्ञों का कहना है—चिड़ियों की लगभग 350 प्रजातियाँ, स्तनधारियों की 200 प्रजातियाँ और पौधों की लगभग 25 हजार प्रजातियाँ विलुप्त होने के कगार पर हैं। दुनिया के इन 'जीन' संसाधनों का नष्ट हो जाना, वनों के कटाव और मनुष्यों द्वारा वनों की लूटपाट के कारण होने वाली अपूरणीय क्षति से वे बेतरह आहत

होती हैं, इतनी कि उनका चेहरा दर्द से खिंचने लगता है। लगता है कि जैसे वे भीतर ही भीतर किसी असाध्य दर्द से जूझ रही हों। अचानक वे पलट जाती हैं। तेज़-तेज़ कदमों से चली जाती हैं। "आनंद, ओ आनन्द! कौन करवा रहा है खुदाई, हमें पता करना होगा। रोकना होगा। वन इतने विरल कैसे हुए? बाप रे, वृक्षों की तरफ देखा ही नहीं जा रहा है।'' उसी समय अचानक सरसराती हुई दो बड़ी जंगली गिलहरियाँ पेड़ पर चढ़ गयीं। हम दोनों (मैं और रोमिल) उसकी सुन्दरता में खो गए। समस्त इंद्रियाँ आँखें बन गयी। कुसुम जी की आवाज का ताप बढ़ता जा रहा था। 'शशि' तड़पती हुई चीख थी। मैं पलटी- "मैंने" सबसे कह रखा है, मैं मर जाऊँ तो जलाना मत, जिन वृक्षों की ज़िन्दगी के लिए मैं मरती हूँ उनकी टहनियाँ मेरी निर्जीव देह पर फूँक दी जाएँ तो मेरी मृत देह भी विद्रोह कर उठेगी। जंगल में गाड़ देना मुझे और उसपर एक वृक्ष लगा देना। मैंने सुना। जंगल ने सुना। जंगल हँस पड़ा। पास बहता झरना अपनी पतली धार समेटे हँस पड़ा। गिलहरी हँस पड़ी। कुसुम माँ जो अपने विशाल डैनों में जंगल को छिपा लेने की ताकत रखती हैं। माँ ने बच्चों को हँसते देखा। वह भी हँस पड़ीं। मुझे जंगल ने अपनी हँसी में शामिल नहीं किया था। मैंनें अपनी आँखों से उनके सौन्दर्य को बार-बार भोगा। पर उन्हें सहलाया नहीं। उनका होने के लिए मिटना पड़ता है। मैं कब मिट पायी। मैं उदास थी। जंगल ने मेरी उपेक्षा की, मैं शहराती थी। हाथ में कैमरा, कंधे पर झोला, पर जंगल की नजर में मैं प्रोफेसर नहीं, चुटकुला थी। क्या जंगल इस सच को जान गया था कि हम लोगों ने जंगल के बीच बसी अपनी यूनिवर्सिटी को लगभग नंगा कर दिया, वह भी वृक्षारोपण के तमाशे के साथ। (सन्दर्भ पुणे यूनिवर्सिटी) अब जंगल में रुकना सम्भव नहीं था। यह धूसर भूरे हरे रंग का जंगल चारों तरफ से आईना बन कर मेरे नंगेपन का बोध कराए, इससे पहले मैं बाहर निकल जाऊँ। जंगल चीख रहा था, कुसुम से फरियाद कर रहा था। माँ मानुष गन्ध-माँ मानुष गन्ध-माँ मानुष

गन्ध-माँ बचाओ। जंगल सहम गया। पाठकों को शायद यह कल्पना लगे। (मैं कहानीकार नहीं हूँ) सच जानने के लिए, जंगलों की टेर सुनने के लिए जंगल आना पड़ेगा। जंगल की यही गुहार सुनकर कुसुम माँ ने जंगल में सुनाई जानेवाली राम कथा तक रुकवा दी थी। जंगल को बचाने का अविराम संघर्ष शुरू है।

हम जंगल से उँचाई की ओर जा रहे हैं। जहाँ एक छोटा-सा स्कूल है। यहाँ सोलह परिवारों का एक छोटा-सा गाँव है। इन सोलह परिवार के बच्चों के लिए शिक्षा की कोई व्यवस्था नहीं। सरकार इतने छोटे से गाँव के लिए स्कूल मुहैया नहीं कराती। जंगल में दूर-दूर तक शिक्षा का साधन नहीं। नार्वे व स्वीडन की संस्थाओं के आर्थिक सहयोग से यह पाठशाला आनन्द व कुसुम चलाते हैं। बहुत सारे बच्चे हैं जो यहीं रहते हैं। इनके पास थाली, लोटा से लेकर कपड़े, खाना तक यहीं का दिया है। स्वीडन से मदद लेते समय कुसुम की रीढ़ झुक जाती है। स्वीडन के सहयोग को वह सन्देह की दृष्टि से देखती हैं। भूमण्डलीकरण के प्रवक्ता ये पश्चिमी देश, साम्राज्यवाद के नशे में चूर ये अपनी फंडिग की कीमत कैसे वसूल करेंगे? यही चिन्ता उनकी नींद हराम कर देती है। अच्छा शशि, तुम बताओ क्यों कर रहे हैं यह मदद? लेकिन नार्वे कि मदद को लेकर वह किसी तरह का सन्देह नहीं करतीं। नार्वे में चार-पाँच महिलाएँ हैं, जो नौकरी करती हैं, उसी में से बचाकर वे सहायता करती हैं। अब वह भी शायद बन्द हो जाय क्यों कि वे कहती हैं, तुम्हारा देश तो आर्थिक दृष्टि से महासत्ता होने जा रहा है, अब उसे अनुदान की क्या आवश्यकता है। चिन्ता है कि इन बच्चों का क्या होगा? वैसे भी दसवीं, बारहवीं तक जाते-जाते अंग्रेजी व गणित में फेल होकर इन किशोरों की पढ़ाई छूट जाती है। न भविष्य होता है। न ही सुखद वर्तमान, न ही मजदूरी और न खेती के काम की समझ।

मैं इन स्कूली बच्चों के पास जमीन पर बैठ जाती हूँ। कुसुम जी

कहती हैं, ये खेल में बड़े निपुण होते हैं। मैं इनके लिए स्पोर्ट्स कॉम्पलेक्स चाहती हूँ। इनका पर्यावरण इन्हें बलिष्ठ देह देता है और इनकी दिनचर्या इन्हें चपलता। अब यही सपना है कि इन्हें विविध खेलों में निपुण बनाकर राष्ट्रीय स्तर तक पहुँचाया जाय। स्कूली बच्चे गीत गाते हैं। जिसके बोल हैं 'चल सखि पढ़ने, तुझे पाटी मिलेगी! तुझे पेंसिल मिलेगी! तुझे खाना मिलेगा!'। मुझे कुल्लीभाट की पाठशाला याद आती है। (निराला कृत 'कुल्लीभाट')। बाहर आई. आई. टी के तीस विद्यार्थियों का समूह कुछ स्कूली बच्चों के साथ घूम रहा है। वे पिछली रात इन्हीं बच्चों के साथ थे। अच्छे दोस्त हो गये थे ये लोग। बच्चों ने मुझ पर प्रश्न की बौछार कर दी—'ताई तुम्हीं कुठून आला?' (दीदी आप कहाँ से आयी) ताई तुम्हीं काय करता? (दीदी आप क्या करती हैं।) बच्चों के साथ हम सब खा रहे हैं। अंकुरित मटकी का पनीला रसा और रोटी। हम सब वापस लौट रहे हैं। आंबेगाँव के उस स्कूल से जो पहाड़ की चोटी पर स्थित है। डिंभे की ओर। मैं कुसुम, रोमिल, जीप से आंनद व आई. आई. टी. के विद्यार्थी बस से। ये बाँध पर जाएँगे, मत्स्य पालन की पद्धति देखने व बातचीत करने। हम डिंभे के आदिवासी विद्यार्थियों के हॉस्टल लौटेंगे। बाँध रास्ते में है। वे लोग बांध पर पहुँच चुके हैं। सैकड़ों फीट नीचे बाँध का पानी सागर की तरह दिखाई देता है। किनारे पर छोटे छोटे खाने वाली नावें हैं, जहाँ मछली को थोड़ा बड़ा करके सागर में छोड़ा जाता है। कुसुम जीप रोक कर उतरती हैं। फोन लगाती हैं। फोन नहीं लगता। मैं जीप में ही हूँ। अचानक तेज़ सीटी की आवाज सुनती हूँ। मेरे चेहरे का भाव शांताराम (ड्रायवर) भाँप जाता हैं। बड़ी सहजता से कहता है, ताई ने सीटी बजाई होगी मामा के लिए। अस्सी वर्ष और यह आलम। मैं होठों ही होठों में प्यार से बुदबुदाती हूँ 'बदमाश'। वे लौटीं तो मैंने कहा, 'बजाओ'! उन्होंने हँस कर कहा 'क्या?' फिर अँगूठे तर्जनी और होंठो के मेल से जो सीटी गूँजी तो पहाड़ से लेकर तराई में कोंकण के स्वर्ग तक फैल गयी। रास्ते में

जगह-जगह करौंदे के छोटे-छोटे पौधों के बैंगनी आभा वाले करौंदों की मीठी खुशबू से जंगल तर होता जा रहा है। उन्होंने जीप रोक दी। दो-तीन आदिवासी बच्चे भी थे हमारे साथ। हर शख़्स के हिस्से में एक करौंदे का पौधा था। सब खा रहे थे। छक कर खाने के बाद हम लौटे। उन्होंने पाठशाला के प्रारंभिक दिनों को याद करते हुए कहा, "आ गये बच्चे धागे से बँधा केंकड़ा झुलाते किसी के पास एक तो किसी के पास दो। जिसका एक था वो उसकी 'गइया'। जिसके दो थे उसके 'बैल'। जब खेलते-खेलते थक गये तो आग में भून कर खा लिया। गुरुजी ने पढ़ाना शुरू किया। थोड़ी देर तो बच्चे सुनते रहे, फिर बोले "ऐ गुरुजी बस अब हम खेलेंगें"। गुरुजी बेचारे चुप। तब मैंने कहा, जाओ, खेलो इनके साथ। चिन्ता मत करो। जब यह पढ़ना चाहेंगे, तभी पढ़ाइए।

कुसुम की संस्था 'शाश्वत' जिसके दस कार्यकर्ता आश्रमशाला (सरकारी) से पढ़ कर निकले थे। उनका अनुभव था कि आश्रमशाला में शिक्षा का स्तर शून्य था। दोपहर के भोजन में कीड़े होते। हम कीड़ा निकाल निकाल कर थाली से बाहर रखते और खाना खा लेते। यह रोज़ का क्रम था। नहाने का पानी नहीं। राशन साबुन जो सरकार से मिलता, शिक्षकों के घर। सिर झुकाए झुकाए एक कार्यकर्ता बोला, आज भी दीदी इस इलाके में एक भी शिक्षिका नहीं और चार चार आश्रमशाला हैं। शिक्षक भी कर्तव्यनिष्ठ नहीं, और हों भी क्यों? आप ठेके पर शिक्षक रखते हैं। परमानेंट शिक्षक को इतनी पगार (वेतन), यह अन्याय है भेदभाव है। वैसा ही जैसा अग्रेजों के जमाने में था। आप लोग कुछ बोलते तक नहीं। बिजली तड़पी थी उधर, इधर औसतजीवी घायल। अब समझी कुसुम के यह कहने का सबब, कि इस उम्र में भी कोई नक्सलाइट कहके मार देगा मुझे। कुछ क्षेत्रों में तो केवल छब्बीस जनवरी और पन्द्रह अगस्त को मास्टर जी आते हैं। आँगनवाड़ी तो कागज पर दौड़ती है। आदिवासी विकास विभाग के पैसे खर्च नहीं होते। स्कीमें भी

गलत-सलत हैं। शिक्षक बच्चों के से घर का काम करवाते हैं। क्या छत्तीसगढ़? क्या झारखंड? क्या यू पी? क्या भीमाशंकर? लूट संस्कृति बन गयी। और बेईमानी मूल्य। दो बच्चों ने आत्महत्या कर ली। धनुष लेकर 'हुल्लाला' करने की वाहियात इमेज फिल्मों ने आदिवासियों की बनायी। पर यहाँ तो चुप्पी है। एक के घर में पैसे दिये गये। एक को नौकरी। कुसुम ने टोका, तुम्हारा खून क्यों नहीं खौलता? "मैं सोचती हूँ क्या इनके धनुष ढीले पड़ गये, तीर खामोश हो गये?" जाने दो दीदी, बाल बच्चे हैं उनके। कुसुम जी संतप्त होकर कहती हैं, ये हमारे लोग बहुत भोले है। अरे जान भी माँगने पर देने के लिए तैयार। इन्हें अपनी प्रतिभा का अहसास तक नहीं। जड़ी-बूटियों का कितना ज्ञान है इन्हें। जहाँ भूगर्भशास्त्री फेल हो जाते हैं। वहाँ ये केवल हाथ से जमीन ठोंक कर बता देते हैं, पानी यहाँ है। दरअसल वन के मूल निवासियों की संस्कृति, उनकी भाषा परम्परा की हिफाजत, उनके प्राचीन ज्ञान की सुरक्षा, मनुष्य और पर्यावरण के बीच के अनिवार्य एवं आत्मीय रिश्तों की सघन बुनावट को समझते हुए, उनके विकास के बारे में सोचा जाना चाहिए।

बारह महीने का अन्न स्वयं उपजा सकें, इसलिए कुसुम जी ने आदिवासियों की ही प्रचलित प्रथा 'पड़कई' का सहारा लिया। ऊसर पथरीली जंगल या पहाड़ी जमीन को खेती लायक बनाया जाता है। यही मेरे लिए आश्चर्य है। 'नये खेत बनाना'। खेत देखे हैं मैंने अपने भी, दूसरे के भी। समतल 'सुन्दर शस्य श्यामला भूमि', धान-गेंहू-सरसों-छिम्मी-ऊख। लेकिन पहाड़ की खेती देख तो श्रम देवता की वंदना में आँखें झुक जाती हैं। पहाड़ के साँचे में ढलती ऊपर से नीचे की ओर आती छोटी क्यारियाँ। कैसे हल जाता होगा वहाँ? कैसे बैल? मनुष्य तू शक्ति का अपार स्रोत है। जंगल में 'पड़कई पद्धति' से खेत बनाए जाते हैं। पहले बड़े-बड़े पत्थरों से हदबंदी की जाती है। फिर उसके ऊपर गोबर के कंडे। सबसे ऊपर अर्थात तीसरी परत सूखे पत्तों की होती है। फिर उसे जलाया जाता

है। यह काम किसी एक व्यक्ति से सम्भव ही नहीं है। मजूर काहे की मजूरी दे। यह अभाव ही समूह कार्य की प्रेरणा बन जाता है। आज एक का खेत बनाएँगें। कल दूसरे का। टहनियों के लिए सूखते पेड़ों की तलाश, खास पेड़ों की पत्तियाँ। एक बार जिन पेड़ों की टहनियाँ तोड़ी जाती हैं, फिर चार साल तक उन्हें हाथ नहीं लगाया जाता है। खेत बनाने की इस प्रक्रिया में जंगल तक आग न पहुँचे, इस बात का खयाल रखा जाता है। अगर किसी के हाथ से गलती से जंगल तक आग पकड़ लेती है तो उसे भारी जुर्माना होता है। कुसुम इस बात के लिए प्रयत्नशील थीं कि सरकार 'पड़कई' पद्धती को रोजगार योजना में शामिल करे, ताकि खेती पर काम करने वालों की आर्थिक सहायता भी हो जाय। कुछ हद तक वह सफल भी हुई, परन्तु कहती हैं, अभी भी तेईस परिवारों का पैसा अटका पड़ा है। आकाश की ओर देखते हुए धीरे से अपने आप से ही कहना शुरू करती हैं। "कभी-कभी लगता है, अकेली पड़ती जा रही हूँ। जंगल की जैविक विविधता नष्ट होती जा रही है। एक ही नस्ल के पौधे लगाने से दरअसल फलने फूलने से आधिक जंगल सम्पदा नष्ट होने की संभावना है। वनसंरक्षित क्षेत्रों से सर्वाधिक खिलवाड़ वनविभाग ने ही किया है। अब तो कई पर्यावरणविदों को कहते सुना है कि आदिवासियो को हटा दो, जंगल बच जाएगा। जंगल उनकी माँ है। कभी सुना है, माँ के लिए बच्चे खतरा हैं? माँ की रक्षा के भाव ने ही 'चिपको आन्दोलन' को जन्म दिया। मैं क्या कहूँ क्या न कहूँ? जहाँ पुणे और मुंबई में प्रति व्यक्ति एक सौ पचास लीटर पानी खर्च होता है, परन्तु जंगल के लोगों के लिए प्रति व्यक्ति चालीस लीटर पानी सुहाने ख्वाब की तरह होता है। प्रति व्यक्ति दस लीटर पानी के लिए भी जन आन्दोलन करना पड़ता है। इस दस लीटर पानी के दर्द को समझने के लिए मानवीय हमदर्द आँखों की तलाश है। आनन्द व कुसुम ने यहीं से सीखा, आधी बाल्टी में नहा लेना।

मैं उनको पूछती हूँ कुसुम, मीठा भी खाती हो (मधुमेह), सीटी

भी बजाती हो। तूफान की तरह चलती भी हो। इतनी अकूत ऊर्जा? उनकी हँसी में बिजली की कौंध थी। 'अरे बाबा अपने आस पास के लोगों से बल लेती हूँ। मेधा (मेधा पाटकर) के साथ काम करो, जीवन बदल जाएगा। आयु के वर्ष गिनती के, और हाथ में काम अनगिनत! गति तो दुगुनी करनी पड़ेगी न? मेधा मस्तिक ज्वर से पीड़ित थीं, लेकिन दो दिन में हास्पीटल छोड़ कर भागीं। घर की ओर नहीं बल्कि जंगल की ओर डॉक्टर के मना करने के बावजूद। जंगल का काम एक नशा है। उनके साथ काम करते हुए देह ही नहीं, मन भी युवा हो जाता है। सोचो न उस पाकिस्तानी लड़की के बारे में, जिसके भाई ने गैर-बिरादारी की लड़की से दोस्ती कर ली तो इसकी सजा लड़के की बहन को सुनाई गयी। पूरी पंचायत के सामने उसका बलात्कार किया गया। लड़की पराजित नहीं थी, उसने तो अत्याचार के खिलाफ शंखनाद फूँक दिया।' मैं नाम पूछती हूँ तो वे याद करने की कोशिश करती हैं; फिर कहती हैं, पूछ लो भाई राजेंद्र से (राजेंद्र यादव), उन्हें जरूर याद होगा। इसके साथ एक और लड़की का जिक्र करती हैं जिसके शरीर में जन्म से ही कैल्शियम नहीं। वह बिस्तर पर पड़ी रहती है। नहाने के लिए स्ट्रेचर पर ले आया जाता है। फिर भी उसने पढ़ाई की। वह खूब पत्र लिखती है, कैसे? पता नहीं? (वह मुझे उसके पास ले जाने वाली हैं) रूपाली तो उनके घर में ही है। कुदरत देह के कुछ हिस्से देना भूल गयी है। स्त्री है भी और नहीं भी है। पुलिस चौकी से लायी थी। टायपिंग सिखा रही हैं। ऐसे तमाम लोग उनके घर में रहते हैं– 'भारत एक घर है, के अकल्पनीय सपने को साकार करते हुए।' हम 'मंचर' में उनके घर हैं। मुझे जो कमरा दिया गया है, ऊपर फाईलों का अंबार है। कमरे में एक चारपाई, बिस्तर पर सूती चादर। मौसम में तपिश। सिरदर्द हो रहा है। चाय चाहिए। मुझे चाहिए कि मैं जाकर बना लूँ, पर नहीं कर पा रही हूँ। हज़ार हज़ार बेड़ियों की जकड़न महसूस कर रही हूँ। ये बेड़ियाँ किसी स्त्रीमुक्ति के पैरोकार ने ही पहनाई हैं। वह (कुसुम)

मेरे कितनी पास खड़ी हैं, मुक्ति की सुन्दर नदी की तरह बहती, खिलखिलाती। बरामदे में आनन्द और छात्र, गम्भीर विमर्श में डूबे हैं कि जंगल जीवन के बारे में क्या किया जा सकता है। चार नावों की संख्या धीरे-धीरे बढ़कर एक सौ छत्तीस तक हो गयी है, फिर भी सभी के लिए नावें मुहैया नहीं हो पायीं। दो लाख रुपये हों, तो सभी को नावें मिल जाएँ। मैं जानती हूँ, उनके पास दो लाख क्या, दो रुपये भी नहीं। घर का प्रत्येक सामान दूसरों का दिया हुआ है। सोफे से लेकर बर्तन तक। इन्सुलिन का इंजेक्शन फ्रिज में रख़ना पड़ता है। इसलिए वह पड़ोसी के घर में रहता है। मेरे आस-पास रहने वाली नवधनाढ्या प्रोफेसरों की बीवियाँ हैं, जो आजकल बिना ब्रांडवाली चीजों को हिकारत भरी दृष्टि से देखती हैं। एक कप चाए पीने-पिलाने का बिल भी यूनिर्वसिटी के खर्च में जोड़ने की जुगाड़ करते और किताबों पर खर्च को फिजूलखर्ची समझनेवाले समाज के ये कर्णधार हजारों लीटर पानी केवल नल बन्द करने के आलस में बहा देते हैं, क्योंकि विश्वविद्यालय के परिसर में पानी का बिल बेहद कम, हर माह एक निश्चित बँधी-बँधाई रकम की शक्ल में देना होता है। उनके बीच 'कुसुम व आनन्द' केवल एक सनक हैं। इससे अधिक कुछ नहीं।

आँकड़ों व शिक्षा-शास्त्रियों के अनुसार सरकार शिक्षा पर उतना नहीं खर्च कर रही है, जितना करना चाहिए। पर खर्च हो रहा है। कहाँ? किस तरह? किस स्तर के लिए? इसके सही मूल्यांकन के लिए सरकार के पास क्या व्यवस्था है? विश्वविद्यालय व महाविद्यालयों के मूल्यांकन के लिए की जानेवाली गठित कमेटियाँ (नैक या अन्य) नौटंकी है। (मेरे पास उदाहरण भी हैं, प्रमाण भी, इसपर कभी फिर स्वतन्त्र रूप से)। 'बी.सी.यू.डी'. व 'यू.जी.सी.' के प्रोजेक्ट के अंतर्गत मिलनेवाले रुपये खर्च करने का जो तरीका मैं देख रही हूँ (मेरा अनुभव विश्व बहुत छोटा है), दरअसल वह मानवीय मूल्यों का अपमान है। मैं भीमाशंकर के जंगलो में रहने वाले आदिवासियों पर

काम करना चाहती हूँ। उनकी जीवन-संस्कृति, उनकी दंतकथाएँ, संगीत, शिल्पकला, साहित्य, इन सबके एवज में क्या उन्हें नावों के लिए दो लाख का अनुदान दिया जा सकता है? (क्योंकि एकमुश्त यह रकम मैं स्वयं नहीं जुटा सकती हूँ।) यह सम्भव नहीं है न? वही नियम बाधा बन जाएगा न, जो प्रतिभा-सम्पन्न उदयप्रकाश की कथाओं को विश्वविद्यालय के भीतर आने की इजाज़त तो देता है, परन्तु उन्हें प्रोफेसर के रूप में नहीं स्वीकारता!

कुसुम जिस राह पर चल रही हैं, वह दुर्गम है, परन्तु धोंडाबाई व बुद्धा जैसे ऊर्जाशील साथी भी तो हैं उनके पास। जंगल उन्हें बहुत दूर तक ले जाएगा। ज़िन्दगी में भी, जिन्दगी के पार भी। फिदेल कास्त्रो के इस संकल्प का जीवित रूप हैं कुसुम-- "हम मानवता के प्रतिनिधि हैं और हमारा नैतिक कर्तव्य, राजनैतिक प्रतिबद्धता और असाधारण एवं ऐतिहासिक उत्तरदायित्व, ये सब हमसे ठोस निर्णयों, ठोस कदमों और एक स्पष्ट प्रतिबद्धता की माँग करते हैं, जिसे अब और टाला नहीं जा सकता।"

सामाजिक परिवर्तन के लिए प्रतिबद्ध विनायक सेन, सुधीर ढवळे की गिरफ्तारी, प्रतिभा शिंदे पर राजद्रोह का आक्षेप, फासिस्टों की बढ़ती ताकतों के प्रमाण हैं। साथ ही हमारी कम पड़ती कोशिशों का आईना भी। आइए, सकारात्मक कोशिशों को व्यापक बनाने के लिए, कुसुम से लेकर बद्रीनारायण तक के बेहतर स्वप्न में हम भी शामिल हों–

न गिद्ध न गिद्ध की चोंच, न सियार कि धूर्तता न चीते की आँख
न ज़ुल्मी, न ज़ालिम, न हथियार, सज्जनों का पूरा सम्मान होगा,
मेरे जमाने में भेड़िया निर्वंश, साँप के फन पर प्रहार होगा,
कोशिश की जानी चाहिए कि इस कोशिश को व्यापक किया जाय।

(बद्रीनारायण)

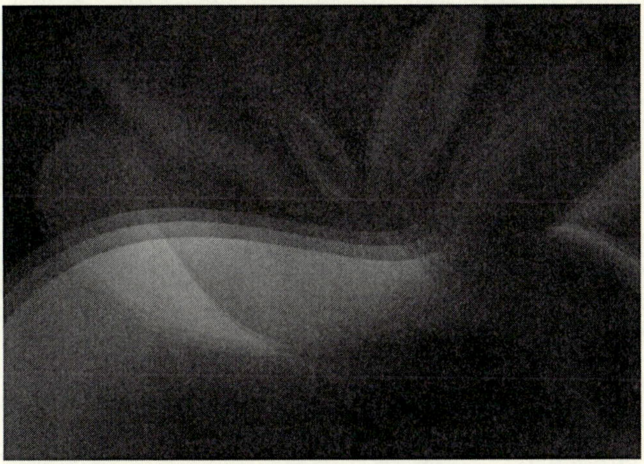

क्यों धुआँ उठा चिराग से

क्यों धुआँ उठा चिराग से

(प्रो. गिरीश कुलकर्णी स्नेहालय सेवी संस्था के संचालक हैं। ख्यातिप्राप्त समाजसेवी हैं। सेक्सवर्करों एवं उनके बच्चों के लिए वे तब से कार्य करते हैं जब से वे स्वयं बच्चे थे, उनकी भी अपनी एक कहानी है, उन पर फिर कभी। प्रस्तुत ज़िन्दा कहानी उनके बिना सम्भव नहीं थी।)

"गैरकथात्मक लेखन" दर्द की उस ऐंठन से, उस टूटी-फूटी दुनिया से उपजता है, जिससे हर सुबह मेरा साबका पड़ता है"

—अरुंधती राय

तीन साल पहले मैं अहमदनगर की उन गालियों में काफी भटकी थी, जहाँ देह धंधा, ठेले पर लगी सब्जियों के धन्धे की तरह चलता है। दसियों खोलियाँ केवल परदे। किसी ग्राहक को निपटा कर मेरे पास आकर बैठती एक स्त्री तो दूसरी ग्राहक से यह कहती

कि "जा...रे। अभी नहीं बैठती तेरे साथ। दीदी से बात करनी है।" मैं झेंपती हूँ, इसलिए नहीं कि यह सब मेरे सामने घट रहा है बल्कि इसलिए कि मैंने उसका एक ग्राहक भगा दिया है। वे अपने पैसे से चाय मँगाती हैं, मैं पीती हूँ गाँधी जी को याद करते हुए, माफ करना बापू। मुझे इनके पैसे की चाय पीते हुए कोई शरम नहीं आयी क्योंकि ईमान बेचने से देह बेचना ज्यादा नैतिक है। रोना पीटना, हाय-तौबा करना, शोषण, अधिकार की बातें इनके स्वभाव में नहीं। सोचती हूँ, इन्हें कोई पीड़ा नहीं, क्या ये स्त्रियाँ कात्यायनी की कविता से निकल कर मेरे सामने बैठी हैं—

यन्त्रणा-गृहों की बात छिड़ते ही
गाने लगती हैं, प्यार के बारे में गीत
रहस्यमय है, इस स्त्री की उलटबांसियाँ
इन्हें समझो, इस स्त्री से डरो।

ये एक ठहराव, गम्भीरता और पूरी गरिमा के साथ अपनी बात रखती हैं। मैं यहाँ स्नेहालय के एक युवा कार्यकर्ता के साथ आयी हूँ, उसे वे घेर के खड़ी हो जाती हैं, "सर मेरा कंडोम"। शरद कहता है, हाँ आज आया है। मैं ले आऊँगा। फिर उसी सहजता से वे मुझे घेर लेती हैं। मैं एक बूढ़ी स्त्री को एकटक देख रही हूँ, जो मैंने नहीं कहा वो उन्होंने सुन लिया और बोलीं—"मैं इनके घरों के बर्तन माँज देती हूँ। पानी भर देती हूँ। बच्चों को देख लेती हूँ। सँभाल लेती हैं ये मुझे। मैं ध्यान से देखती हूँ किस कदर इनकी आँखें सूख चुकी हैं। बावजूद इसके घायल हिरणियों की मूक चीत्कार दिल दहला देती है। मीर को याद करती हूँ।

वो दिन गये कि आँखें दरिया
सी बहतीं थीं।
सूखा पड़ा है, अब तो मुद्दत
से यह दोआब।

तीन साल का समय बीत चुका है, नयी कोपलों की आस में

देश तीन पतझड़ झेल चुका है। ओजोन की परत का छेद कुछ और गहरा हो चला है। धर्मगुरुओं के दंतमंजनों का धन्धा चल निकला है। नेताओं के उन्मादी नृत्यों और टिप्पणियों की लाली सामान्य जनजीवन पर धब्बे की तरह उभर आयी है ओसामा जा चुका हैं। 'न्यूज चैनल' उसके कमरे में प्राकृतिक वियाग्रा पाकर अपनी उपलब्धि पर हर्ष मना रहा हैं। विमर्शों की तस्वीर सिकुड़ रही है, नवब्राह्मणशाही व सामन्तशाही फ्रेम के हिसाब से विमर्शों के अनुकूलन शुरू हैं और ऐसे में मैं अल्पना मिश्र की कहानी पढ़ रही हूँ 'लिस्ट से गायब'। "अनोखी होती होंगी वे लड़कियाँ जो कहानियों में निकल पड़ती हैं, घर छोड़ कर। निकल जाने के बाद जो लड़ाई जीत लेती हैं, उन्हें लोग जान लेते हैं, बाकी सब पता नहीं कहाँ समा जाती हैं, उनका कोई समाज नहीं बनता। बनता तो उन्हें अभी इतना सोचना क्यों पड़ता? उठतीं वहीं चली जातीं।" इतना पढ़ते ही मुझे बेतरह अहमदनगर के चौक ममता गली, भगत गली (रेडलाइट एरिया) के तमाम चेहरे याद आने लगे। हॉस्पिटल के बेड पर चौदह साल की किशोरी के हाथों में सलाईन लगा है। उसी अवस्था में कोठे की दबंग मालकिन घसीटती हुई लेकर जा रही है। हॉस्पिटल की चुप्पी सभ्यता का तकाजा है, पुलिस भी चुप है। पाश की कविता का सबब अब समझ में आने लगा है—

"सबसे खतरनाक होता है
मुर्दा शान्ति से भर जाना
न होना तड़प का सब सहन कर जाना"।

कहीं कोई कोठे की मालकिन किसी को पेशाब पिला रही है, कहीं कोई किसी को टट्टी खिला रही है। कितनी बालिग, नाबालिग युवतियों को छुड़ा कर सरकारी आश्रमों में लाया गया। उनकी वीरान आँखों का ताब सह सकने की कूवत किसमें है? कौन देगा उनकी इस बात का जवाब कि "हमारे साथ आश्रमों में वही सब होता है फोकट में, तब आप हमें वही काम चार पैसे लेकर क्यों नहीं करने

देते।'' इन स्मृतियों की तड़प मुझे एक झोंके की तरह पुनः अहमदनगर लौटा ले जाती है। अब की मैं लिख पाऊँगी। क्योंकि अब चमड़ी मोटी हो चली है। दूसरों का दुख दूसरों का ही लगता है अब तो अपना भी दुख दूसरों का ही लगने लगा। गिरीश ने स्नेहालय के कार्यालय में चार-पाँच लोगों को बुला लिया है। नाम अलग चेहरे अलग, न जाने क्यों मेरी आँखों के सामने गड्डमगड्ड होकर एक कोलाज निर्मित करने लगे हैं। कोई तीस की है, कोई पचपन की मीना शिंदे, मीना पाटील, शोभा सालुंखे, आशा पवार, सुनीता उनवने गोल घेरा बना कर बैठी हैं, रोटी सब्जी खा रही हैं। सहज आमन्त्रण, स्नेह से लबरेज आमन्त्रण मुझ तक आता है, खाओ दीदी। संक्षिप्त उत्तर, खाया है मैंने। गिरीश रोटी का एक टुकड़ा तोड़ते हुए निकल गया। वे खाने में मशगूल हो गयीं, मेरी ओर से लापरवाह लेकिन मैं तो उन्हें ही एकटक देखे जा रही हूँ ना चटक मटक, ना नखरे। सैकड़ों पुरुषों के साथ हजारों रातें बिताने वालियों के जिस्मों से कुँआरेपन की गन्ध फैल रही है। साथ ही इन कुँआरी माताओं की छातियों से कच्चे दूध की उठती महक अपनी पवित्रता के बल पर तथाकथित नैतिकता के दम्भ को चुनौती देती हुई वैसे ही मुट्ठी भर ऊँची उठी है, जैसे कभी हनुमान ने अपनी पूँछ के आधार पर दम्भी रावण को ललकारा था।

शोभा सालुंखे मेरे सामने आकर बैठती है। दुबली देह, साँवला रंग, झुकी-झुकी आँखें, सीपी जैसे होंठ, सलज्ज चेहरा बिलकुल घरेलू किस्म की स्त्री। (फिल्मों में दिखाई जानेवाली सेक्स वर्करों के चरित्र से कितना अलग) उसका मुँह खुलता है। (हिमालय पिघलने को है), पिता औरतों के शौकीन थे। माँ को बहुत तकलीफ देते थे। एक दिन उनकी रखैल का देवर आया। पानी माँगा, मैंने दिया वह पानी पीकर चला गया। मैं उसे पहचानती नहीं थी। पहचानती तब भी पीने के पानी के लिए मैं मना तो नहीं करती न। वह अपने घर गया। पिता जी से बोला तूने मेरी इज्जत के साथ खेला, ले! मैं भी

तेरी 'इज्जत' से खेल आया हूँ। तेरी बेटी का 'रेप' किया है मैंने। क्या राजा क्या रंक, शतरंज के बिसात पर स्त्री की इज्जत नाम का यह मोहरा युगों से पिटता आया है। उत्तर प्रदेश में एक कहावत है, इसी सन्दर्भ में 'थाली के गिरने की आवाज सभी को सुनाई देती है, वह सचमुच फूटी है, या साबुत बची है, उसे देखने कोई नहीं जाता।' नहींऽऽऽऽ पिता ने मिट्टी के तेल का डिब्बा उठाया और चल पड़े बेटी को फूँकने। कैसा बेपर्द नंगापन पितृसत्तात्मक सत्ता का। अरे! यह गिरें तब भी टाँग ऊपर। पिता के घर आते ही दरिदंगी भरा तमाशा फैल गया। माँ को पीटा जा रहा है, बेटी की आँखें लरज रही हैं। बेटी जिन्दा जलती इससे पहले पास-पड़ोस वालों ने सच्चाई बता कर शान्त किया उन्हें। शोभा सालुंखे का विवाह कर दिया गया। ससुराल आकर पति के साथ वह ईख तोड़ने का काम करने लगी। एक बेटा भी हो गया। मजदूरी से पूरा न पड़ता। आर्थिक बदहाली के कारण नारायणगाँव छोड़ कर वे औरगांबाद आये। पति को दारू की लत थी। यहाँ ईंट ढोने का काम दोनों करने लगे। पति को सौ रुपये पत्नी को उसी काम के सत्तर रुपये मिलने लगे। (पारिश्रमिक के इस असमान वितरण के सन्दर्भ में विंदा करात जी ने 'जीना है, तो लड़ना होगा' में सविस्तार लिखा है) सुनीता के पति को यह पैसे भी दारू के लिए कम पड़ने लगे। एक दिन अँधेरे का फायदा उठाते हुए ठेकेदार ने शोभा की छाती दबा दी, फिर शोभा की गालियाँ सुन तो लीं उसने, उसके बाद बोला कल से दिखना मत। सुनीता 'बखार वाले' से केले उधार लेकर बेचने लगी। बखार वाले की भी वही नज़र। एक ग्राहक शोभा से नियमित दो-तीन दर्जन केले लेने लगा। एक दिन बोला रोज का सौ रूपया काम करोगी? अन्धे को क्या चाहिए दो आँखें। शोभा चहक उठी। वह शोभा को पेट्रोलपम्प पर ले गया। शोभा इसी बीच दो बच्चों की माँ भी बन चुकी थी। वह व्यक्ति शोभा को समझाता है कि ट्रक ड्रायवर आएँगें। तेरे साथ सोएँगे। शोभा ने

कहा 'सोने दो' । मैं शोभा की ओर देखती हूँ। वह कहती है, मुझे लगा जगह कम होगी जहाँ मैं बैठकर काम करूँगी वहाँ वह बगल में सोएँगें, सोने दो। उसकी मासूमियत पर यकीन नहीं कर पायी मैं। वह पुरुष दृष्टि से अनभिज्ञ थी ऐसा नहीं था परन्तु, यह भी उतना ही सच है, कि उसकी दृष्टि 'देह धन्धा' तक नहीं पहुँच पायी। जब समझ में आया तब पति से कहा, तुम्हारी अय्याशी का यही हाल रहा तो देह बेचनी पड़ेगी। बाहर निकलने वाली मजदूर व गरीब स्त्रियों को लोग ऐसे ही बुरी नजर से देखते हैं। शोभा के पति को यह सुन कर क्रोध नहीं आया बल्कि एक रास्ता सूझ गया। अरे हाँ, इससे चार पैसे हाथ में आएँगें। पति खुद ही कोठे की मालकिन के पास छोड़ आया। मालकिन ने कहा बर्तन कपड़ा कर दिया करो, ठीक-ठाक पैसे मिल जाएँगें। दो महीने तक वही काम किया। किसी ने कुछ कहा नहीं। एक दिन मालकिन ने आदमी के पास पानी देने के लिए भेजा। शोभा ज्यों ही पानी देकर मुड़ी उसने हाथ पकड़ कर खींच लिया, बसायचा की नाही (बैठेगी की नहीं अर्थात् सोयेगी की नहीं) सुनीता ने अपना सिर दीवार पर दे मारा। फूटा सिर लेकर बच्चों के साथ भाग गयी। न जाने कितनी देर तक बच्चों को अपनी देह से सटाये नंगे पैर अँधेरे में अपना रास्ता तलाशती चली जा रही थी। एक ट्रक दिखा, शोभा ने हाथ दे दिया। ट्रक वाले ने रोक दिया। शोभा ने आँसुओं से सराबोर होकर अपनी गाथा सुना दी। रहनुमा ने बिठा लिया। दोनों बच्चे सो गये। ड्रायवर ने ट्रक एक किनारे रोक दिया। इस बार शोभा ने कोई प्रतिरोध नहीं किया। वह ठंडी लाश की तरह पड़ी रही पुरुष भोगता रहा। यह औरत देह नहीं थी दो बच्चों की माँ थी, जिसे अपने बच्चों को इस दुनिया में रहने लायक बनाना था। (पढ़ते समय आपको शायद 'मदर इण्डिया की नरगिश का चेहरा याद आये) 'ट्रक ड्रायवर' भोग की तृप्ति का लक्षण लिए उठा। अपने नंगेपन को ढँकने के लिए पैंट चढ़ाई और बच्चों समेत शोभा को लगभग ढकेल दिया। ठंडी औरत, ठंडी जमीन पर खड़ी थी, जैसे सर्द

मौसम में अचानक किसी ने बर्फीला पानी उसके उपर फेंक दिया हो। उसके बच्चों को लगातार भिगोते जा रहे उसके गर्म आँसू क्या ठंडेपन की ऊपज थे? समय की चादर अब भी स्याह रंग में लिपटी थी। सड़क नंगी दूर तक अब भी लेटी थी। वह हताश, इस निर्मम दुनिया से बेज़ार होकर चली जा रही थी। रात के गर्भ में छिपी यह औरत किस रूप में बाहर आने वाली है, नियति तय कर चुकी थी। वह बारामती के बस स्टैंण्ड पर पहुँच गयी है। रात थम चुकी है, उसके आँसू नहीं। एक पुलिस ने देखा और उसके पास पहुँचा। सारा ब्योरा जानने के बाद चाय-पाव दिया। वह खा रही थी। खिला रही थी। चाय की प्याली में आँसू की बूँदे पड़तीं। चाय थराथरा उठती। पुलिस पुलिस चौकी ले आया। साथियों से सहयोग लेकर उसका टिकट निकाला और घर (ससुराल?) जाने वाली बस में बिठा दिया। शोभा ने रास्ते में भीख माँग कर सात रुपये जमा किये और श्रीरामपुर पहुँच कर खुद खाया और बच्चों को भी खिलाया। ससुराल पहुँची, पति घर में दारू पीकर निश्िंचत सोया था। शोभा ने अपने पिता को बुलाकर सारी हकीकत बयान की, काफी समझौवल, बुझौवल की, पंचायत हुई, पति महोदय पत्नी और दो बच्चों को औरंगाबाद ले गये। मजदूरी एक बहाना थी। पति अब भी शोभा को देह बाज़ार में खड़ा करने के सारे प्रयत्न कर रहा था। इन्हीं हिंसक परिस्थितियों और मानसिकता ने शोभा को एक दिन नर्क के दरवाजे के भीतर धकेल ही दिया। वह 31 दिसबंर की रात। रेट साठ रुपये। रात भर की कमाई डेढ़ हजार रुपये। मेरे मुहँ से निकला पच्चीस पुरुष एक रात में, उधर से निरपेक्ष आवाज आयी, हाँ दीदी धँधा तो ठीक ही हुआ था। मुझे पैसा गिनना नहीं आता था। क्षण भर के लिए मैं डूब गयी कहीं गहरे अवसाद में। वह कहती रही, वह रात कभी न भूलने वाली 31 दिसंबर की थी। हर रात लगभग इतनी ही कमाई होने लगी लेकिन देह ने बगावत कर दी। उधर पतिदेव हर रात की कमाई– देह से कमाई गयी राशि– दूसरी देह पर खर्च कर आते। (वे दूसरी वेश्याओं के पास

जाते थे शोभा के पैसे लेकर) शोभा बीमार हो गयी। दवाई का कर्ज सिर पर चढ़ गया। एक ग्राहक शोभा से भावात्मक रूप से जुड़ गया था। अरे! मराठी लड़की होकर ये धँधा करती है। चल तेरे लिए होटल खोल दूँगा। शोभा ने कर्ज लिए और जो पैसे उसके पास जमा थे, कुल मिला कर पचास हजार रुपये लेकर वह चंपत हो गया। सुनीता बिना स्वाद वाली हँसी-हँसती है, उसकी उदास हँसी से आस-पास का वातावरण भीग जाता है। वह कहती है– दीदी वह शरीफों की दुनिया का था, किसी वेश्या का पैसा लेकर भागते उसका दिल नहीं काँपा। इसी बीच शोभा के पति का एक्सीडेंट हो गया। ''मुझे पता नहीं था। ससुराल बुलाया गया। बाकायदे चूड़ियाँ तोड़ दी गयीं। मैं रोई। जानती हो दीदी क्यों? पति की आड़ में तो सब छिप जाता है। परदा उड़ गया, नंगापन सामने आ गया। आप को क्या पता? अकेली औरत के लिए दुनिया कैसी है?'' मैं सिहर उठती हूँ, नहीं बता पाती उसे कुछ। शोभा वह 'पता' ही तो तुम्हारे दर्द तक खींच लाया है। शोभा क्रिया-कर्म की विधियों के लिए रुक गयी। तीसरे दिन रात में नींद में ही चचेरे ससुर ने छातियाँ दबोच लीं। शोभा की आँखों से झर-झर आँसू गिरने लगे। मैं सोच रही थी कि वेश्याओं की अपनी भी छातियाँ होती हैं क्या? बन्धु रवीन्द्र शुक्ल की याद आयी, वे कहते हैं– ''हमने अपने समय को सत्ता और अहंकार से बुना, उसे ज्ञान का नाम दे दिया। दरअसल अपने समय के सही परिप्रेक्ष्य को समझने के लिए हमें स्त्रियोचित होना पड़ेगा।'' शोभा लौटी उसी दुनिया में जहाँ स्त्रियाँ छाती से शुरू होती हैं, और जांघों तक आकर खत्म हो जाती हैं। वहाँ लौटते ही बाकियों ने ताना मारा। ''परत आली आमचा धँधा चा वाट लावण्यासाठी।'' (आ गयी फिर हमारे धँधे की वाट लगाने के लिए। वाट की जगह 'सत्यानाश' और 'बर्बाद' नहीं ले सकता) एक बार एन.जी.ओ. ने शोभा को सर्वे का काम सौंपा। वह कहती है– ''दीदी तब मैंने जाना कि सचमुच अत्याचार क्या होता है? हमारे पास गुण्डे आते हैं, धमकाते हैं। पैसे

भी नहीं देते। पुलिस कम्प्लेन नहीं लिखती। हमारे अड्डे पर गिरीश व यशवंत भाऊ कंडोम लेकर आते। घंटो बैठे रहते और कोई बात करने को तैयार नहीं। लोग उन्हें देख कर मुँह टेढ़ा करते थे। मैं उनकी बातें ध्यान से सुनती थी और समझने की कोशिश करती"। इस तरह शोभा स्नेहालय से जुड़ी। धीरे-धीरे चौदह साल हो गये। 'एच. आई.वी.' का चेकअप, पुलिस व गुंडों के अत्याचार के खिलाफ संघर्ष, बच्चों की शिक्षा को लेकर संघर्ष। वेश्याओं के मूलभूत मानवीय अधिकारों को लेकर लड़ना ही शोभा अपना धर्म मानती है। पूछने पर शोभा कहती है—'अरे दीदी कहाँ अभी धँधा छूटा है। हैं न दस पेट खाने वाले। राक्षस-जैसी बीमारी का भी भय बना रहता है। और एक बात बताऊँ जिस दिन मैंने बिस्तर पकड़ा आत्महत्या कर लूँगी।' बहुत जी लिया हमने। मैं चाय के बहाने बाहर निकलना चाहती हूँ। खूब गहरी साँस लेना चाहती हूँ। निकलती भी हूँ। दूर कहीं हवा में ग़ालिब के शब्द तिरते नज़र आते हैं—

मरते हैं, आरज़ू में मरने की
मौत आती है, पर नहीं आती।

•

हाँ औरत भी होती हूँ, बाकी के वक्त

सर्दियों में होती हूँ, कोई जानवर
एक बिरवा बसन्त में
गर्मियों में पतंगा
तो परिंदा होती हूँ, पतझड़ में
हाँ औरत भी होती हूँ बाकी के वक्त
(रूसी कवयित्री वेरा पावलोवा, अनुवाद मनोज पटेल)

•

नाम आशा उम्र पचास के ऊपर। रंग गहरा साँवला, आँखे बेहद सुन्दर, पानीदार। बरबस रसलीन की याद आ जाती है।

अमिय, हलाहल, मद भरे श्वेत श्याम रतनार

जियति, मरत, झुकि-झुकि परत जेहिं चितवत इक बार

इन आँखों में देर तक देखा ही नहीं जा सकता। प्रश्नों का तीखा एहसास तीर की तरह कहीं धँसता जाता है। वह मुँह खोलती है, शुभ्र दंतपंक्तियाँ झिलमिला उठती हैं। लिखोगी। हाँ! अच्छा? क्या कर सकती हो मेरे लिए? देखो मेरी ओर, मेरी उम्र है, धँधा करने की? तुम्हारी सरकार कुछ करे हमारे बच्चों के लिए तो मानूँ उसे बहादुर? (मैं चौंकती हूँ मेरी सरकार। शायद हाँ। शायद नहीं) बच्चों के लिए कोई आश्वस्त करे तो अभी छोड़ दूँ, यही मेरे जीवन का पुनः स्थापित होना है। एक पैर जेल में एक बाहर। चाहे मारो-पीटो, चाहे फाँसी पर चढ़ा दो। जब बाहर निकलूँगी तब यही करूँगी। मेरे बच्चे होनहार हैं। पढ़ाना चाहती हूँ। अभी भी जेलर मैडम की दया पर दो दिन की छुट्टी लेकर बच्चे के एडमिशन के लिए यहाँ आयी हूँ, समझी तुम। (रोष से भर कर) कितने प्रश्न हैं, उनके पास। मेरे पास बेहद लचर भोथरी दलील है। कुछ दूसरा कर लेना चाहिए। बालमजदूरी अपराध है। बन्द करो परन्तु विकल्प? ऐसे ही कभी मत्स्यपालन पर। (म. प्र.) प्रतिबन्ध की बात उठी थी, बिना ठोस और मुकम्मल विकल्प के इस तरह का प्रतिबंध क्रूर अमानवीय अपराध है।

आशा विदुषी है, वह अपने समय को बखूबी पहचानती है। उसने हाशिए की ज़िन्दगी स्वीकार नहीं की है। आत्मसम्मान की तड़प लिए, वह जीती जागती पीड़ा है, केवल पीड़ा। वेश्याओं के बच्चों के पिता नहीं होते। इतना तो जानती हो न तुम तब बताओ जब पुलिस वेश्याओं को जेल में ठूँस देती है, तो उनके बच्चों की देखभाल कौन करता होगा? इस प्रश्न पर मैं चौंक उठती हूँ। निश्छल मासूम बालक-बालिकाओं को आवारागर्दी के आँवे में पकाकर भविष्य की वेश्याएँ और शातिर अपराधी तैयार करने में सामाजिक व कानूनी संरचना की कितनी बड़ी भूमिका है? आशा सहज ही उसकी ओर इशारा कर देती है। उनके प्रश्नों के कटघरे में,

मैं और आप ही नहीं पूरा भारत खड़ा है। मैं सोचती हूँ। जैसे महानगरपालिका कुतिया को उठाकर ले जाती है, नसबंदी करके छोड़ देती है, वैसे ही इनके साथ क्यों नहीं करती? आबादी और अपराध दोनों के नियन्त्रण में एक महत्त्वपूर्ण कदम। (माफ करना आशा मैं तथाकथित सभ्यता खाती हूँ, संवेदनहीनता उगलती हूँ।) लेकिन मातृत्व के हक को लेकर एक पागल स्त्री के पक्ष में दी गयी वकील अंजली की दलील याद आती है। जिसका कोई न हो अगर एक सम्बन्ध अपना कह सकनेवाला बने तो बुरा क्या है? सच ही तो है। बाँसों की जड़ों पर प्रहार क्यों? कभी सम्बन्धों की बाँसुरी भी तो बजने दो। इनके जीवन में बाँसुरी का बजाना इतना भी बुरा नहीं।

सारी ज़िन्दगी बददुआओं के थेपेड़े झेलती अनावृत्त देह से यह स्त्रियाँ हर रात किसी पुरुष से सम्बन्ध जोड़ने के बावजूद सम्बन्धविहीन जीवन जीती हैं। मैंने देखा है, एड्स से झुलसी, तीली-जैसी मृत देह प्लास्टिक में लिपटी किस कदर ससून हॉस्पिटल के बाहर फेंक दी गयी। और फेंक दी जाती रही है। यदा-कदा कभी कोई वेश्या अपने भयावह भविष्य का संकेत समझ कर उठा ले जाती है इन्हें ताकि लाश को इंसानी इज्जत देकर दो चार लकड़ी ऊपर डाल कर फूँका जा सके। मैंने तो थर्रा देने वाली जीवित लाश देखी है। अरे कोई इतना दुबला भी हो सकता है, क्या? उसकी देह सूती अँगोछा झेल पाने में असक्षम। वह बैठे-बैठे घिसट रही थी। मेरे भीतर झुरझुरी दौड़ गयी। मेरी रीढ़ सनसना रही थी, मैंने भय का रंग देखा। मैंने मौत से पहले की मौत देखी। वे आँखें मैं नहीं भूल पाती। उन आँखों की पीड़ा से मेरी हर पीड़ा बहुत छोटी है। मैं लौटती हूँ धीरे धीरे अपने में। आशा के सामने अपने को स्थिर करती हूँ। आशा फिर वही अरे हम अपने गुनाह का दण्ड भुगतते हैं ना। बच्चों को इतना बड़ा दण्ड क्यों? मैं इंतजार करती हूँ। आक्रोश थमने का नाम ही नहीं लेता। अमरकंटक की पतली धार

धुआँधार की रौद्र शक्ल अख़्तियार कर चुकी है। उसे पुनः पतली धार में समेटने के लिए नये शिव की जरूरत है। मैं घर की पूर्व स्थिति के बारे में जानना चाहती हूँ। सिवाय प्रतीक्षा के कोई चारा नहीं। मुझे केवल दो आँखें दिखाई देती हैं। धधकती ज्वालामुखी। शादी करके ससुराल आयी। ससुर ने सास को मार डाला। पति और ससुर दोनों पियक्कड़ थे। मुझे ससुर और पति दोनों भोगते थे। हमेशा भय में जीती थी कि एक दिन सास की तरह मुझे भी मार डालेंगे। किससे कहूँ? कहाँ जाऊँ? इसी भय से घर छोड़ दिया मैंने। रास्ता वेश्यालय तक लेकर आया। समाज और व्यवस्था वेश्यावृत्ति के मूल कारणों को नहीं जानना चाहता। बस दो टूक यह अच्छा, यह बुरा। अमीर आदमी पैसे देकर अपने बच्चे का भविष्य खरीद लेता है। अच्छे स्कूल, अच्छे कॉलेज, मेडिकल, इंजिनियरिंग में एडमिशन खरीद लेता है, अच्छी नौकरियाँ खरीद लेता है। फिर वह इस भाव से मुझे देखती है, क्या मैंने गलत कहा है? बन्द लिफाफे का खुला रहस्य आशा के मुँह से सुनने में मुझे दिक्कत हो रही है। आशा के शालीन आक्रोश में अपशब्दों के लिए कोई जगह नहीं है। मुझे एक प्रतिष्ठित इज्जतदार (?) स्त्री की याद हो आयी, जो बात की बात में किसी भी स्त्री को 'रंडी' कह जाती हैं। हँसते-हँसते किसी के भी कपड़े उतारने की नंगी और क्रूर भाषा का घातक हाथियार है उनके पास और यह सब इतना सहज था उनके लिए कि, सात तालों के भीतर उनकी मानसिक विकृति तक अच्छों-अच्छों की पहुँच नहीं थी। उनकी सहजता सत्य का भ्रम देने लगती थी। भारतीय समाज की निषेधात्मक वृत्ति के अंतर्जाल के भीतर घुटती साँसों के साथ जीने वाली मामूली स्त्री 'मैं' और मेरे लिए, नैतिकता-अनैतिकता का निर्णय हमेशा कठिन रहा है, इसके बावजूद मेरी दृष्टि में आशा सुन्दर, शालीन, चरित्रवान, विदुषी महिला हैं, उनके पास मानवसमाज के बेहतरी के लिए स्पष्ट विजन है। बस एक सभ्य समाज की तलाश है, जो उन्हें अपने में शामिल कर ले। यह 'जानवर' यह

'बिरवा' यह 'पतंगा' यह 'परिंदा' औरत होना चाहती है, अपने समय की मुकम्मल औरत।

मुझे काम रोने से अक्सर है

'मुझे काम रोने से अक्सर है, नासह
तू कब तक मेरे मुँह को धोता रहेगा।

—मीर

मीना शिंदे इन स्त्रियों की रहनुमा हैं, स्नेहालय के स्त्री संगठन की डायरेक्टर। इस शौक में गोरी चिट्टी लम्बी संगमरमरी बदन। चेहरे पर वहीदा रहमान के चेहरे सा हल्का तीखापन। पिता मटका खेलते, पीतल के बर्तन, खेती गहने सब बिक गए। मैं मीना का चेहरा देखती और अपने महाराष्ट्र की भूमि की ओर भी जहाँ मेहनतकश दरिद्र मजदूर अधिकांश स्त्रियों के भाग्य में ऐसे ही पति आये हैं। मीना की माँ भाजी बेचती थी। उनका किसी पुरुष से सम्बन्ध हो गया। वह घर में आर्थिक सहयोग देने लगा। मीना के पिता को कोई आपत्ति नहीं थी। बल्कि मीना के पिता, माँ और वह व्यक्ति एक ही साथ सोते थे। मीना की माँ एक दिन उसी व्यक्ति के साथ परिवार छोड़ कर चली गयी। पिता को कोई गम नहीं। एक महीने बाद साठ रुपये में दूसरी बीवी ले आये। सौतेली माँ एक महीने तक ठीक थी। उसके बाद उनका हिंसक रूप सामने आया। मीना कहती हैं— एक बार भूख लगी थी। मैंने चने का साग तोड़ कर खा लिया तो सौतेली माँ ने खुरपे से इतना मारा कि लहुलूहान होकर मैं अधमरी-सी खेत में पड़ी रही। चचेरा भाई मुझे और मेरी बहन को ननिहाल छोड़ आया, लेकिन ननिहाल वालों ने बैरंग लौटा दिया। पिता वायर से मारते थे। एक दिन सोते में हम लोगों को छोड़ कर नयी माँ को लेकर फिर पिता भी चले गये। एक पन्द्रह साल की युवती उसके छोटा भाई साथ एक और बहन सोलह सत्रह साल की। रातें लम्बी हो जाया करती थीं उन दिनों। खौफज़दा

राते भयभीत हिरणियाँ दुआ करतीं, आज रात न आये, तो कितना अच्छा? पिता लौटकर आये दोनों बेटियों को बेचने के मजबूत इरादे को लेकर। भनक लगते ही बहन चौकन्नी हो गयी। मीना की बहन एक वायरमैन को चाहती थी और वह भी। वायरमैन के साथ इन लोगों ने घर छोड़ दिया। उसी के घर खाना खाया और सो गयीं। आधी रात जब नींद खुली तो मीना की धड़कन मारे शर्म के पल भर के लिए थम गयी। बगल में बहन नहीं थी, उसकी जगह कोई पुरुष सोया था। बहन वायरमैन के साथ सोई थी। मीना ने धीरे से भाई को जगाया और वह बाहर निकल गयी। मीना भाई का हाथ पकड़े दुनिया के आखिरी छोर तक पहुँच जाना चाहती थी सुरक्षित, लेकिन उसे भी कोठे पर पहुँचा दिया गया। छल से बल से। एक रुपये में 75 पैसे मालकिन के 25 पैसे उसके। थोड़े ही दिनों में वो सूजाक रोग से ग्रस्त हो गयी। दलदल से निकलना चाहती थी, मीना किसी तरह हिम्मत करके भागी, अपने भाई को लेकर बस स्टैण्ड पर खड़ी ही थी कि मालकिन को ख़बर लग गयी। चार-पाँच गुण्डे आये बसस्टैण्ड से पीटते हुए ले गए। जगह-जगह सिगरेट से मीना को जलाने लगे। बेदर्दी से पिटती जा रही बहन को देख कर छोटा भाई घायल पशु की तरह चीत्कार कर उठा, मुझे मारो दीदी को छोड़ दो। मीना बड़े तटस्थ भाव से अपने बारे में बता रही थी, लेकिन भाई का जिक्र आते ही उसका संयम भरभरा कर ढह गया। मीना की भीगती आँखें सम्बन्धों के अब भी धड़कने का अहसास दिलाती हैं। मीना बताती हैं बेसुध नींद में ही पुलिस एक दिन न केवल उठा कर ले गयी, बल्कि बर्बरता से पीटा भी, कोर्ट केस होने के बाद पुलिस ने 'रंगे हाथों पकड़ा है' इस तरह का बयान देने के लिए दबाव भी डालने लगी। फिर उसने पैसे का भी लालच दिया। मीना नहीं डिगी। मीना 'मुक्ता प्रकल्प' से जुड़ी जो सेक्स वर्करों के लिए काम करता था। 'स्नेहज्योति' संस्था से जुड़ी स्वयं दलदल में थी लेकिन, दम तोड़ने तक उस गर्त में धँसने से पहले कइयों के पैर दलदल से खींच

पाने के लिए अपने हाथ को समर्थ बनाने के लिए प्रतिबद्ध थीं। मीना का यही सेवाभाव सेक्स वर्करों के हित को लेकर, उनके लिए समूह बचत की योजना स्वास्थ्य सम्बन्धी योजनाएँ, आदि को लेकर किये जानेवाले अगाध परिश्रम के कारण गिरीश ने उन्हें 'स्नेहज्योति' संस्था का संचालक बनाया। हिगेल की माने तो 'स्पष्टता और जीवन ही सौन्दर्य है'। इस दृष्टि से मीना स्वयं सौन्दर्य हैं।

मीना शिंदे की तरह मीना पाटील भी हैं। एक अल्हड़ युवती को नपुंसक व्यक्ति के साथ बाँध दिया गया। जिसे यह लगता था कि पत्नी को ढंग से पीटा जाय तो लोग-बाग मर्द समझने लगेंगे। मारने में सास-ननदें पीछे नहीं थीं। एक दिन मीना पाटील ने भी 'मरता क्या न करता' की तर्ज पर सास के सिर पर स्टोव दे मारा और भाग खड़ी हुई। जिस ट्रक से 'लिफ्ट' ली उसी की मेहरबानी से इस धन्धे में उतरी। पिछले दो साल से स्नेहालय के लिए काम करती है। और एक अनाथ बच्ची को गोद भी लिया। अब वह पाचवीं में पढ़ रही है।

यह मानव समाज का डार्करूम है। यहाँ तस्वीर का निगेटिव रूप मौजूद है। धुला निखरा साफ स्पष्ट रूप आप सब। अपनी ही तस्वीर का निगेटिव हमें कितना कुरूप लगता है। ज्ञानेश्वर जी कहते हैं, मैं बिगड़ा हूँ, तुम भी बिगड़ो। मीरा भी बिगड़ी हैं। 'समाज के कलपुर्जे' को ठीक करने के लिए थोड़ा ज्ञानेश्वर की तरह, थोड़ा कबीर की तरह, थोड़ा मीरा की तरह बिगड़ना जरूरी है, तब जाकर कहीं अन्तहीन अँधेरी अमानवीय लम्बी सुरंग की छोर का मुहाना नजर आएगा।

मैं भी इन सब के साथ स्वप्न पाल रही हूँ। सफेद सलवार कुर्ता, दुपट्टा ओढ़ा कर सभ्य समाज की माताएँ, बहनें, इन्हें अपने में शामिल कर इन्हें मृत्यु व हिंसा से बचाएँगी। इनके बच्चों के सन्दर्भ में इतना ही ''किस माँ के उदर से कौन सा अवतार होगा, यह मालूम नहीं होता इसलिए देश का कर्तव्य है कि जो भी बच्चा

जन्म ले, उसमें भगवान की मूर्ति छिपी समझ कर उसके साथ व्यवहार करे, लेकिन वैसा व्यवहार हमारे देश में नहीं होता। गौतम बुद्ध राजा के कुल में जन्मे तो श्री शंकराचार्य अति दरिद्र ब्राह्मण कुल में। इसीलिए यह नियम नहीं बना सकते कि महापुरुष श्रीमान या दरिद्र के ही घर में जन्म लेते हैं। वे राजप्रासाद में जन्मे बालक के रूप में आ सकते हैं या फुटपाथ पर पले बच्चे के रूप में कुछ कह नहीं सकते। इसीलिए सभी बच्चों का उत्तम इंतजाम होना चाहिए''— आचार्य विनोबा भावे

मैं जहाँ तक समझ पा रही हूँ, जहाँ तक देख पा रही हूँ। सचमुच लगता है कि भारत को अपनी अस्मिता की खातिर विनोबा जी के इन विचारों का अमली तौर पर सम्मान करना करना चाहिए।

देवदासी देव के नाम दानवी प्रथा

मुश्किलें इतनी पड़ीं कि आसां हो गयीं

मैं जानती हूँ चरम संकट में भी सिर उठाये अतिशय साहस से जूझती मानवता का सजीव चित्रण करना अत्यन्त दुष्कर कार्य है। परन्तु कोशिश तो करनी ही चाहिए, क्योंकि इस प्रयत्न में स्वयं को भी सतह से उठते हुए देखना आनन्दप्रद स्थिति है। यही कारण है कि ऐसे लोगों की तलाश में मन बनजारा बन जाता है। इस तलाश में मिला एक नाम 'गौराबाई' परन्तु मैंने तो केवल उनका नाम ही सुना है 'गौराबाई'। वह भी बन्धु राजन गवस के मुँह से (मराठी के विख्यात साहित्यकार हैं) गौराबाई देवदासी हैं। 'देवदासी' परम्परा पर बनी 'जोगवा' फिल्म भी मैं देख चुकी थी। (राजन गवस के उपन्यास 'भंडारभोग' पर आधारित) इस फिल्म पर राष्ट्रीय अंतर्राष्ट्रीय पचासेक पुरस्कारों की वर्षा हो चुकी थी। रहस्यों, चमत्कारों, जादू विचित्रताओं, क्रूरताओं अमानवीयताओं भरी निष्ठुर शैतानी देवदासी

परम्परा वह भी धर्म और ईश्वर के नाम पर। गौराबाई ने इसी परम्परा के विरुद्ध युद्ध का शंखनाद फूँक दिया। वही गौराबाई जिसे 'येलम्मा' देवी के समक्ष सात वर्ष की उम्र में देवदासी बना दिया गया। उनसे मिलने के नाम पर ही मेरे कलेजे में हौल-सा उठने लगा। यह प्रथा केवल स्त्रियों के लिए ही नहीं, बल्कि पुरुषों के लिए भी उतनी ही निर्मम है। इसकी दो-तीन रीतियों की मुख़्तसर-सी चर्चा (चर्चा भी नहीं बस वस्तुस्थिति सामने रखूँगी) करके ही गौराबाई की कहानी आगे बढ़ा पाऊँगी।

ओकली प्रथा

यह होली पर मनाई जाती है, बड़े हौज में रंग भरा जाता है, पूरा गाँव जमा होता है, दलित बस्तियों से देवदासियाँ आकर खड़ी हो जाती हैं, उन्हें पारदर्शी साड़ी-चोली दी जाती है। सभी के सामने उन्हें वह पहनना पड़ता था। पुरुषों की आँखें उनका सर्वांग बेधती हैं। तरुणों की टोली इतने पर ही रुकती नहीं, बल्कि देवदासियों के साथ हर तरह का अश्लील व्यवहार किया जाता है। किसी को इस बात का बुरा नहीं लगता, बल्कि बाकी भीड़ और उकसाती थी। ऐसी मान्यता थी कि देवता इससे खुश होकर अनिष्ट निवारण करते हैं, देवदासी के प्रतिकार का तो प्रश्न ही नहीं उठता, सार्वजनिक तौर पर यह अपमान चलता रहता था। कानूनन अब तो बन्दी है पर कौन जाने दहेज की तरह यह भी 'ओपन सीक्रेट' हो।

चन्द्रगुती पूजा

एक स्त्री निर्वस्त्र भागी चली आ रही है। पीछे-पीछे देवदासी प्रथा विरोधी एक कार्यकर्ता कपड़ा पहनाने के लिए भागा चला आ रहा है। यह स्त्री पागल नहीं हैं परन्तु धर्म से भयग्रस्त है। अगर ऐसा न किया तो रेणुका देवी उसके परिवार का अनिष्ट कर देंगी। हजारों स्त्रियाँ निर्वस्त्र (देह पर एक सूत नहीं) नग्नपूजा में शामिल होती हैं। एक नग्नपूजा में इसका विरोध कर रहे दो पुरुष पुलिसकर्मी

और एक स्त्री पुलिसकर्मी को धर्मांध भीड़ नंगा कर रही है। चारों तरफ ढोल ताशे 'उदे ग अंबे उदे' का जय घोष। तीनों ही शर्मसार होकर नीचे मुँह करके चले जा रहे हैं। स्त्री पुलिस का हर कदम उसके आँसुओं से तर ज़मीन पर निशान छोड़ता जा रहा था। सुनने में आया कि बाद में महिला पुलीसकर्मी ने आत्महत्या का प्रयत्न किया था। तो मित्रों यह है धर्म। और धर्म की इसी अश्लीलता की रक्षा करने के लिए हजारों मासूम जानें दी जा सकती हैं, और ली भी जा सकती हैं।

खच्चीकरण

जोगतिन (देवदासी) की तरह जोगता (पुरुष) भी होता है। 'जोगता' या 'पवया' इन्हें कहा जाता है। इन्हें जब 'जोगता' में शामिल किया जाता है, तो साल भर अंडर सुपरविजन रखा जाता है ताकि किसी स्त्री से सम्बन्ध न बना पाएँ (काहे का ब्रह्मचर्य? नपुंसक बनाने की प्रक्रिया) फिर विधिवत जोगता बनाने के लिए समारोह का दिन तय होता है और जोगता के हाथ में उस्तरा थमा दिया जाता है, जिससे वह अपने हाथ से अपना लिंग काट देता है। ज़ख्म की जगह को तेल और विशिष्ट वृक्ष की छाल से भरने का प्रयत्न किया जाता है।

अहमदाबाद (गुजरात) में अन्य तरीके से 'खच्चीकरण' की विधि की जाती है। समारोह के दिन खच्चीकरण के लिए विशेष व्यक्ति को बुलाया जाता है। जिस व्यक्ति का होना है, उसके दोनों हाथों को कसकर कुछ लोग पकड़ लेते हैं। एक व्यक्ति पान चबाता हुआ हाथ में धारदार हथियार लेकर आता है– 'खच्चाक'। एक ही वार में जनेन्द्रिय दूर पड़ी छटपटा कर शान्त हो जाती है। रक्तरंजित लिंगविहीन स्थल पर मदमाता मुस्कराता खच्चीकरणकर्ता पान की पिचकारी मारकर लौट जाता है। ऐसी दुर्दान्त नृशंस संस्कृति का देश पाश्चात्य संस्कृति को गाली देते नहीं अघाता। हैं और भी, इस

तरह की जानलेवा कुरीतियाँ। परन्तु कहानी तो 'गौराबाई' की है। उन्हीं पर लौटना होगा।

नाम देकर 'राजन गवस' अज्ञातवास में चले गये। जो कि उनका स्वभाव है। उनसे सम्पर्क दुर्लभ। फिर भी मुझे तो रेणुका, येलम्मा, चेलम्मा देवी को सीधे-सीधे चुनौती देनेवाली 'मसि कागद छुओ नहीं' वाली उस औरत की तलाश है। जहाँ मंदिरों में बड़ा से बड़ा पुलिस अधिकारी बेल्ट उतार कर जाता है। धर्मनिरपेक्ष देश की पुलिस की जीपों में तमाम देवी-देवताओं की तस्वीर चिपकी होती है। कोल्हापुर का महालक्ष्मी मंदिर सिर्फ छः महीने पहले ही स्त्रियों के लिए खुला है। वहाँ की ज़मीन पर पिछले साठ सालों से क्रांति की मशाल ज्योति तूफानों के मध्य अकम्प जल रही है। उससे मिलना तो बनता है। मेरे दो विद्यार्थियों ने (बालाजी व इकिले नृसिंह) गौराबाई का पता, घर सब तलाश कर सूचित किया। कोल्हापुर से साठ किलोमीटर दूर गढ़हिंगलज जहाँ वे रहती हैं। इकिले को भय था जाने से भी क्या होगा? वह तो पत्थर के बुत की तरह बैठी रहती हैं, कुछ बोलती भी नहीं। फिर भी मैं जाती हूँ। अति सामान्य घर। कोई साधन नहीं। एक उबड़-खाबड़ फर्श पर टिकी कुर्सी पर एक ऊँची भरी पूरी नववारी साड़ी में लिपटी साँवली, उन्नत माथे पर गोदनों की बनी लम्बी आकृति वाली यक्षिणी बैठी है, किसी साधक की 'भैरवी' सी। मैं सामने खड़ी हूँ, हाथ जोड़े, अभिवादन, कुछ-कुछ याचना जैसा। 'बसा' (बैठो)। बैठती हूँ। खूब अनुभवी गहरी आँखें मुझे ताड़ रही हैं। मैं उन्हें समय देती हूँ और चुप रहती हूँ। बिना कुछ पूछे ही वह बोलती हैं, मुझे नहीं बनना था देवदासी। दो आदमी, दो औरत और चचेरी आजी जबरदस्ती ले गये 'येलम्मा देवी' (रेणुकादेवी परशुराम की माँ यह विचित्र मिथकथा है, जिसे यहाँ देना सम्भव नहीं है।) के पास सात साल की उम्र में हरी चूडियाँ पहना कर तांबे की कलसी से करा दिया ब्याह। बस

उनकी आँखों से मोटे-मोटे आँसू गिरने लगे। मैं सोचती हूँ, सयाने लोग कहते हैं, समय बड़े-से-बड़े ज़ख्म को भर देता है। फिर तिहत्तर साल पहले घटी दुर्घटना के घाव इतने टटके कैसे? मैं अस्सी वर्षीय नहीं, सात वर्षीय गौरा को रोते देख रही हूँ। कैसा देश है ये? कहता है, देवदासी। समझता है, भोगदासी!

एक नन्हीं बालिका जिसके पूरे परिवार को प्लेग ने खा लिया। जो प्लेग से बचे हैं, वह केकड़े व कीड़े-मकोड़ों को खाकर ज़िन्दगी को बचाने की कोशिश कर रहे हैं। चचेरे दादा और दादी गौरा को अपने पेट का आधार बनाना चाहते थे। सात वर्षीय मासूम उन्हें देह दिखती। कभी-कभी भूख भी देह का दलाल बना देती है। 'देवदासी' बनने के बाद पाँच गाँव पैदल घूमकर जोग माँगना पड़ता है, ताकि सभी को मालूम हो जाय कि वह देवदासी है। कोई अमीर उमराव उसे रख सके। इसे 'जुलवा' कहते हैं। भोग से मन भर जाय तो छोड़ फिर दूसरा फिर तीसरा देवता की ब्याही स्त्री का ये हाल और निर्लज्ज देवता उन्हीं के हाथों अपने को पुजवाता था जो उसकी सुमंगली के साथ अपना बिस्तर गर्म करते। देवदासियों की मृत्यु को महिमामंडित किया जाता है। उनकी चिता को मंदिर के पवित्र चूल्हे की अग्नि दी जाती थी और देवता का शृंगार बन्द कर दिया जाता था। इस सन्दर्भ में यतीन्द्र मिश्र लिखते हैं–

"एक देवदासी को मुमुक्षत्व का लोभ देकर जिस तरह के असम्मानजनक और विसंगतिपूर्ण जीवन में ढकेला जाता था, वह किसी भी हाल में धर्म की सच्ची व्याख्या के विरुद्ध ही ठहरता है। यह तथ्य अपने में खासा विरोधाभासी और विडम्बनापूर्ण है, कि जिस स्त्री के लिए उस समय की राजसत्ता या धर्मसत्ता ने सम्मानजनक जीवन जीने के लिए उचित व्यवस्था नहीं की, उनकी मृत्यु को बेवजह ही अंलकृत करते हुए ऐश्वर्यमंडित करता है" (देवप्रिया पृ. 225)

गौराबाई जवान हो रही हैं। उसका गला (सुरीलापन) और सौन्दर्य दोनों उठान पर हैं। देवदासियों की जमात उन्हें पसन्द नहीं

करती कारण। वह दिखती भी अच्छी हैं और गाती भी अच्छा थीं। गौराबाई किसी से जुलवा के बजाय मजदूरी करने जाती हैं। दादी समझाती हैं, किसी पुरुष को रख लो एकाध बच्चा पैदा करो। विवशता में पचास रुपये में एक पुरुष से 'जुलवा' किया गया। पुलिस था। प्रेम भी करता था। कर्नाटक महाराष्ट्र की सीमा-विभाजन के समय वह कर्नाटक चला गया। ले जाना चाहता था गौराबाई को भी पर दादा-दादी कैसे जाने देते? उनके लिए बेटी नहीं रोटी थी। वह चला गया। ज़िन्दगी में दूसरा पुरुष चव्हाण आया। उससे एक बच्चा हुआ और चव्हाण की मृत्यु हो गयी। चार वर्ष बाद बाबू रामचंद्र खोत आया उससे एक बेटी हुई। सब कुछ ठीक चल रहा था। बाद में वह भी छोड़ कर चला गया। उसके बाद 'मराठा' आया और रजिस्टर मैरिज की। और गौराबाई के नाम से लोन लेकर रेस्तराँ खोला। लेकिन उसके घरवालों को देवदासी मान्य नहीं थी। वे अपने रीति रिवाजों के अनुसार उसकी शादी करना चाहते थे। गौराबाई को बहाने से 'एलम्मा देवी' की यात्रा पर भेज कर यहाँ रेस्तराँ और पति सहित उनकी गृहस्थी उजाड़ दी गयी। गौराबाई की उम्र पच्चीस या छब्बीस। एक-एक करके पाँच पुरुष जीवन में आये और दामन में दो बच्चे देकर चले गये। पेट भरने का कोई सहारा नहीं। गौराबाई बच्चों की भूख से दहल गयी। वह अब कभी किसी पुरुष के समीप नहीं जाएगी। और बच्चे पैदा करके क्या करेगी? देवदासी का भोग तो हो सकता है परन्तु उसका दायित्व वहन किया जाय ऐसा कोई कानून नहीं बना। उसने संकल्प लिया। मजदूरी करके अपने दोनों बच्चों को पालेगी-पोसेगी और बच्चे नहीं पैदा करेगी। पर थी तो देवदासी ही, पुरुष की नजर में वही सहज सुलभ देवदासी। उसकी ये हिमाकत पुरुषों को मना कर दे। ये रात को आता हूँ। चल नखरे मत कर। बड़ी आयी सती-सावित्री। कितनों के पास सोयी तो है। गौराबाई बीड़ी के कारखाने में एक रुपये प्रतिदिन के हिसाब से काम करने

जाती थीं। पीछे से केवल इस तरह की अश्लील फब्तियाँ ही नहीं पत्थर भी बरसाए जाते। रात में दरवाजे धड़ाधड़ पीटे जाते। बच्चों की आँखें भय से फट जातीं और माँ दहल उठती। पर वह कोई शरीफ (?) औरत तो थी नहीं। सो किसी को अजीब न लगता। उल्टा लोगों को लगता देवदासी होकर इतना नाटक क्या करती है? सबकी नींद हराम करती है। समाज के लोग कहते कि अरे जाकर पकड़ और दबा दे। एक दिन 'गौराबाई' ने अपने नाम को चरितार्थ करते हुए पहला थरथराता तमाचा एक हमाल को मारा और दूसरा मजबूत तमाचा पुलिस को। आईने के सामने खड़े होकर निहारा खुद को इस ज़िल्लत की ज़िन्दगी के खिलाफ ज़ेहाद छेड़ने की तड़प उसे अपने चेहरे पर दिखाई दी। खुद से शक्ति संचित की और राक्षसी प्रथा पोषित समाज के रणक्षेत्र में खड़ी होकर युद्ध का शंखनाद कर दिया। लोग अवाक् थे। पानी में रहकर मगरमच्छ से बैर। किसको समाज हित समझ में आता है, सुकरात से लेकर गाँधी तक की भाषा लोगों की समझ में नहीं आयी तो 'जोगतिन' व 'जोगवा' के धर्मांध समाज में उन्हीं के बीच की गौराबाई की बात क्या समझ में आती? गौराबाई धधकती ज्वालामुखी हो गयी। ऐसी विध्वंसक जिसमें निर्माण की आकांक्षा थी। नवगति, नवलय, नवछन्द में सन कर वह देवदासी समाज का नवनिर्माण करना चाहती थीं। उसकी भोली आँखें देख रही थीं देवदासियों की पुत्रियों व पुत्रों को किताबों का बस्ता थामे स्कूल ज़ाते। बूढ़ी देवदासियों के हाथों में सरकारी भत्ते के रुपये और लड़कियों का हॉस्टल, नवयुवतियों की जटाएँ नहीं बल्कि सँवरी माँगों में सिन्दूर, हँसता-खेलता परिवार। जो भारत के लाखों परिवारों में शामिल हो रहा था। फिर तो सपनों को पूरा करने के लिए गौराबाई ने कमर कस ली। येलम्मा देवी किसी के अंग में नहीं आती। अंधश्रद्धा है ये। और लड़कियों की जटाएँ नहीं बल्कि षडयंत्र की रस्सियाँ हैं। फिर तो जटानिर्मूलन का अभियान चल पड़ा और देवदासी पुनर्वसन का

आन्दोलन जोर पकड़ने लगा। प्रा. विठ्ठल बन्ने, राजन पेडनेकर, सुभाष जोशी, बाबा आढाव, शिंदे, डॉ॰ आनन्द वास्कर उनकी पत्नी। कर्नाटक से लेकर मुंबई तक आमरण अनशन से लेकर जटानिर्मूलन तक परन्तु इस लड़ाई में एक महीन रेखा स्पष्ट थी। समाज सुधारक व संभ्रात लोग पूरी संवेदना के साथ इसमें थे लेकिन गौराबाई तो रावण के खेमे से निकली विभीषण थी। सो दोहरा संघर्ष था उनका। उन्हें देवदासी समाज से बहिष्कृत कर दिया गया, कुएँ से पानी भरना बन्द। देवदासी समाज के सैकड़ों लोग डंडा लाठी लेकर जान लेने पहुँच गये, किसी तरह वह जान बचा कर भागी कोल्हापुर से मुंबई। मुंबई गुहार लगाई। तीन महीने की पुलिस सुरक्षा मिली। गौराबाई के अथक परिश्रम ने सपनों के पंख पसार दिये। तमाम लोगों के निःस्वार्थ भाव ने सपनों का सूरज रंगीन कर दिया। जटाएँ कटीं। युवतियों का ब्याह हुआ। हजारों झोपड़े बँध गये। सैकड़ों बच्चों के कंधों पर किताबें खेलने लगीं। बुढ़ियों के धानी आँचल के छोर में पेंशन के रुपये झाँकने लगे। हालाँकि इसका श्रेय और राजनीतिक फायदा लेनेवाले पाखंडी बाहुबलियों की जमात भी आगे आयी जिनसे निपटना आसान नहीं फिर भी असम्भव सम्भव हुआ। कोल्हापुर के निकट गढ़हिंगलज मानसरोवर तो नहीं था परन्तु यह निशंक होकर कहा जा सकता है कि वहाँ देवदासियों के समाज में आनन्द अखंड घना था।

डॉ. सुकन्या वह प्रथम देवदासी पुत्री है जिन्होंने पीएच.डी की। और धारवाड़ विश्वविद्यालय कन्नड विभाग की अध्यक्ष हैं। सांगली की राजश्री एम.एस.सी., एम.एड करने के बाद यू.पी.एस.सी. की तैयारी कर रही है। वरिष्ठ क्रांतिकारी साहित्यकार व 'सकाळ' जैसे प्रतिष्ठित दैनिक के संपादक उत्तम कांबले की दत्तक पुत्री हैं वह। गौराबाई तुम ने बंजर जमीन में जो सपने बोए वह तो बहर रहे हैं, अब तो हँसो। गौराबाई को अब भी मैं हँसता हुआ नहीं पाती। मुझे मन्नू भंडारी की 'शकुन' की याद आती है 'छलनी हुआ हृदय सहज भाव से कुछ भी तो नहीं

ग्रहण कर पाता'। गौराबाई की बस एक ही इच्छा है 'मरते दम तक पेट भरता रहे भूख सही नहीं जाती।' आर्थिक महासत्ता की ओर बढ़ता हुआ देश क्या इतना भी यकीन अपने नागरिक को नहीं दिला सकता कि वह भूख से नहीं मरेगा।

नशेड़ी बेटा और उदासीन बेटी, यह स्थिति किसी भी माँ का कलेजा चीर देती। सो गौराबाई भी बहुत हतबल महसूस करती हैं। वह बहू की हमदर्द हैं। सब बहू को ही करना पड़ता है। 'नातू' (बेटे का बेटा) दसवीं पास है। वह भीतर जाती हैं लौटकर आती हैं, अचानक उसकी मार्कशीट मेरे हाथ में धर देती हैं, साथ ही जाति का प्रमाणपत्र। हाथ जोड़ कर आँखों में आँसू भर कर कहती हैं, तुम इसकी नौकरी 'प्यून' की ही लगा दो अपनी विद्यापीठ में। देखो हम दलित हैं, सर्टिफिकेट भी है। 'मुझे काटो तो खून नहीं' स्थिति विचित्र हो गयी। कैसे समझाऊँ इन्हें कि आरक्षण की जगहें भी भरी नहीं जातीं, बेची जाने लगी हैं, वही भाई-भतीजावाद, वही सब कुछ, चेहरे बदले हैं भूमिकाएँ नहीं। इसके बावजूद मैं वह प्रमाणपत्र ले लेती हूँ। उनकी आँखों में चैन और मेरी आँखों में अपराबोध। मैं नजरें झुका लेती हूँ। बेटी की उपेक्षा से वह बहुत आहत होती हैं। गौराबाई की जिन आँखों ने अँधेरे समाज की छाती चीर मनुष्यता का 'दीया' जलाया उन्हीं आँखों की मंद होती रोशनी में झिलमिलाते आँसू मुझे व्यथित कर जाते हैं। यही है देवदासी का संसार बेटी काश! गौराबाई तुम दाल में नमक जितनी बेईमान हो पातीं तो अपने समाज सुधार के इस संसार में दुनिया तुम्हारे कदम चूमती। यूँ चार दिन सुर्खियों में रहकर गुमनामी के अँधेरे में खो न जातीं।

गौराबाई कहती हैं, बेटी मेरे साथ के कई लोग मर गये। मैं भी मरनेवाली हूँ। यह सुन कर मैं रुक नहीं पाती, पर जाने से पहले मुट्ठी भर प्रतिरोध की शक्ति पाने के लिए उनके पैरों में झुकती हूँ। अस्सी

वर्षीय मजबूत बाहें मुझे कलेजे से लगा लेती हैं। मेरे बाल और उनका सीना भीगने लगता है, मैं नहीं जानती ये आँसू क्यों कर बह रहे हैं। मेरी माँ का वजूद हजारहाँ होकर इन-जैसी औरतों में समा जाता है। सुदर्शन फाकिर की पँक्तियाँ मानो गौराबाई के हृदय से निकलकर मेरे होठों से फूट पड़ती हैं–

ज़हर पीने की आदत थी जमाने वालों
अब कोई और दवा दो कि जिन्दा हूँ अभी!

मैं श्मशान से बोल रही हूँ

मैं श्मशान से बोल रही हूँ

मैंने उन्हें फोन किया 'गुरुमाई'। उधर से आवाज आ रही थी, 'ऊँ नमः शिवाय, ऊँ नमः शिवाय'। मैंने फिर कहा गुरुमाई। क्या है? मुझे सूझे ही ना क्या कहूँ? मुँह से निकल गया आप कहाँ हैं? उत्तर तोप के गोले की तरह दनदनाता कान में आया "मैं श्मशान से बोल रही हूँ"। यह क्रोध नहीं था। सत्य था सचमुच श्मशान से ही वह बोल रही थीं। किसी की अन्तयेष्टि करा रही थीं। मोबाइल पकड़े यूँ ही खड़ी रह गयी। मैं जानती थी उनके काम को पर अचानक इस उत्तर से सकपका गयी। तब तक दूसरा वाक्य घर में मय्यत है, क्या? बोल किस श्मशान में आना है? मैं दहल गयी। फोन की आवाज गोपनीयता का अतिक्रमण कर माँ के कान को जला रही थी। युवा होते पोतों, सुगढ़ बहू लायक बेटे वाली गरिमामयी माँ यह बात झेल न सकी। सारा क्रोध फूट पड़ा मुझ पर

और बखेड़ा खड़ा हो गया। किसी तरह शान्त हुआ माहौल, लेकिन खिन्नता बनी रही। घर के लोग इधर-उधर खिसके। मैंने फिर से फोन लगाया, 'गुरुमाई' 'सकाळ' में एक छोटी-सी खबर छपी है, आपके बारे में, सवांददाता दीपा ने आपका नंबर दिया है। लिखना चाहती हूँ, आपके बारे में। मैंने बिना उन्हें मौका दिये एक साँस में कहा और थम गयी। उधर की आवाज सुनने लगी। कहेंगे नाम के लिए यह काम करती हूँ। मुझे तीस साल हो गया श्मशान में अन्तयेष्टि कराते हुए, यह सेवा है। मैं इसके बदले कुछ नहीं चाहती। नाम भी नहीं। फिर क्या लिखना मुझ पर? लेकिन मुझ में विचित्र कौतूहल है, मैं उस औरत को देखना चाहती हूँ जो जलती चिता के समक्ष खड़ी होकर शंख फूँकती है और उसकी गूँज से ज़र्रा- ज़र्रा गूँज उठता है। वह औरत नाशिक में जाकर पिण्डदान कराती हुई लोगों के पुरुखों को गति देती है। शास्त्र कहता है, कन्याओं का भी यज्ञोपवीत संस्कार होता था। शास्त्र कहता है कि स्त्रियाँ शास्त्रार्थ करती थीं, परन्तु शास्त्र उनके श्मशान भूमि में मौजूद रहने की बात, जहाँ तक मैं जानती हूँ, नहीं करता। 'गुरुमाई' मुझे मिलना है। आं जाओ, आवाज सम पर आ चुकी थी। नब्बे फीट रोड। न्यू पुलिस चौकी, धारावी। धारावी एशिया का सब से बड़ा स्लम एरिया। वही जिस जगह को लेकर 'स्लमडाग मिलिनेयर' फिल्म बन चुकी थी, वही धारावी जिसे हर दिन सुबह, दोपहर बस की खिड़की से कॉलेज (ए.आई.एस) जाते मैं देखा करती। बच्चे, स्त्रियाँ, मंजन करते घूमते, सार्वजनिक शौचालय के बाहर लाइन लगाए स्त्री-पुरुषों का मेला, नाले के किनारे शौच के लिए बैठे बच्चे, खँखारते, थूकते बूढ़े। लाइन से ऊँघती वीरान ठेला गाड़ियाँ जो अभी सज उठेंगी नींबू पानी से, वड़ा पाव से, अण्डा भुर्जी से, पानी-पुरी से, दाभेली से। कुछेक इतनी नीची झोपड़पट्टियाँ (सायन स्टेशन से लगी) कि खड़े होकर जाया ही नहीं जा सकता। उसी में कहीं गुदड़ी का लाल है, तो कहीं सीझ चुकी मोतिया बिंद

वाली आँखें, तो कहीं गरदुल्लों की जमात हैं तो कहीं फूटी पाइप के पानी से नहाती महिलाएँ, देह पर भीगा पेटीकोट। नालियों पाइपों का जाल। बलगम, थूक, रक्तसने भीगे कपड़े, भिनभिनाती मक्खियाँ, तमाम मिचमिचाती आँखों वाले वृद्धों के मुँह से उगलते बीड़ी के धुएँ से यहाँ तक आने के लिए अपने आप को तैयार करती हूँ। वहाँ तक रिक्शा नहीं जाता। डेढ़ कि.मी पहले छोड़ देता है, न्यू पुलिस चौकी पहुँचती हूँ। फोन करती हूँ। 'गुरुमाई'। आती हूँ। पाँच मिनट बाद उनका फोन, मैं तुमको नहीं देख रही हूँ, कहाँ हो तुम? मैं सामने खड़ी इधर-उधर देखती फोन पर बात करती महिला को देख कर ताड़ जाती हूँ। और कहती हूँ फोन रखिए, मैं आप को देख रही हूँ। उन्हें देख कर थोड़ा आश्चर्य होता है क्योंकि मैंने कद्दावर कदकाठी की महिला की कल्पना की थी। शायद उनकी आवाज, उनका काम और अपनी सिनेमाई सोच के कारण। यह तो गोरी, दुबली, छुई-मुई-सी तीखे नयन-नक्श, गुलाबी होठों वाली हंसिनी-सी स्त्री हैं भाई। हम एक दूसरे के हाथ थामे आगे बढ़ते हैं, पर इस उबड़-खाबड़ सँकरी होती ऊपर की ओर जाती गली में दोनों साथ नहीं जा सकते। वह आगे की ओर बढ़ती हैं। 'सँभाल कर आओ' की ताकीद करती हुई। बार-बार मेरा पैर नल के पाइपों के बीच फँस जाता है। उनका घर दो मंजिला मुर्गी का दड़बा, नीचे दड़बे में रसोई, ऊपर कमरे में एक चारपाई की जगह। सीधी लोहे की सीढ़ी जिस पर चढ़ना सर्कस में अपनी 'कुशलता' प्रदर्शित करने का अहसास देता है। मैं हूँ, वो हैं, उनका नातू (पोता) मुझे पानी का गिलास थमा कर गिलहरी की तरह उतर भागा।

वह शान्त बैठी हैं, मानो जीवन समुद्र को निसंग भाव से देख रही हैं। पर मैं उन्हें वहाँ लेकर जाना चाहती थी जहाँ से तूफां उठने का अंदेशा था। मैं विमल लिंगया स्वामी जंगम (जंगम अर्थात् झोली लेकर भीख माँगने वाली जमात) से मिलना चाहती थी पर वह सब कुछ बताने के लिए कहाँ तैयार? क्या कहेंगे लोग, वाले भाव

से देखती हैं। गरीबी के कारण माँ बाप ने बेटी का ब्याह उम्रदराज नौकरीशुदा और शादीशुदा उस व्यक्ति से कर दिया जो केवल सन्तान के लिए दूसरा ब्याह चाहता था। छोटी उम्र में विवाह। जल्दी ही दो बच्चे और पति की मौत। जिस उम्र में विवाह होना था। उसी उम्र में विधवा और दो बच्चे। यह जाति थी ब्राह्मणों की, पर झोली लेकर भीख माँगना या मृत्यु में पूजा करना ही काम था उनका। मुझे स्मृति में वे कौंधे जिन्हें हमारे यहाँ महापात्र (महाब्राह्मण) कहा जाता है, जिनका नाम लेना भी अशुभ माना जाता है। विमल की माँ अपनी बेटी व उसके दोनों बच्चों को लेकर महानगर मुंबई आयी। धारावी के गणेश मंदिर में पनाह ली। मंदिर की साफ-सफाई, पूजा- पाठ सेवा करने से चार पेटों का काम जैसे-तैसे चल जाता था। लेकिन मुंबई की बारिश घंटे भर में शहर को महासमुद्र बना देती। पानी गणपति बप्पा की छाती तक चढ़ जाता। दो बच्चे मंदिर के बाँकड़े पर सुला दिये जाते और माँ-बेटी कमर तक पानी में खड़ी बेबसी में गणेश का मुँह ताकतीं। वे बेचारे क्या करते वह तो खुद ही इस यातना के सहभोक्ता थे। दिन जैसे-तैसे कट रहा था।

विमल अपने सौन्दर्य और जवानी से बेखबर नहीं थी। वह जानती है जब स्त्रियों की इज़्ज़त लुटती है तो स्त्रियों से भी ज्यादा निरीह भगवान हो उठता है। वह उन्हें बचा नहीं पाता। इसीलिए एक जगह तो चाहिए। एक मुकम्मल जगह। चाहे पतरे की ही क्यों न हो? लेकिन भीतर सिटकनी लगा कर खुद को महफ़ूज़ समझने के लिए एक दरवाजा हो, इसके लिए नौकरी तो करनी ही पड़ेगी। भयभीत हिरणी-सी वह नौकरी की तलाश में बाहर निकलती है। और काम पाती भी है, पर ज्यादा दिन तक एक जगह नौकरी कर नहीं पाती। कई जगह विमल खुद नौकरी छोड़ देती है और कई जगह उसे निकाल दिया जाता है। कारण एक ही था उसे अलग -अलग बयान करने से शायद पढ़ने में मजा आये लेकिन विमल के आत्मसम्मान को धक्का ही लगेगा। इसलिए उस पर कहना स्थगित

करती हूँ। विमल प्रतिभासम्पन्न थी, लेकिन आर्थिक स्थितियों ने पढ़ने नहीं दिया। यह ऐसी फाकामस्ती नहीं थी जो रंग लाती। कोहिनूर मिल में मजदूरी एअर इण्डिया में प्यून, सान्ताक्रूज में साहब के घर पर। 'पीला बंगला' में कड़िया का, स्कूल में बाई का। हॉस्पीटल में गर्भपात के मांस के लोथड़े व रक्त की सफाई का। सीधे कहूँ तो शायद ही कोई ऐसा काम हो जो विमल ने न किया हो। आये दिन उन्हें धमकी मिलती किसी दिन उठवा लेंगे। विमल के भीतर एक झुरझुरी दौड़ जाती। लाखों परिवार इस शहर में सम्मान से जीते हैं, वही क्यों इतनी असुरक्षित है? जान दे दे। पर दो बच्चे, एक बूढी माँ की निरीह आँखें उसके जीने का कारण थीं। विमल की प्रखर मेधा में एक युक्ति कौंधी कि धारावी सघन आबादी वाला क्षेत्र है। रोज दो चार मौतें होती हैं। तंगहाल लोग ब्राह्मणों की महँगी दक्षिणा नहीं दे पाते। विमल ने तय किया यही तो उसके यहाँ होता रहा है। क्यों न वह भी किया करे। लोग जो अपनी श्रद्धा-हैसियत से देंगे खुशी-खुशी ले लेगी। मूल बात तो यह है कि लोगों की नजरें मेरे प्रति बदल जाएँगी। लोग इज्ज़त करने लगेंगे। यह मेरा अन्तिम रास्ता था। जब कोई बड़ा साहब मुझसे कहता तू तो इतनी सुन्दर है, क्यों जवानी खराब कर रही है। हम भी तुझे खुश कर देंगे। मैं पूछती, साहब शादी करोगे। अरे पगली कैसे यह हो सकता है? बाद में तो मुझे एअरपोर्ट के कई साहबों ने कहा तू नहीं तो कोई और इंतजाम कर हमारे लिए। मैं कहती, साहब शादी के लिए तैयार हो तो एक से एक लड़की ला दूँ। अरे! शादी क्यों करेंगे हम? तब क्या साहब औरतें और लड़कियाँ सड़क पर पड़ी हैं। सच कहूँ तो वह स्त्रीविमर्श नहीं जानती। लेकिन जो अपने आत्मसम्मान के प्रति सजग रहता है। वह दूसरे के आत्मसम्मान को लेकर भी उतना ही सजग होता है। समरसता के इसी धागे से विश्वसमाज को समान भूमि पर बाँधा जा सकता है। जमीन से जुड़े लोग जिन मूल्यों को जीते हैं बड़े लोग उन्हें जीवन दर्शन कहते हैं।

पत्र लिखने की पुराने तर्ज पर मैं कहूँ तो थोड़ा लिखा ज्यादा समझना।

विमल कहती हैं जिस दिन मैं पहली बार शवयात्रा में शव के साथ-साथ शंख बजाते-बजाते श्मशान में पहुँची लोगों की आँखों में भयमिश्रित कौतूहल था। स्वीकार करने में समय जरूर लगा, लेकिन मेरे इस कर्म को स्वीकृति मिली फिर पूजा के बाद तो अनंत सिलसिला चल पड़ा। हालाँकि इसमें ब्राह्मण पुरुषों और अन्य पुरुषों के क्रोध और द्वेष का शिकार होना पड़ा मुझे। उनके मठों में मेरा अनधिकृत प्रवेश था यह। लेकिन यह सहमी हिरणी विमल नहीं थी बल्कि विमल का रूपांतरण 'गुरुमाई' में हो चुका था। अचानक उनकी साँवली सलोनी बहू बोली, 'बाघिन हैं हमारी गुरुमाई'। बाघिन गुरुमाई जो चिता जलाने से लेकर भस्म से हड्डियाँ एकत्रित करने का काम तक करती हैं। विमल से गुरुमाई का जन्म उस स्त्री की अस्मिता का परिचायक था जहाँ नज़रें उठते ही दोनों हाथ जुड़ जाते थे यद्यपि रास्ता अलग था। 'गुरुमाई' रात के दो बजे, कभी बारह बजे, कभी एक बजे श्मशान से लौटतीं, पर उन्हें अब कोई नहीं छेड़ता। मुम्बई का ऐसा कोई श्मशान नहीं जहाँ 'गुरुमाई' का शंख न गूँजा हो। गरीब गुरबा बड़ा एहसान मानते हैं 'गुरुमाई' का। उनके घर की 'मौत' का मान रह जाता है। मृतक की पूजा ढंग से हो जाती है। मुझे निराला की याद आती है। कुल्लीभाट की बीवी की तेरहवीं संस्कार करने से सभी पुरोहितों ने इनकार कर दिया तो निराला ने स्वयं किया। मुझे दोनों में एकसूत्रता दिखाई देती है। विद्रोह की एकसूत्रता, निषेध की एकसूत्रता!

'गुरुमाई' को तकलीफ है कि चालीस साल तक माँ ने मन्दिर में सेवा की कुछ नहीं मिला। मैंने छोटा ही सही एक घर बनाया, दोनों बच्चों को पढ़ाया, कभी कोई समझौता नहीं किया। हाँ, आज भी सोचती हूँ शायद एक सही सहारा मिल जाता तो कहाँ की कहाँ निकल जाती? सच कोई तो शक्ति होगी जिसके कारण यह सब कर

पायी। आज तो पीछे मुड़ कर देखती हूँ तो भय से काँप उठती हूँ, क्या वो मैं ही थी? होमगार्ड रहने वाली गुरुमाई अब तक परेड और व्यायाम करती हैं। उम्र के पैंसठवें साल में हैं वे। बहू का नाम लेते ही आँखों में वात्सल्य भरी नमी तैर जाती है। मेरी बहू मेरी बहू नहीं मेरी बेटी है। बेटा, मैं बीते दिनों को याद करती हूँ तो मेरी बहू केवल दुखों का अंदाज लगाकर ही इतना रोती है कि चुप कराना मुश्किल। जब से आयी है, कभी एक कप चाय बना कर नहीं पिया। मेरे भाई-भाभी ने जाकर मेरे बेटे की शादी की, मैं विधवा थी न। मैं नहीं गयी थी अपने बेटे की शादी में। मैं चीखती हूँ धीमी आवाज में 'गुरुमाई'। बहू ताड़ जाती है। दीदी मैं नहीं मानती यह सब। मेरे लिए तो इनसे बड़ा न कोई तीर्थ है, न कोई सुख।

गुरुमाई कहती हैं, चलो जरा उन औरतों को देख लो जो घर का सारा काम कर के सुबह पाँच बजे से शाम पाँच बजे तक लिज्जत पापड़ बनाती हैं। और इनके पति? पर मैं नहीं मिलना चाहती। अवसाद की स्याही मेरे भीतर गहराती जाती है। गुरुमाई के साथ सड़क तक आती हूँ। आटो रिक्शा तो नहीं आती यहाँ तक, पर गुरुमाई अपने प्रभाव से एक टैक्सी रुकवाती हैं। वह भनभनाता है। मैं उससे पूछती हूँ भइया क्यों मना करते हो? कभी कोई जरूरतमन्द हो तो। वह भड़क उठा, बोला परसों की ही बात है, एक्सीडेंट हो गया खून से सने व्यक्ति को रख दिया टैक्सी में। सब मुझे धोना पड़ा। कितना खोटी हुआ। एम्बुलेंस क्यों हैं? इतना नहीं समझता। एम्बुलेंस बुलाना चाहिए। मैं सन्न! एक तरफ गुरुमाई हैं, जिनका मृतकों से भी जीवित नाता है, दूसरी तरफ ये हैं जिनका जीवितों से भी मृत नाता है। मैं टैक्सी रुकवाती हूँ, उनका पैसा देती हूँ। नसीहत देने की इच्छा नहीं। बांद्रा सड़क के किनारे पर थोड़ी देर खड़ी रहती हूँ। फिर संयत होकर गुरुमाई को याद करते लौटती हूँ घर की ओर।

वसन्त और करुणा की अदम्य उपासना से फलित कृषि मातृवन्दना—
सुजलाम सुफलाम
शस्य शीतलाम
मातरम।

पर दुख द्रवै सो सन्त पुनीता

The Only Source of Knowledge is Experience

–Einstein

पूना से वर्धा तक की सड़क यात्रा तय कर, अगले दिन तपती दोपहरी में मैं उनकी देहरी पर खड़ी थी। 'मायग्रेन' से बेहाल। आँख खोल कर पूरी तरह देख भी नहीं पा रही थी। फिर भी देखा कि दरवाजे पर एक श्वेतवस्त्रधारिणी लम्बी काया शनैःशनैः स्पष्ट होती गयी। 'कामयानी' की पंक्ति चरितार्थ करती हुई–

'हृदय की अनुकृति बाह्य उदार, एक लम्बी काया उन्मुक्त'

उन्होंने पूछा खाओगी। मैंने कहा 'हाँ'। वे हँस पड़ीं, साथ ही भीतर आने का इशारा भी किया। हम साथ ही खाने बैठे। 'थाली में परोसा भोजन' अन्न और अन्नदाता के मौन संकल्प को मुखरित कर रहा था। हम उतना ही और वैसा ही भोजन ग्रहण करेंगे जितना

और जैसा भारत के प्रत्येक व्यक्ति को मुहैया हो सके। हमने अपने बर्तन धोए। फिर बैठे। मैं उनका घर देख रही थी। अनगढ। भौतिक सुविधाओं से रहित। पथरीला परन्तु अपने भीतर अदम्य साहस का झरना समेटे हुए। मैं सोना चाहती थी, उन्होंने कहा, सो जाओ शायद आराम मिले। एक दूसरे के अभिवादन परिचय से कोसों दूर (मैं उन्हें जानती थी उनके कार्यों के कारण) हमारे बीच एक अबोल सूनी मगर आत्मीय दोपहरी बीत गयी। उतरती शाम और चाय और हम दोनों। देखती हूँ चाय। यह भी गाँधीयन और मैं वहाँ मौजूद हर कण में गाँधी को महसूस कर पाती हूँ। यह हैं करुणा फुटाणे। आचार्य विनोबा व बापू की थाती सहेजे, भारत की आर्थिक संरचना में कृषि की भूमिका का बल और हल सँभाले श्रमशील सुन्दर हाथों वाली 'करुणा फुटाणे'। करुणा फुटाणे जिनके ज्ञान का स्रोत केवल अनुभव है। जिनके हाथों में कोई मार्कशीट नहीं। उन्होंने कभी स्कूली परीक्षा नहीं दी। औपचारिक अध्ययन से उनका कोई नाता नहीं परन्तु एक महाविद्यालय में दस साल तक वे 'पर्यावरण' पढ़ाती रहीं। उन्होंने शिक्षा विनोबा जी के सिद्धान्त पर ग्रहण की। ''घोड़े' का अर्थ शब्दकोश में नहीं घुड़शाला में खोजो।' इसीलिए उन्हें साहित्य, विज्ञान, इतिहास, गणित, दर्शन जैसे विषयों की जानकारी है। वह भी 'सतही' नहीं 'पोयटिक डेप्थ' के साथ है। करुणा जी वह 'ज़िन्दा कहानी' हैं जिनसे प्रेरणा पाकर पुणे शहर की फर्ग्युसन कॉलेज में पढ़ती हुई दो युवतियों ने ज़िन्दगी का मखमली युटोपिया नहीं रचा बल्कि कन्धे पर हल उठाकर खेती करने चली गयीं। एक वर्ष 'रावला' रह कर करुणा जी, वसंत फुटाणे के यहाँ इन दो बहनों ने खेती सीखी। खेती इनके लिए फार्महाउस के रूप में 'हॉली डे स्थल' नहीं हैं, बल्कि जीवनपद्धति है। स्वयं करुणा जी का युवा बेटा भी खेती से जुड़ा हुआ है। 'चलो खेतों की ओर' उनका नारा नहीं है। स्वयं युवापीढ़ी ही उनके कर्मों एवं परिणामों की

कशिश में बँध कर वापिस खेतों की ओर मुड़ रही है। करुणा व वसंत जी व्यक्ति नहीं, अपने आप में संस्था हैं, जिससे जुड़ कर भारतीय युवा प्रतिभाएँ अमेरिका, इंग्लैड के लिए उड़ान का सपना नहीं देखतीं बल्कि अपनी माटी, अपने लोगों का जीवन हरा-भरा बनाने का संकल्प लेती हैं।

करुणा फुटाणे जितनी मजबूत हैं, उतनी ही संवेदनशील। दारूबंदी के मामले में सब इंस्पेक्टर ने कहा " कहाँ आप उन औरतों के चक्कर में पड़ी हैं? वे सब बदचलन हैं।" वह लौट पड़ीं, उनकी कातर आँखें, कुछ कहना चाहती थीं। बन्द होठों से घायल लहर तट तक आना चाहती थी। हाथों की ऊँगलियाँ काँप रही थीं। वह घर पहुँच भी नहीं पायीं कि उन्हें 'ब्रेन हेमरेज' हो गया। एक जुमला 'फलानी स्त्री चरित्रहीन है' लगभग हर स्त्री-पुरुष के मुँह का च्यूँइगम है। जिसमें रस हो न हो पर उन्हें क्रियाशील होने का भ्रम बनाये रखता है। ऐसे में करुणा दीदी का यूँ होना। क्या सचमुच मैं हाड़-मांस की स्त्री को छू कर देख रही हूँ। हाँ हँसते वक्त अब भी उनके होंठों के किनारे सीमा से बाहर जाकर थोड़े तिरछे हो जाते हैं, बीते दिनों का दर्द न सह पाने का प्रमाण। अपने दर्द से नहीं, एक अपने भीतर चल रही, बदल रही, ढल रही, बन रही सम्पूर्ण स्त्री समाज का दर्द। करुणा फुटाणे मेरे लिए आश्चर्य हैं। उन विचित्र आश्चर्यों से अलग जहाँ कोई ट्यूबलाइट फोड़ कर खा रहा है, कोई शरीर में आग लगा रहा है, कोई तलवार निगल रहा है, कोई सुइयाँ चुभो रहा है। दूसरी तरफ संसद में पोर्नोग्राफी देखी जा रही है और नयना मधुमिता जैसो की कड़ी में भँवरी का भी नाम जुड़ गया। जहाँ यू.जी.सी. की शर्तों ने समूचे शिक्षा संस्थानों को भड़ैती में बदल दिया हो, जहाँ एन.जी.ओ. की क्रूर कृपा से सेक्स वर्कर का बेटा पाँच हजार की भीड़ के सामने यह कह रहा हो मुझे अपनी माँ के कार्य पर गर्व है, ऐसे फूहड़ अश्लील

आश्चर्यों के अन्तहीन सिलसिले में करुणा फुटाणे का इतना संवदेनशील होना आश्चर्य ही तो है, कि स्त्रियों के कुबोल तक सह पाने की क्षमता नहीं, दूसरी तरफ इतनी मजबूत कि लडकियों का कन्धा हल के लिए तैयार कर 'हमारी नज़ाकत नहीं देखिए नाज़ कीजिए हम पर', जैसी भावना से सराबोर। नवसमाज का सपना लिए चुनौती बन कर खड़ी हैं।

वर्धा के पवनार जिले में आचार्य विनोबा के संरक्षण में पनपने वाली करुणा की काया सत्य, अहिंसा, करुणा, दृढ़ता, विनम्रता के पंचतत्व से बनी है। मैं करुणा फुटाणे की तरफ देखती हूँ और पथरीले घर की नमी भी देखती हूँ। देखती हूँ इस महिला की एक आवाज पर वर्धा के गाँव-गाँव में दारू बन्द करा दी गयी। महिलाओं ने 'दारू मुक्ति घर' का संकल्प ले लिया। देखती हूँ, एक बड़े वर्ग के न्याय और सम्मान के लिए खुद को दहकती भट्टी में झोंक देने वाली के लिए भौतिक सुविधाओं के कोई मायने नहीं हैं। खादी जिसके लिए फैशन नहीं है। वह कहाँ चाहती हैं उनके बारे में कोई लिखे? मैं चाहती हूँ उनके साथ ज़िन्दगी के दो कदम चलना और चलती भी हूँ। पवनार और सेवाग्राम की उसी जमीं पर उनका हाथ पकड़ कर खड़ी हूँ, जहाँ काल पीछे की ओर प्रवाहित हो गाँधी के करुण रस से मुझे आप्लावित करता है। आइए इस करुणा फुटाणे की जड़ों की ओर लौटें।

शतकों पहले का बिहार। वह भी स्त्रियाँ के मामले में कैसा रहा होगा? आधुनिकता के केन्द्र बंगाल व महाराष्ट्र में स्त्रियाँ जब जबरन 'सती प्रथा' के नाम पर ढकेल दी जाती थीं। जिस समय सावित्रीबाई फुले ने ढेले और पत्थरों को झेल महाराष्ट्र में आगे बढ़ने की जिद्द आँचल में बाँध रखी थी। उस समय यू.पी. और बिहार की स्थिति का अनुमान लगाना भी ज़ोखिम का काम है। यू. पी. में एक कहावत 'मेहरारून के नाक न रहै त ऊ मइला खाय।'

(औरतों के नाक न हो तो वह मैला खाय) ऐसी मानसिकता वाले प्रदेशों में हिंसा, औरतों के साथ गाली-गलौज, मारपीट, ब्याहता को छोड़ देना, निकाल देना, दूसरा विवाह कर लेना सहज था। न इसे अन्याय समझा जाता था, ना ही इसमें कुछ ध्यान देने जैसी कोई बात थी। स्त्रियाँ भी इसे अन्याय नहीं मानती थीं। ऐसी जगह पर करुणा की नानी के भीतर का यह भाव कि एक व्यक्ति को दूसरे व्यक्ति के साथ अन्याय नहीं करना चाहिए। आत्मसम्मान दोनों में समान रूप से होना व स्वीकार किया जाना चाहिए। एक क्रांति थी वह भी भयावह। पीटी तो करुणा की नानी भी जाती थीं मगर वे सहज ढंग से उसे सह नहीं पातीं। पति गलत करने के बाद माफी माँगेगें यह अपेक्षा भी रहा करती थी। बेवज़ह पीटने के बाद भी पति ही मुँह फेर कर सो जाय। पश्चाताप ग्लानि का एक शब्द भी नहीं। सह नहीं पायी एक दिन करुणा की नानी, आत्मसम्मान से प्रखर इस स्त्री ने दो दुधमुँहे बच्चियों को इसी निर्मम दुनिया के सहारे छोड़ कर फाँसी लगा ली। परन्तु अपने स्वाभिमान का प्रखर बीज अपनी बच्चियों में रोप गयी। करुणा की माँ जिनका विवाह एक ऐसे युवक से हुआ कि जो संसार और असंसार के बीच का था। वकील जो कभी पत्नी के साथ होता कभी साधु-सन्तों के साथ। पत्नी खाली समय में गाँधी विनोबा को पढ़ते-पढ़ते उसी ओर रमती गयी या फिर यूँ कहा जा सकता है कि पति के लक्षण देख कहीं कोई वैकल्पिक संसार अपने लिए खड़ा करने लगी और पति से कहा इस बार भागते वक्त हमें भी साथ ले चलिए और गयीं भी इलाहबाद और उसके बाद पवनार वर्धा विनोबा भावे के आश्रम। करुणा के पिता हिमालय चले गये। करुणा का जन्म हो चुका था। माँ ने विनोबा जी कहा मैं आश्रम में रहना चाहती हूँ। यहाँ काम करना चाहती हूँ। विनोबा जी ने कहा रसोई का काम सँभाल लो। करुणा की माँ को धक्का लगा। स्त्री हूँ इसीलिए व आप

रसोई का काम सौंप रहे हैं, परन्तु मैं तो खेतों में काम करना चाहती हूँ। विनोबा जी ने कहा चलो जमीन गोड़ने का काम करो। बिना रुके, बिना थमे, दिनभर वह जमीन में काम करती रहीं। तब कहीं जाकर विनोबा जी ने खेती के कामों के लिए हामी भरी। उन्होंनें पाया खेती का काम करने में साड़ी बाधा है, साड़ी उतार पैंट-शर्ट पहन ली, पैंट को भी घुटने तक काट दिया। जंगल से गोबर लाती थीं, खेतों में डालती थीं घने काले केशों पर कैंची चला दी। बरमुड़ा टाईप पैंट, आर्मी कट बाल। किसी युवती के फैशन का प्रतीक नहीं यह, वह भी साठ के दशक में। तत्कालीन प्रधानमन्त्री लालबहादुर शास्त्री की पत्नी ललिता जी ने कहा कितना बुरा लगता है, तुम ये क्या पहनती हो? करुणा की माँ ने कहा सुन्दर लगना न लगना आँखों का खेल है। एक स्त्री जिसने एक बच्ची को जन्म दिया था। जिसने पलट कर पति को दायित्व को याद नहीं दिलाई। जिसने पति को आसानी से मुक्त कर दिया। जिसने पति को एक मित्र की तरह द्वन्द्व मुक्त कर दिया। जिसने समाज का हर आक्षेप अपनी छाती पर झेला। जिस पर समाज ने केवल दो तरह की भावनाएँ व्यक्त कीं दया या घृणा। जिसकी बच्ची भी उपेक्षा या, दया के भावों से घुटती रही परन्तु विनोबा जी ने सहेजा '' यह बालक (बालिका) भी अन्य बालकों की तरह पवित्र है और इसे भी उसी नजर से देखा जाना चाहिए।'' यह समय था भूदान आन्दोलन का। करुणा की उम्र थी चार वर्ष की। विनोबा जी के भीतर स्त्रियों की चेतना को लेकर तड़प थी। स्त्रियाँ यदि स्वतन्त्र रहना चाहती हैं, तो रहें। स्वतन्त्र रह कर अपना कार्य करें। इसी आश्रम में रहकर जीवन के अठारह अध्याय करुणा ने सीखे बिना किसी पाठशाला के दर्शन किये। विनोबा ने कहा शिक्षा मनुष्य को आत्मविश्वास सम्पन्न बनाने के लिए है और उनकी क्षमताओं का विकास करने के लिए। करुणा जी कहती हैं स्कूल न जाने का पश्चाताप नहीं हैं मुझे। मैंने अपनी क्षमताओं के अनुरूप

अपना विकास किया। विनोबा जी के अनुज 'बालककोबा' जी 'ब्रहमसूत्र शंकर भाष्य' पढ़ाते थे। हमने उसे अध्यात्म नहीं तर्कशास्त्र की तरह जाना व समझा। करुणा जी कहती हैं, ब्रहमसूत्र के कारण करुणा मेरा स्वभाव बन गया। मैं किसी के मर्म स्थल पर कभी चोट नहीं करती क्योंकि मैं स्वयं के लिए यह नहीं चाहती थी। मैंने यह भी माना सबके भीतर समानतत्व है आकाश की तरह। दादा साहब पंडित से संस्कृत सीखी। भाषा, विज्ञान, गणित, इतिहास, भूगोल, अनुभव के माध्यम से सीखते गये। गणित में रुचि नहीं थी परन्तु आज गणित समझ में आता है। गणित की नींव में रेशनल थिंकिंग है। अमरावती में 'केमिकल ज़ोन' बनने जा रहा था। हम सारे उसके विरुद्ध थे। पर बिना रसायनशास्त्र के अध्ययन के तर्कसंगत तरीके से प्रतिरोध नहीं किया जा सकता। इसीलिए उसका अध्ययन किया। विनोबा जी कहते थे पपीता उगाओ वही खाऊँगा। कृषिशास्त्र में पौधे से लेकर बीज तक के सन्दर्भ में वनस्पतिशास्त्र, अर्थशास्त्र किसी भी विषय के लिए अचानक खड़ा कर देते चलो इस विषय पर भाषण दो। तरुण संगठन के विविध कार्यक्रम। परीक्षाएँ भी अचानक। अनुवाद करवाया, पत्रिका का संपादन करवाया, मृत पशुओं के शरीर का ज्ञान। किसी ने फाँसी लगा ली वहाँ भी वे ले गये। मनुष्य का प्राण कैसे काम करता है? रसोई, खेत भाषाएँ। खाना बनाओ कैलोरी पोषक तत्वों के चार्ट बनाओ इस तरह हुई करुणा की पढ़ाई। अब तक करुणा प्रभावशाली ढंग से बोलना सीख गयी थी। सन् 1979 का समय था। गोहत्या बंदी के लिए पवनार से दिल्ली तक पदयात्रा और गाय की सामाजिक उपादेयता पर जगह-जगह करुणा जी का भाषण। करुणा जी ऊँची, गौरवर्णी, आकर्षक, नयननक्श, सुन्दर देहयष्टि की स्वामिनी हैं। जाहिर है इस तेजस्विनी बाला की ओजपूर्ण वाणी से उनके भक्त तैयार होने लगे परन्तु वह दूसरी 'गीताभारती' नहीं बनना चाहती थी। प्रवचन, ब्रहमचारिणी, प्रसिद्धि के आकर्षक

वलयपाश से मुक्त होना चाहती थीं। क्योंकि इस युवती का हृदय युवा साथ का आकांक्षी था। बच्चे को भी जन्म देना चाहता था। उन्हें लगता कि मन यदि प्रवचन और ब्रहमचर्य में अपनी संगत नहीं पाता तो उन्हें भी मन की सुननी चाहिए। जीवन में पाखण्ड के लिए जगह नहीं होनी चाहिए। उन्होंने मन की ही सुनी। धीरे-धीरे करुणा जी एक हिन्दी कवि की कविता बनती गयी (नाम मैंने नहीं पूछा उन्होंने नहीं बताया)। जीवन का यह मौसम प्रेम और सौन्दर्य से भरा था पर कवि तो शादीशुदा थे, करुणा टूट गयी। कवि से कहा 'भूल जाइए मुझे'। पत्नी के साथ जीवन बिताइए। आपके सहजीवन के लिए प्रार्थना करुँगी। परन्तु करुणा के लिए आसान न था यह त्याग। खुद भी जीवन खत्म करने की ठानी। ठीक उसी समय पापा ने जाने कैसे करुणा को एक चिट पकड़ा दी " आत्महत्या समस्या का समाधान नहीं"। ठीक है। जीने की ठानी और काम में लग गयी। करुणा जी की एक शिविर में वसंत नामक उर्जाशील युवा सामाजिक कार्यकर्ता से भेंट हुई। वसंत ने शादी की इच्छा जताई। करुणा ने अपने प्रेमपत्र दिखाए और कहा यकायक के वह मेरे हृदय से हट जाएँगे ऐसा नहीं है क्या फिर भी तुम? वसंत चुप हो गये। थोड़ा समय माँगा। दरअसल यह समय केवल परिवार का सर्पोट जुटाने के लिए था। वे शादी के बाद रहेंगे कहाँ? इस बात की तैयारी के लिए था। शादी हुई परिवारवालों की असहमति के बावजूद। दोनों का व्यवहार भिन्न था विचार एक थे। दोनों के बुनियादी सरोकार एक थे। वसंत जी को प्रसिद्धि की लालच नहीं थी। इधर कवि की पत्नी की मृत्यु हो गयी। कवि का वैरागी मन भटकने लगा। करुणा जी की मित्रता बनी रही। करुणा जी कहती हैं, अन्य भी मेरे निकटस्थ मित्र थे। शादी के बाद गाँव गयी, जीवन देखा। और समझ में आया भाषण देना जीवन अनुभव का सतही हिस्सा है। ज़िन्दगी तो गाँव में ही तपेगी। सास बोलने

के लिए तैयार नहीं, पति 'खाना' (आदिवासी गाँव) में रहते थे। यह वसंत के काम का तरीका था गाँववालों के साथ रहना। उनकी बीमारियों का इलाज करना। गाँववालों के लिए करुणा आश्चर्य थी। हालाँकि घर वगैरह लीपने की कोशिश करती। देवर की शादी पड़ी तो सास ने ताले के भीतर बन्द कर दिया। यह सब चलता रहा। जीवन तीन उद्देश्य को लेकर आगे बढ़ा गरीब जनजातियों के बच्चों को शिक्षा, खेती, दारूबंदी,। दारूबंदी की एक घटना वह बताती हैं, दारू की ठेकेदार मुनिया के बारे में। मुनिया बला की हसीन, तेजतर्रार जो देखे, देखता रह जाय। रूपसी कद्दावर मुनिया पुलिस को भी कुछ नहीं समझती थी। लोगों को गाली देती थी, करुणा जी ने मुनिया के बेटे को विश्वास में लिया। जब बेटे ने माँ को दोराहे पर खड़ा कर दिया या बेटा या दारू का धन्धा, तब जाकर मुनिया ने यह धन्धा छोड़ा।

'दारूबंदी' के लिए ही काम करते समय करुणा जी की हत्या की कोशिश भी की गयी। दस-दस रूपया प्रत्येक घर से इकट्ठा कर दारूबंदी की मुहिम चलाई गयी थी। स्त्रियाँ दारुमुक्त घर के लिए कटिबद्ध थीं। इसीलिए करुणा जी की हत्या की कोशिश भी उनका मनोबल कम न कर पायी थी। तमाम अवरोध उन्हें झेलने पड़े। शराब के ठेकेदारों से लड़ना, शराब की भट्टियों को बन्द कराना। ब्याह शादी में घरों में आये मेहमानों को शराब न दी जाय इसका प्रयत्न करना। आसान नहीं था करुणा जी के लिए यह सब। स्वार्थ पर पड़ने वाली चोट से खासा बड़ा वर्ग उनके खिलाफ बिलबिला उठा था। संघर्ष कई-कई परतोंवाला। 'दारूबंदी' पर भाषण देने वाले भी, दारूबंदी से आहत थे। करुणा जी को लगता वह तलवार से सब्ज़ी काट रही हैं। करुणा जी तमाम सभाएँ आयोजित करती जिनमें अधिकांशतः महिलाएँ होती थीं। करुणा जी को इस बात का हर कदम पर एहसास होता इस समाज में श्रम

को प्रतिष्ठा दिलाना सर्वाधिक दुष्कर कार्य है। बुद्धि का कार्य करनेवाला ही इस समाज में श्रेष्ठ बना रहेगा। प्राकृतिक पद्धति से खेती के लिए पूरे परिवार का समर्पण व समाज को इसके लिए प्रेरित करना, दूसरी तरफ पर्यावरण सुरक्षा के लिए विविध कार्य, तीसरी तरफ जनजातियों की शिक्षा के लिए प्रतिबद्धता, चौथी तरफ दारूबंदी का आन्दोलन। अपने मानवीय सरोकारों के लिए जूझती इसी करुणा के भीतर रहती थी एक और करुणा जो हर समय जानना चाहती थी कि, वसंत उन्हें कितना प्यार करते हैं। वसंत जी को शायद जताना नहीं आता था। लेकिन करुणा जी तड़प कर कहती हैं। अपना क्रोध अपनी झुँझलाहट, चिढ़, नाराजगी सभी आप अभिव्यक्त करते हैं तब प्रेम क्यों नहीं? मैं उन्हें देखती हूँ, सोचती हूँ, कि 'स्त्री नहीं सहला पाती अपना चेहरा, कि स्त्री रो पड़ती है, मामूली कारण से'। इमरोज की पंक्ति भीतर ही भीतर भटकने लगती है, 'मर्द स्त्री के साथ सोता है, लेकिन जागता नहीं'। वसंत जी संवेदनशील हैं। पर मेरे हृदय की तड़प क्यों नहीं पहुँचती उन तक। करुणा जी की आँखें यही कहती हैं। वसंत जी का ध्यान खींचने के लिए उनके बाहर, रहने पर समय के खींचातान में से अपने सोने का समय कम कर घर सँवार देना उन्हें पसन्द हो उस तरह के काम कर देना, अलक्षित ही रह जाता था। वसंत जी से जब इस विषय पर बात की तो सुना कि ''तुम्हारी दुनिया मेरे ही इर्द-गिर्द क्यों रहती है। जब हम साथ होते हैं तो हमारी दुनिया। फिर हमारी अपनी-अपनी दुनिया''। पिता ने भी समझाया जब वसंत बोलता है तो तुम उसके शब्दों के नीचे क्यों खड़ी हो जाती हो? ''सच मैं वहीं थम कर रह जाती थी। शब्द भी और आँसू झरते ही चले जाते थे मेरे ऊपर।'' करुणा जी को मैं देखती हूँ ये पत्थर (अटलता में) है, ये पानी है, ये आग है, ये फूल है। जीवन की सान्ध्यबेला में खड़ी दिव्य स्त्री का आलोक मैं देख रही हूँ। 'स्त्रियों में

शंकराचार्य होना चाहिए।' विनोबा जी की उक्ति को उन्होंने मंत्र बनाया। और दृढ़ किया मन को। वह 'रावला' (अमरावती जिला में) से वर्धा आ गयी। घर से दूर 'मैं बिना किसी शत्रुता के भी तो वसंत से दूर रह सकती हूँ, अपने आप पूर्ण'। एक विशाल परिवार की विरासत सँभाले करुणा जी, वसंत जी, कभी साथ होते हैं, कभी अलग। देह से लगभग ऊपर उठ चुके मन प्राण से एक। पूर्णतः विश्व कृषि समुदाय एवं सामाजिक कार्य को समर्पित। चमक-दमक की दुनिया से बहुत ऊपर लेकिन काली मिट्टी की गोद में खड़े। यहीं लेख की अपूर्णता में भी मैं थम ही जाना चाहती हूँ क्योंकि उनके कार्यों को लेकर विस्तार से फिर कभी लिखना चाहूँगी।

(इनके कार्यों की विस्तृत जानकारी इंटरनेट पर देखी जा सकती है।)

नजूबाई गावित

मैं महकती हुई मिट्टी हूँ

उदासी का रंग लेकर साँझ धीरे-धीरे उतर रही है। आसमाँ के दोनों छोर पर विपरीत रंग पसरे हुए। एक तरफ गहरा स्लेटी तो दूसरी तरफ खरबूजे की फाँक-सा धुलिया के एक इलाके में आसमां का रंग देखता उपेक्षित मलिन एक घर जिसकी साँकल हलके से जयश्री गावित (मेरी मित्र) झनझनाती है। एक ताँबई चेहरा भीतर से झाँकता हुआ आहिस्ता से बोलता है, भीतर जा जाओ। मुझे इस तरह की साँय-साँय से बहुधा बेचैनी होती है, मैं छिपाने का प्रयत्न करती हुई, उस महिला को देखती हूँ। लम्बी सुगढ़ देह परन्तु बेहद साधारण नयन-नक्श, नाक में बुलाकी, साड़ी घुटने तक खोंसे हुए। मैं 'नजूबाई गावित' से मिलना चाहती हूँ। प्रसिद्ध आदिवासी समाजिक कार्यकर्ता, प्रसिद्ध साहित्यकार। मैं तीन-चार बार पूछती हूँ नजू जी कहाँ हैं? अन्त में जयश्री कुहनी से टहोका लगाती हैं,

'यही तो हैं।' मैं झेंपती हूँ। नजू जी का समूचा व्यक्तित्व आदिवासी महक में लिपटा हुआ है। कामरेड शरद पाटील जी। उम्र अट्ठासी वर्ष। बायपास सर्जरी हुई है अभी-अभी। वह कमरे में 'चारपाई' पर लेटे हुए हैं। शान्त दत्तचित्त। सत्यशोधक मार्क्सवादी कम्युनिस्ट पार्टी के संस्थापक। विलक्षण स्मृति के धनी, प्रकांड पंडित, पांडित्यप्रदर्शन से कोसों दूर। नजूबाई और शरद जी साथ ही रहते हैं। उम्र में छब्बीस वर्ष का अंतराल। नजूबाई का सम्बन्ध उनकी पार्टी के लिए अहम प्रश्न बना। शायद इसीलिए वे अकेले पड़ते गये। सम्बन्धों पर आपत्ति न थी। आपत्ति केवल नजूबाई को ससम्मान स्वीकार किये जाने पर थी। हम उनके पास बैठते हैं, वे आँखे खोले छत की ओर देख रहे हैं, 'नमस्ते'। नजू जी से मिलने आयी हूँ। लिखने की इच्छा है। पुतलियाँ घूमी हमारी ओर। क्षीण लेकिन तपता स्वर निकलता है, मेरे सम्पर्क में आने वाले लोगों को बदनाम कर दिया जाता है। उन्हें एकाकी कर दिया जाता है। जानती हो नजू बहुत प्रखर, प्रतिभावान, नेतृत्व की क्षमता वाली, एक्टीविस्ट और लेखिका है। इसका एक ही अपराध है, शरद पाटील के साथ रहना। यह बिलकुल अपने नॉवेल की नायिका (तृष्णा) जैसी है, जिसके सुखी रहने की हर कोशिश तोड़ी जाती है। हम लोग चाहते हैं कि वे आराम करें। मैं उनकी भावना को सही शब्द नहीं दे पा रही हूँ। दुख उदासी संघर्ष उपेक्षित होने की तकलीफ। बकौल आलोक धन्वा 'बर्फीले दरारों में पायी जाने वाली उजली जोंकों' ने शायद उनके आत्मबल को चूस लिया है।

हम भीतर के कमरे में जाते हैं। दरअसल यह रसोईघर है, एक खटिया भर की जगह भी है इसमें। हमलोग बैठे हैं। गैस पर दाल सीझ रही है। नजूबाई का चेहरा भी सीझा हुआ दिखाई दे रहा है। 10 जनवरी 1950। बोडरीपाड़ा खानदेश के घने जंगलों में एक स्त्री ने बालिका को जन्म दिया। घने जंगल, आँखो को सकून देनेवाली

हरियाली, कल-कल बहते झरने, राम के पड़े थे कभी चरण यहाँ। महारानी शबरी यहीं की थी। खड़े थे बेशकीमती पेड़ यहाँ परन्तु इनकी ज़िन्दगी में सौन्दर्य को जगह कहाँ कोदो कुटकी, जंगली फल, मरे जानवर का भोजन और हर कदम पर व्यवस्था का छल। इसी परिवेश में अपने दस भाई-बहनों की संख्या में एक और पेट का इज़ाफ। जन्मी नजूबाई गावित भूखे-नंगे देह के साथ दस भाई-बहनों के बीच पलने वाली बालिका भविष्य में आदिवासियों स्त्रियों की 'स्पार्टाकस' सिद्ध होगी यह किसी ने नहीं सोचा था। जानवरों की तरह जिन्हें देखा, समझा, जाना माना गया हो। वैसा ही उन्होंने भी जीना जाना हो। मनुष्य होने का लक्षण भी उन्हें ज्ञात न था। जिनके बारे में आलोक धन्वा लिखते हैं—

यहाँ सिर्फ दाँत और पेट हैं
मिट्टी में धँसे हुए हाथ हैं
आदमी कहीं नहीं हैं।
केवल नीला खोखल है
जो केवल अनाज माँगता रहता है—

ऐसी ज़िन्दगियों में क्या और कैसी शिक्षा? फिर भी नजूबाई ने आठ साल की उम्र में स्कूल में कक्षा के दरवाजे पर बैठ कर और एकलव्य पद्धति से पढ़ाई की। नग्न देह भूखे पेट ने जैसे चौथी पास की! आगे की पढ़ाई के लिए पैसा? माँ जाती थी घने जंगलों में। उसे घने जंगलों में, जाते डर न लगता, ना शेर से ना बाघ से। चढ़ जाती वह पहाड़ पर मुट्ठी भर लकड़ी की तलाश में। सभी बच्चों को दारू पिला कर सुला देती। ऐसे में क्या और कैसी पढ़ाई? महुआ का फूल कंद मूल यही भोजन था। नजूबाई बड़ी हो रही थी। शादी भी करनी होगी और हो भी गयी। एक जंगल पार कर दूसरे जंगल पहुँच गयी। यही शादी है। अन्न यहाँ नहीं, अन्न वहाँ नहीं। वस्त्र यहाँ नहीं, वस्त्र वहाँ भी नहीं। क्या फर्क पड़ गया। भूख,

बेकारी बदहाली, ये मनुष्य नहीं हैं। दो पैरों पर चल लेने मात्र से कोई मनुष्य हो जाता है क्या? ये लोग मनुष्यों के डर से जंगल भाग आये हैं। कितनी अबूझ है इनकी दुनिया। धनुष-बाण, अन्धश्रद्धा, भूत प्रेत, शराब, इसी जंगल में एक अजीब सनकी युवा, जंगल महुआ का फूल खा कर अलख जगा रहा है। जागो तुम भी मनुष्य हो। जंगल भी तुम्हारा है, जंगल के बाहर की दुनिया भी तुम्हारी है। सन् उन्नीस सौ चौहत्तर में जब एस.आर.पी. ने कहर ढाया (अब भी कहीं जेहन में बस्तर का यशोदा कांड होगा लोगों के। आदिवासी युवती यशोदा ने बलात्कार के दौरान ही दम तोड़ दिया।) झूठे कानून की मनगढ़ंत धारा का भय दिखा कर बकरी, शराब और स्त्री की लूट फल-फूल रहीं थी। सन् उन्नीस सौ चौहत्तर में ढाया जंगल के लोगों पर कहर, पुरुष घर छोड़ कर भाग गये घने जंगलों में कहाँ जा छिपे, पता नहीं। स्त्रियों पर शुरू हुआ अत्याचार। बलात्कार। शायद अब भी लोगों को तमाम अमानवीय स्थितियों को सह कर भी मुट्टी भर धान बोने और धान अपने घर ढोने का अधिकार मिले इसके लिए संघर्ष करते रहे ये लोग। कितनी अजीब बात है एक मनुष्य मनुष्य से अपनी पहचान की गुहार लगा रहा है। उन्हें शिक्षा से महरूम रखा गया और उसी बिना पर अयोग्य सिद्ध किया गया। यातना भरे संघर्ष के बाद मिला मुट्ठी भर धान बोने का अधिकार। जब मिला तब जाकर पुरुष अपने-अपने घरों में लौट आये और जिद्द करने लगे के महिलाएँ आन्दोलनों से विमुख हो जाय। पूर्ववत ज़िन्दगी जिएँ। नजूबाई की आत्मा ने इस बन्धन को अस्वीकार कर दिया! क्यों स्त्रियों की आजादी, उनके स्वतन्त्र अस्तित्व का कोई सम्मान नहीं। आदिवासी महिलाओं के प्रश्नों पर कोर्ट ने कहा "तुम आदिवासी हिन्दू नहीं हो, तुम पर हिन्दू कोडबिल लागू नहीं होता।" पुरुष अनेक स्त्रियाँ रख सकता है, किसी भी उम्र में पति घर से निकाल सकता है। नजूबाई पूरी शिद्दत से महाराष्ट्र में होने वाले अनेक अधिवेशनों, आन्दोलनों

में, आदिवासी स्त्रियों की पहचान व उनके मानव होने के न्यूनतम अधिकारों के लिए आवाज उठाती रही, संघर्ष करती रहीं। इसी बीच दो बच्चों को जन्म दे चुकी थीं। चूल्हा-चौका-लकड़ी बच्चों का पालन ऊपर से पति का हर दिन लातमुक्का। कई बार लात खाते-खाते बेहोश हो जाती। पर जिद्द जोर पकड़ती जाती दोहरी मार, अनेक परतीय संघर्ष आदिवासी स्त्रियों के संघर्ष में स्त्री संगठनों की नकारात्मक भूमिका से क्षणांक्ष वह हतबल भी महसूस करती हैं, पर उन्हें कहाँ फुर्शत हताश होने की। वे कहती हैं, स्त्रियों के तथाकथित, अपराध के लिए पंचायतें आयोजित की जाती थीं परन्तु इन पंचायतों में स्त्रियाँ यहाँ तक कि, जिस पर आरोप लगा है, उसे भी नहीं बुलाया जाता। पुरुष ही होते पंचायत में और वही निर्णय भी लेते। (मेरे मन में इनकी मुक्त समाज की अवधारणा खण्डित होने लगती है।)

नजूबाई कहती हैं चालीस साल के संघर्ष के बाद हम धान, बैल, कपड़ा, पहचानने लगे। नजूबाई को खेती के लिए ससुराल बुलाया जाता। काम होते वापिस भेज दिया जाता। एक स्त्री जो लगभग निरक्षर थी, जो मुख्याधारा के समाज के लिए अछूत थी, जो पति के लिए बल आजमाइश का साधन थी, उसकी दुनिया बदल रही थी। वह मुश्किलों से कतरा नहीं रहीं थी बल्कि उसका स्वागत कर रही थी। मुक्तिदूत कृष्ण का शंखनाद हजारों वर्षों की शृंखला की कड़ियों को तोड़ रहा था। बेड़ियों से मुक्त एक आदिवासी स्त्री 'भिवाफरारी' जैसा (भारत में आदिवासी स्त्री द्वारा रचा गया आदिवासी जीवन पर पहला उपन्यास) उपन्यास रच रही थी। नजूबाई कहती हैं– शरद जी न आते तो समाज के लिए मैं क्या ही करती? मेरा खुद का जीवन कीड़े-मकोड़े ढेले-पत्ते सा था। भोजन भी तो था वही। कीड़े-मकोड़े, ढेले से मनुष्य होने का बोध ही मुझे शरद जी ने दिया। हमारे सम्बन्धों के जन्म की पृष्ठभूमि भोगवाद नहीं है। सचमुच सत्य 'प्रेम' में सम्मानित होता है। नजूबाई घर छोड़ चुकी थीं। कारण पति द्वारा

हत्या का प्रयास। तीन-चार बार। वह बाकायदे कुल्हाड़ी बिस्तर में छिपा देता और सबके सो जाने का इन्तजार करता। हर बार उसका योजना विफल हो जाती। ससुर डाँटते भी थे परन्तु नजूबाई कब तक जान की खैर मनाती। पति ने दूसरी स्त्री रख ली थी और नजूबाई ने घर छोड़ दिया। जीवन की खड़ी दोपहर में साये की तलाश। विद्वान 'शरद पाटील' महाराष्ट्र के बेहद प्रतिष्ठित, सम्मानित कर्मठ कामरेड। ससम्मान अपने साथ अपनी ज़िन्दगी और अपनी ज़िन्दगी के बाहर की दुनिया में शामिल होने का न्योता देते हैं। यद्यपि वह शादीशुदा हैं, कई बार ज़िन्दगी के दुर्गम पथ पर आसानी से अच्छे और बुरे का फैसला नहीं हो पाता। रचाया जाता है गन्धर्व विवाह। झेलना पड़ता है ढेर सारा अपमान, अवहेलना और बौद्धिक जमात का बहिष्कार। अपने ही लोगों के मंथन से उपजा विष। ये वही लोग थे जिनमें कुछ लोगों का विवाहेतर सम्बन्ध भी था। वह महीने के कुछ दिन बतौर अनुबंध उनके साथ बिताते थे परन्तु वे भी इनके विरुद्ध थे। स्वयं को सिद्धांतवादी मानते थे कि हमने सम्बन्धों को सामजिक तौर पर थोड़ा ही स्वीकार किया है। यह सब छिपाने के साधु थे—

गर छिपाना जानता, तो जग मुझे साधु समझता।

नजूबाई को शरद पाटील जी की पत्नी ने भी अपनाया। अपनाने का अर्थ यह है कि डाह भरा व्यवहार नहीं किया। कभी-कभी वह घर का काम करने के लिए बुला लेती थीं। बर्तन माँजना, मसाला पीसना इसी में नजूबाई सुख का अनुभव करतीं। परन्तु वह रहती अकेली ही थीं एक कमरे में। लगभग बीस साल वह अकेली रहीं। राशन-पानी नजूबाई के पूर्व पति से हुए बच्चे पहुँचाते। लोग कहते अपनी माँ को घर लाओ तो बच्चे कहते वह सुखी है, रहने दो, जिस दिन अशक्त होगी उन्हें ले आएँगे। बिना किसी शिकायती लहजे के नजूबाई गावित कहती हैं, कि शरद पाटील जी बीमार हुए। उनकी बायपास सर्जरी हुई है इसीलिए उन्हें यहाँ रखा गया सेवा के लिए। मैंने उन्हें सवालिया

निगाह से देखा तो, उन्होंनें कहा बड़ी वाली बीमार रहती है न इसलिए। फिर वह मायूस होकर बोलीं, हमारे सम्बन्ध अच्छे थे। अखबार वालों ने सम्बन्ध बिगाड़ दिया। इन्होंनें खबर छापी कि नजूबाई को आधी जायदाद देनी होगी। बस इनके घर वालों ने मुझसे बोलना छोड़ दिया। मुझे क्यों चाहिए प्रॉपर्टी? यह उनका सवाल था और मैं चुप।

नजू जी की जरूरत दो रोटी और कुछ कागज, पेन्सिल, कलम है। वह कहती हैं, मुझे कागज और कलम मिल जाय तो बैठते ही पता नहीं कैसे शुरू हो जाता है फर-फर लिखना, 'भिवाफरारी', 'तृष्णा', जैसे आदिवासी जीवन पर आधारित उपन्यास और इसी परिवेश को लेकर लिख डाली अद्भुत कहानियाँ। नजूबाई गावित की लिखी हुई कहानियाँ के प्रशंसक विद्वान पाठकों में श्याम बेनेगल से लेकर गिरीश कर्नाड तक का नाम शुमार है। कुल जमा शिक्षा चौथी कक्षा तक और इतनी प्रतिभा? सन्देह कहीं शरद पाटील जी तो नहीं? शरद पाटील जी कहते हैं, इसकी बोली कठिन है। मैं कई बार बताता हूँ ऐसा लिखो, वैसा लिखो पर इसकी सहज प्रतिभा इसे नकल नहीं करने देती। नजूबाई कहती हैं, कुछ मैं जो कहना चाहती हूँ वह कविता में नहीं कह पाती। इसीलिए उपन्यास, कहानियाँ लिखती हूँ। विषमता का बोध उन्हें बहुत व्यथित करता है। वे कहती हैं, ब्राह्मण लड़की दलित अफसर के घर जाती है। पर दलित लड़की का ब्याह ब्राह्मण अफसर के घर आज भी नहीं होता। "मैं तो कहती हूँ तुम लोग अदिवासी स्त्रियों को भोगते हो ले जाओ न सम्मानजनक, तरीकों से अपने घर।" नजूबाई गावित पूर्व पति की लात खाते-खाते बेहोश हो जाती, जंगल में ढोर चराती, अक्षरशः कीड़े मकोड़े खाती जानवरों से बदतर जीवन जीती आज वह जंगल, जीवन, स्त्री की मुक्तिदूत बन खड़ी हैं, वह लड़ती हैं मिट्टी बन कर, मिट्टी के लिए। वह महकती हैं, दूर दूर तक। वह मर कर जीतती हैं जीवन का दाँव, वह लड़ रही हैं लेखन के जरिये, आन्दोलनों

के जरिये। उन्हें यह पता ही नहीं जो कर रही हैं वह आदिवासी समाज की क्रांति है। दुख और मौत से मुठभेड़ कर जिस तरह कर्म की गरिमा से तनी हुई खड़ी हैं मन कहता है उन्हें कह दूँ 'देखो लोगों यह आज की कबीर हैं।' इन्हें आज ही पहचान लो। इनकी पहचान आने वाली सदियों पर न छोड़ो, यह सुबीर जंगल की महारानी 'शबरी' की वंशज हैं। यह हमारी हैं और हममें हमसे बेहतर। इन्हें काट कर इनसे कट कर हम अपनी सभ्यता जीवित नहीं रख सकते। इनके उपन्यास इनकी कहनियाँ पढ़ते समय लगता है हम जंगल और जंगल का जीवन देख रहे हैं और जंगल का जीवन देखते समय लगता है नजूबाई के उपन्यास और कहानियों को पढ़ रहे हैं। उनके साहित्य पर फिर कभी।

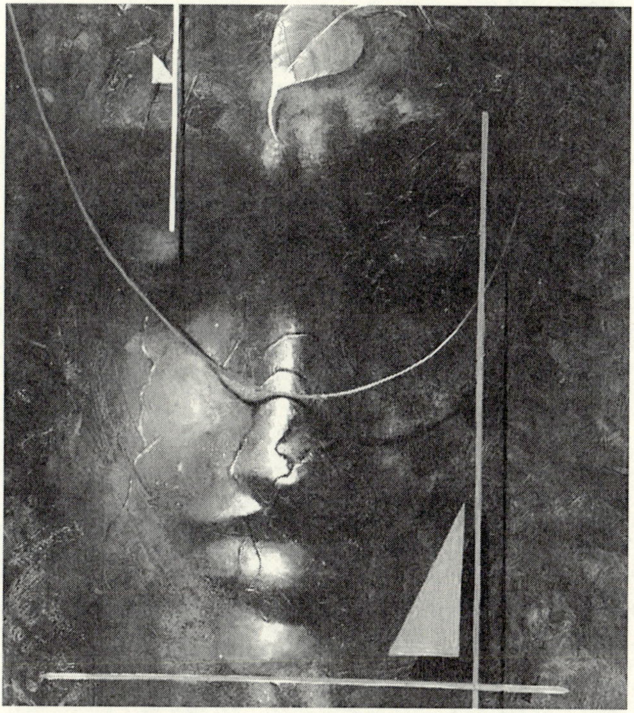

काया में कायनात

काया में कायनात

उन्हें पता भी नहीं है, कि उनके पाँवों से
वो खूँ बहा है, कि ये गर्द गुलाल हुई

—दुष्यंत कुमार

सच उनके खूँ से सपूर्ण गर्द गुलाल हुई। चारों तरफ चीत्कार। क्या स्त्रियाँ क्या पुरुष, क्या वृद्ध, क्या जवान अपनी जगह से हिल नहीं पा रहे हैं। भात का रंग लाल हो चुका है। रोटियाँ रौंदी जा चुकी थीं। दाल और खून का फर्क मुश्किल हो गया है। यह एक मंडप का लोमहर्षक दृश्य है। क्या हुआ था यहाँ? क्यों यह संघर्ष? कुछ भी नहीं बस हजारों लाखों की खामोशियाँ अपनी आवाज माँग रही थी, और चेहरे अपनी पहचान माँग रहे थे। एक तालाब में वे पानी पीना चाहते थे। एक मन्दिर के दरवाजे पर मत्था टेकना चाहते थे।

सदियों से अभिशप्त मानवता के आर्तनाद से दिल नहीं दहला बाह्मणवादियों का, लेकिन 'बाबा साहेब' की समझ में यह आ गया कि यह शक्ति शिक्षा और राजनीति में खर्च की जानी चाहिए न कि किसी मन्दिर के दरवाजे पर नाक रगड़ने में। एक मासूम बालिका यह न समझ पाती कि जाति पाँति क्या है? छूआ-छूत क्या है? लेकिन बाबासाहेब आंबडेकर को देख कर उसकी बड़ी-बड़ी आँखे और चौड़ी हो जातीं। उन्हें सुन कर भीतर दूर तक नीला समुद्र फैल जाता। एक पिता दो माँओं की बेटी थी होनहार, चुलबुली, खूब पढ़ने वाली। देख रही थी कि स्त्रियाँ गलती से कुछ कुओं से पानी भर लातीं तो उन्हें नंगा करके पीटा जाता। उसे 'ठाकुर का कुआँ' (प्रेमचंद) कर मर्म समझ में न आता। वह संक्रमणकालीन समय में पल-बढ़ रही थी सातवीं पास हो गयी और पहली बार पिता ने उसे अपने पास बुलाया, पहली बार पिता को करीब से देखा। पिता ने पहली बार उसे प्यार किया। इस प्रसंग को सुनकर मुझे मीना कुमारी की याद हो आयी मीना कुमारी को जब फिल्म में काम मिला तब पहली बार उनके पिता ने उन्हें प्यार किया, बेटियों का दर्द स्लोगन नारों, भाषणों, सरकारी योजनाओं से ना कम होता है, ना ही अभिव्यक्त होता है। इन्हीं नारों पोस्टरों के बीच सवाल बन कर उभरता है एक स्त्री का वह चेहरा जो बेटी को जन्म देने की सजा में पूर्णतः चबा लिया गया था (याद होगा पाठकों को टी.वी. पर दिखाया जानेवाला 'सत्यमेव जयते' का वह भाग) कोई सिंह भी किसी मानव के चेहरे को शायद इतना बर्बर तरीके से नहीं चबा पायेगा जितना एक पुरुष अपनी ही बेटी की माँ का चेहरा...! हम लौटे उसी मासूम बच्ची की ओर। रोटी का दरिद्र तो पूरा दलित समाज ही था। वह तो प्यार की भी दरिद्र थी। यह वही समय था जब दलित समाज को बाबासाहेब आंबेडकर संघर्ष करना सिखा रहे थे। बाबासाहेब के प्रयत्न से 'गूँगे निकल पड़े

थे जुबाँ की तलाश में' और चेतना के हजार-हजार बीज़ अँखुआ रहे थे। इसीलिए बालिका को आगे पढ़ाने की सलाह दी गयी पर माँ ने भीगी आँखों से कहा, शिक्षा नहीं काम दो ताकि पेट भरने का जुगाड़ हो सके। सातवीं की परीक्षा बोर्ड की थी। गाँव से दूर नाशिक में परीक्षा खत्म हुई और पैसा भी। माँ बेटी गाँव कैसे जाएँ? यही बच्ची रूपाताई साल्वे है, जिन्होंने हजारों को रूपाताई साल्वे बनाया, माँझा और समाज की मुख्य धारा से ला जोड़ा। यही रूपाताई साल्वे हैं, जो कर्म करते हुए बाँसुरी बन जाती हैं। जिनकी हृदय से समय की साँस गुजरती हुई संगीत में तब्दील हो जाती है, दलित समाज खास तौर से मैं दलित स्त्रियों के सन्दर्भ में मैं कहूँगी कि उन्होंने अपने कठित समय को सचमुच कर्म की बाँसुरी से संगीत में बदल दिया। रूपाताई के सामने मैं खड़ी होती हूँ और उनकी हँसी में डूब जाती हूँ। उन्मुक्त हँसी महराष्ट्रीयन वाद्य लेझिम की तरह झनझनाती नीचे से ऊपर की ओर उठती हुई। मैं झुरझरी महसूस करती हूँ। यह सोच कर एक माँ बालिका का हाथ थामे घर लौटना चाहती है। पैदलयात्रा सम्भव नहीं। और बस के पैसे नहीं। आगे दूर तक सड़क और पीछे दूर सड़क, लेकिन तभी वहाँ से गुजरी सजी-धजी बारात। एक व्यक्ति ने पूछा क्या तुम लोग अपने सिर पर कुछ दूर गैस बत्ती ढोओगी। माँ बेटी का एक साथ स्वर निकला, हाँ। अतः रूपा नन्हीं सी जान सिर पर गैस थामे चलती कभी बायें ढुलकती कभी दायें। पैसा मिला दोनों घर पहुँचीं। और राहत की साँस ली। बाद में पिता पढ़ाने के लिए तैयार हुए। यह बाबा साहेब का ही प्रताप था। बारह तेरह साल की बालिका नववारी साड़ी, सिर पर पल्लू, घास से लदी हुई गाड़ी में इन्हीं गट्ठरों के बीच एक गठरी की तरह बैठी हुई रमाबाई आंबडेकर लड़कियों के हॉस्टल में जगह पाने के लिए पिता के साथ नाशिक की ओर चली जा रही है। वहाँ जगह मिलने के बाद स्कूल में दाखिला मिला। वहाँ उसका देहाती बाना देख कर सारी लड़कियाँ हँस

पड़ीं और रूपा रो पड़ी। दादा साहेब गायकवाड़ की पत्नी ने उनको साड़ी पहनना सिखाया वह भी शहराती। मन लगाकर पढ़ती, हाड़तोड़ काम करती, सभी के कपड़े भी सिल देती। दादासाहेब और गीता जीजी (दादासाहेब की पत्नी) की खूब सेवा करती। वह भी उन्हें मानते। यह हॉस्टल आंबेडकर आन्दोलनों की वह गीली जमीन थी जहाँ चैतन्य के पौधे पनप रहे थे। कुत्ते बिल्लियों जैसे बदतर बदहाल ज़िदगी जीने वाले रेंगना छोड़ रहे थे। रूपा इन्हीं के साथ पढ़ते-बढ़ते अपनी ज़िन्दगी की दिशा निर्धारित कर रही थी, कि बाबासाहेब भौतिक जगत का त्याग कर चले गये। भारत आँसुओं में डूब गया। रमाबाई आंबडेकर हॉस्टल की हिचकियाँ दूर तक पीड़ा की अनुगूँज बन गयी। दादासाहेब गायकवाड़ व उनके साथी अपनी उदास आँखों में बाबासाहेब का सपना भरे मानवीय अधिकार का शंखनाद फूँक रहे थे। ऐसे में एक दिन अचानक रूपा की माँ हॉस्टल के दरवाजे पर आकर खड़ी हो गयी। जब रूपा मिलने आयी तो माँ की हिचकियाँ बँध गयी। होठों से एक शब्द नहीं फूटा। बहुत देर के बाद संयत हुई और बताया कि बेटे बहू ने घर से निकाल दिया। अब वहाँ नहीं जाऊँगी। हॉस्टल का कोई काम कर लूँगी। अपने काका से पूछो। काका ने खाना बनाने के लिए हाँ कर दिया। पन्द्रह रुपये हर माह की पगार। रूपा की माँ ने पगार अस्वीकार कर दिया। रूपा ने थोड़ा सकून महसूस किया क्योंकि माँ अब उसकी आँखों के सामने थी परन्तु घंटो माँ का चूल्हे के सामने बैठना पसीने व धूल से अंटा लाल चेहरा दरअसल रूपा के लिए असह्य हो जाता परन्तु यही क्या कम है कि आसरा मिल गया। वह गहरी साँस लेती व किताबों में डूब जाने का प्रयत्न करती। आँखों से गिरती आँसुओं की बूँदे अक्षरों से पंक्तियों की ओर ढलक जाती। रूपा के कोमल हृदय पर जख्मों की शृंखला बढ़ती जा रही है। व्यक्तिगत व समाजगत अंर्त और बाह्य संघर्ष। वह खुल कर हँस नहीं पाती परन्तु एकाध अवसर पर यदि

उसे पुरस्कार मिलता तो उसका मनमयूर अपने पंख पसार कर प्रसन्नता जाहिर करता। वह स्वयं कहती हैं, इस वातावरण में सेवा भाव ने मुझे वह क्षण दिया जिसके कारण हँसी मैं। आज यह 'हँसी ही मेरी संगिनी है, इसी हँसी ने मेरे आँसू पोंछे, यह हँसी ही मुझसे जिद्द करके कई बड़े व दुष्कर कार्य करवा लेती है।' अब रूपाताई पढ़ने जाती परन्तु माँ के हिस्से का अधिकांश काम खुद ही कर लेती। चूल्हे के सामने बैठती। ज्वारी की भाकरी (रोटी) थाप देती। सारे काम निपट लेती। वह मेधावी थी सो उनकी पढ़ाई और परिणाम पर कोई खास असर न पड़ता व अच्छे अंकों से पास होती गयी। रूपा अब बालिका नहीं थी, सुन्दर युवती थी सो रूपा के विवाह योजना बनने लगी परन्तु रूपसी रूपा के मन में तो कोई और संसार ही बस चुका था। मन भीष्म प्रतिज्ञा ले चुका था। उनकी आँखों में कोई राजकुमार नहीं था। उनके सामने वे सारी लड़कियाँ छायाओं सी तैर गयीं जिनकी देह पर कपड़े नहीं और पैरों में चप्पल नहीं। बामणगावं शिरसगॉव की दलित स्त्रियों का नग्न काफिला आँखो के सामने से गुजर गया। जबरन निर्वस्त्र करके जिनका जुलूस निकाला गया। 'किलावेनमानीला' का वह बन्द कमरा नजरों में घूम गया जिसके भीतर चालीस दलितों को जिन्दा जला दिया गया। उन्होंने आखें बन्द कर लीं और देर तक बन्द आँखों से आँसू होठों से अस्फुट स्वर बहते रहे। रूपाताई ने अपने ब्लाउज के भीतर से छोटा-सा पर्स निकाला उनमें से तीन पासपोर्टसाइज की तस्वीरें मेरे हाथ पर धर दी। मैंनें देखा मेरी हथेली नीली आभा से ज्योतिर्मयी हो रही थीं। ज्योतिबा फुले, बाबासाहेब आंबेडकर और रूपाताई मैं तस्वीरों को समेटती हुई फाईल में सहेज लेती हूँ। आँखे भर आयी एक मनुष्य दूसरों के प्रति इतना क्रूर होता है यह जानते हुए हर बार सच्चाई से कतरा जाने का मन करता है। उनके पास से हटती हूँ। बाहर की ओर जामुन के वृक्ष के नीचे खड़ी होकर गौर से दलित छात्राओं का हॉस्टल देखती हूँ, नीचे

की ओर झुकी विनम्र छतों को देखती हूँ। अहाते में हरफन मौला सा घूमता अल्हड़ मुर्गा है। बौद्धस्तूप है। एक कोने में नारायण सुर्वे पर गहन चर्चा करते हुए उत्तम कांबले जी रिसर्च स्कॉलर सुरेखा बनकर है और है यहाँ की मिट्टी जिसका हर कण बाबासाहेब आंबेडकर, दादासाहेब गायकवाड़, गीताजी जी, सीतामाई के हवाले से सामाजिक न्याय के लिए मर मिटने वालों के काम को, हमारे इतिहास को, हमारे यथार्थ को हम तक पहुँचाता है। फिर लौटती हूँ रूपाताई के पास। उन्होंने माना कि यह हॉस्टल ही उनका वर है अब दूसरा हो नहीं सकता। लड़कियों के हाथ'खुरपा' (घास छिलने का) झाड़ू व मैला ढोने का बर्तन हटा कर पेन्सिल व नोटबुक थमाने का आधार देना ही होगा। इसके लिए उच्चशिक्षिता रूपाताई अनेक आकर्षक नौकरियों का वह मोह त्याग चुकी थीं। पर एक बड़ा सवाल मुँह बाये खड़ा था कि यह संस्था कैसे खड़ी हो? क्यों कि बिना आर्थिक आधार के तो कुछ भी सम्भव नहीं बकौल संजय चतुर्वेदी ''सभी लोग स्वतन्त्र हैं। सभी को न्याय का अधिकार है। सभी इस धरती के हिस्सेदार हैं। बाकी लोग अपने घर जाएँ।'' रूपाताई इन्हीं 'बाकी लोगों' की हिमायती थीं। जो न धरती के हिस्सेदार थे न स्वतन्त्रता समता के। उन्हें अपने हिस्से की आग खींच लानी थी। जंगलतंत्र से और रचना था सामाजिक न्याय का वास्तविक इतिहास। इसी प्रतिबद्धता के कारण तमाम अड़चनों, सियासती दावपेंचों की बाधाओं को पार करती रूपाताई दृढ़ से दृढ़तर होती गयीं। वैसे तो आज की तारीख में इस गर्ल्सहॉस्टल को अनुदान भी प्राप्त है। एक छात्रा को प्रति छः सौ रुपये। प्रत्येक माह एक छात्रा के लिए छः सौ रुपये कहीं से भी सुविधाजनक नहीं लगता। आज की महँगाई को कौन नहीं जानता? फिर भी ये हॉस्टल चल रहा है इसलिए कि रूपाताई के पास उत्तम कांबले जी जैसे हैं कई हाथ, जिनसे वह दलित, दमित कन्याओं की शिक्षा की बागडोर थामें रहती हैं। उत्तम कांबले जी

बताते हैं एक बार बाढ़ में सम्पूर्ण छात्रावास माल असबाब के साथ बह गया और रूपाताई अपनी बयालीस बच्चियों के साथ सड़क के किनारे बरगद की छाँव में खड़ी थीं। वैसे यह बरगद अपने आप में दलित संघर्ष का इतिहास है अपनी छाती में दलित मूवमेंट की थाती सहेजे। अनेक 'दलित मूवमेंट का साक्षी'। उत्तम कांबले जी जब वहाँ पहुँचे तो उन्हें देखते ही हँस पड़ीं वही लेझिम की तरह खनक भरी। उत्तम कांबले आवाक, काय ताई तुम्ही हँसतात (दीदी आप हँस रही है?) जवाब में फिर वही हँसी। ऐसी ही हैं रूपाताई। सुभद्राकुमारी चौहान की तरह "मैंनें तो हँसना सीखा, मैं नहीं जानती रोना"। उनके यहाँ दसवीं कक्षा तक की लड़कियों के रहने की व्यवस्था है। दसवीं पास होकर लड़कियाँ गाँव जाती हैं, और शादी ब्याह के बाद फिर पूरी जिन्दगी लातमुक्का चूल्हा चौका और पानी भरने में 'जाया' हो जाती हैं। एक उदास हँसी होंठों पर तैरती है जो मुझे सिहरा देती है। अभी-अभी सुनीता जी का फोन था (याद होगा सन्नाटे में गिरेगा शब्द और धरती पर एक आँसू) एक गाँव में पाँच लोगों ने एक साथ तीन तीन शादियाँ कीं और कारण बताया कि महाराष्ट्र के बहुतायत इलाके इस समय सूखाग्रस्त हैं अतः एक स्त्री केवल इस लिए चाहिए कि वह दूर दूर तक जाकर पानी भर कर ला सके। अधिकांश स्त्रियों की स्थिति आज भी वही है। त्रासदी यही है स्थिति बदलते ही बहुत से सामाजिक न्यायशास्त्री भी केवल पुरुष बन कर रह गये। यही कारण है कि दलित लेखिकाओं, स्त्री साहित्यकारों व स्त्री आन्दोलकर्ताओं को वह जगह नहीं मिल पायी जिनकी वे हकदार थीं। "आँखे बन्द कर लेने से, अंधे की दृष्टि नहीं पायी जा सकती।" (विनोद कुमार शुक्ल) निसन्देह यह पंक्तियाँ निर्मम सत्य का उद्घाटन करती हैं। रूपाताई के व्यवहार ने सभी तरह की दीवारें गिरा दी हैं, इस जगत में जहाँ तक मनुष्य की व्याप्ति है, वहाँ तक वह अपना प्रदेश मानती हैं।

उनका सुख-दुख वह अपना सुख-दुख मानती हैं। 'समानता' ही उनका सबसे बड़ा धर्म है। वह 'महाऊर्जा' (भीमराव आंबेडकर) की एक ज्योतिर्मयी किरण हैं। उन्होंने आंबेडकर को मनुष्य धर्म की तरह आत्मसात किया है, 'अवसर' की तरह नहीं।

इसलिए छात्रावास में निरन्तर समानता की चेतना जगाने वालों को बुलाया जाता रहा है। स्व. कवि नारायण सुर्वे, स्व. केशव मेश्राम, की तरह तमाम साहित्यकार यहाँ आते रहे और आते रहते हैं। योद्धा रूपाताई स्वयं में जीती जागती धर्म हैं, उनका दैनिक जीवन ही उनका मंदिर है। उन्होंने अपना सर्वस्व लेकर उसमें प्रवेश किया है। रूपाताई स्त्री विमर्श के महल का कंगूरा नहीं नींव की ईंट हैं। चेतना की वह ईंट जो पुरुषों के विरुद्ध नहीं पुरुषों के साथ खड़ी हैं। उनका सम्पूर्ण जीवन निःस्वार्थ सेवा का पर्याय है। मैं पूछती हूँ कभी किसी के प्रति आकर्षण नहीं महसूस हुआ? हँसती हैं, मैं बहुत खड़ूस थी। मैं सोचती हूँ। रूपाताई की प्रखर मेधा, उच्च शिक्षा देश के नेतृत्व में बहुत बड़ी भूमिका निभा सकती थी लेकिन वह जूझती रहीं जमीन के भीतर छटपटाती उन बीजों को लेकर जिन्हें सींचे जाने का पानी और पनपने की अदद खाद गायब थी जिनके लिए यशवंत मनोहर लिखते हैं—'कल जो हुई बरसात, वह हमारे गाँव आयी ही नहीं''। बहुत सी व्यथाएँ कथाएँ हैं, जो शब्दों में नहीं समातीं। स्वत्व की भाषा ढूँढ़ चुका यह समाज, अस्मिता का बोध लिए यह समाज बड़े-बड़े ओहदों को सँभाले यह समाज बदल चुके समय का भान तो देता है परन्तु उसके भीतर है एक और समाज। कथा के पीछे एक और शास्त्र। जो बेबी कांबले, मल्लिका शेख, कौशल्या वैसंत्री को अभी भी परिधि पर ही देख रहा है। जो रूपाताई साळवे को जानकर भी नहीं जानना चाहता। समझ कर भी नहीं समझना चाहता। यहाँ पुरस्कार केवल 'पगफेरे का रस्म' बन कर रह जाता है। दलित लड़कियों का आत्मसम्मान भरा भविष्य ही उनके

जीवन का मिशन है। आरक्षण ही नहीं सही अवसर की भी वह आकांक्षी हैं। क्या भविष्य में इस 'निष्काम गीता' की पुनरावृत्ति हो पाएगी। रूपाताई का उत्तराधिकारी कौन? कौन झोंक सकता है अपना जीवन वेदना के अँधेरे में इस तरह? वह रोशनी हैं, जहाँ होगीं उजाला करेगी हीं, पर रोशनी को अपना घर कहाँ मयस्सर होता है? ओशो कहते हैं 'तुम जब जन्म लेते हो, तो एक पेड़ की सूरत में जन्म नहीं ले सकते और फिर तुम्हें स्वयं के चिन्तन में खिलना होता है, वही खिल पाना एक बीज की प्राप्ति है, वही जिन्दगी का जश्न है।' सच रूपाताई आप की ज़िन्दगी जश्न हैं, कला है, सौन्दर्य है और आप की काया में स्वतन्त्रता, समता की कायनात है।

❑❑

नाम - शशिकला राय
शिक्षा - एम.ए. पीएच.डी.
ग्राम - सिरवाँ
आजमगढ़ (उ.प्र)

प्रकाशित पुस्तकें

- समय के साक्षी निराला
- इस्पात में ढलती स्त्री
- कथासमय : सृजन और विमर्श

शीघ्र प्रकाश्य - रचना की भूमि आलोचना का बीज

विभिन्न पत्र पत्रकाओं में लेचान

सम्प्रति - हिन्दी विभाग,
पुणे विश्वविद्यालय, पुणे
महाराष्ट्र